A. VON BECK

TODESTAG

LETZTE RUHE IN EICHWALD

Kriminalroman

Danksagung

Danke an:
Nathalie, Joachim, Aino, Alfred, Thomas, die Damen von Bücher Volk aus Saarburg und natürlich ganz besonders: Rebekka und Kim.

Vorbemerkung

Oft wird in dieser Geschichte von Personen- oder Berufsgruppen in der männlichen Form gesprochen. Damit sind, sofern nicht anders beschrieben, immer Männer und Frauen gemeint. Die männliche Form von z. B. Polizisten bezieht sich nicht auf das Geschlecht der beschriebenen Personen, sondern auf die männliche Form des Wortes (der Polizist, der Lehrer, der Schüler usw.). Man nennt das in der Fachsprache »generisches Maskulinum«: Deren biologisches Geschlecht ist entweder unbekannt, nicht von Bedeutung oder (im Plural) gemischt. Sollte das Geschlecht von Bedeutung sein, wird ausdrücklich die weibliche Form gewählt.

Die Handlung dieses Romans ist frei erfunden. Parallelen zu tatsächlich lebenden Personen, sollten sie existieren, sind rein zufällig.

Autor: A. von Beck
Herausgeber: Alexander Becker,
Im Hagen 12, 54439 Saarburg
Lektorat: Rebekka Haindl | Wörtereule
Lektorat & Korrektorat
Weitere Infos: www.eichwald.net
ISBN: 9798379279622

Inhaltsverzeichnis

Personen

Die Ermittler

Emil Eichwald Journalist
Lara Riedel Hauptkommissarin beim LKA
Lennard »Lenny« Stark Hauptkommissar beim LKA
Wolfgang Weidig Gerichtsmediziner

Die Externen

Sophie Burg Angeklagt wegen Mordes
Maik Biesdorf Anwalt von Sophie
Felix von Saarstein Künstler aus Eichwald
Anna Odenthal Geborene Schmidt
Gudrun H. Beamtin beim Verfassungsschutz
Jill & Joe Touristen aus den USA

Die Dorfbewohner

Ole Heller Bester Freund von Luca
Lisa Heller Mutter von Ole
Jürgen Heller Vater von Ole, Bürgermeister von Eichwald
Volker Heller Stiefvater von Luca, Bruder von Jürgen
Luca Dostert Bester Freund von Ole
Sonja Dostert-Heller Mutter von Luca
Henning Dostert Vater von Luca
Josef Müller Pflegevater von Anna
Luisa Müller Pflegemutter von Anna
Heinrich Stollberg Alter Bürgermeister von Eichwald
Onkel Karl Großonkel von Emil

PROLOG

SAMSTAG, 24. NOVEMBER 2023, 01:36 UHR
IN DER NACHT DES FESTES

Jeden gottverdammten Tag in den letzten 45 Jahren hatte er damit gerechnet, aufzufliegen. Die Lügen, auf denen sein Leben aufbaute, wurden nicht wahr, nur weil niemand sie als solche erkannte. Er lebte das Leben einer anderen Person und vergaß doch nie, wer er wirklich war. Seine Existenz basierte auf einer Lüge, auf die er sich eingelassen hatte, und die für alle zur Wahrheit geworden war, außer für ihn. Er spielte mit, trug die Maske, doch in seinen Träumen war er noch der Alte. All die Jahre hatte er den Betrug ertragen, in der Hoffnung, irgendwann wieder in sein altes Leben zurückkehren zu können. Irgendwann würde er die Maske fallen lassen und wieder von vorne anfangen. Er hatte damals den falschen Weg eingeschlagen, war einfach falsch abgebogen. Oder hatte er keine andere Wahl gehabt? Wie sähe sein Leben heute aus, wenn er damals anders gehandelt hätte? Immer wieder hatte er sich darüber Gedanken gemacht, hatte die Möglichkeiten und Lebensmodelle vor seinem inneren Auge ablaufen lassen. Meistens war er in seiner Vorstellung Vater von drei Kindern, die mittlerweile wiederum eigene Kinder haben würden und ihn so oft besuchten, wie nur möglich. Mit jedem Jahr, das ins Land zog, mit jedem Tag und jeder Stunde, schwand die Hoffnung, seine Träume irgendwann in die Tat umzusetzen. Wenn er ehrlich zu sich war, konnte er nur eine Schlussfolgerung ziehen: Der Zug war längst abgefahren. Die romantische Vorstellung seiner Enkel würde er niemals erleben.

Doch ein Ereignis am heutigen Tag hatte ihn neuen Mut schöpfen lassen – eine Begegnung mit einer Person, die sein Geheimnis kannte. Er hatte einen Entschluss gefasst. Dies war der Tag, an dem er all dem ein Ende setzen würde. Diese Begegnung war wie ein Funke in einem Pulverfass. Eine ungeahnte Sprengkraft, die ihn von seinen alten Fesseln löste und die Entscheidung klar vor Augen führte: Jetzt war Schluss mit dem Versteckspiel.

Er rief ihn umgehend an. Jahrzehnte kein Wort über die Sache, doch ein Satz reichte, um ihm deutlich zu machen, dass es vorbei war:

»Sie ist gekommen, um abzurechnen!«

Er schwieg zunächst, schien zu überlegen.

»Wo ist sie?«, so die schroffe Nachfrage am anderen Ende der Leitung.

»Auf dem Fest. Sie wartet hinter der Bühne.«

Er legte auf.

Zwei Minuten später klingelte sein Telefon. Es war nur ein einziger Satz, mit dem alles gesagt war: »Komm zum Treffpunkt, sofort!«

Den Treffpunkt kannte er wahrhaftig noch. Wenn es damals etwas zu klären gab, hatten sie sich am Waldrand getroffen. An der abgelegenen Stelle, wo die Maisfelder endeten und der Wald anfing. Über 40 Jahre hatten sie sich nicht mehr dort zusammengefunden. Der Mantel des Schweigens hing seither über der Sache und heute war es an der Zeit, diesen abzulegen.

Er wartete auf ihn, mit einem Gefühl der Befreiung.

Äußerlich stand er regungslos und still dort an der Baumgrenze; innerlich erfüllte ihn eine Euphorie. Am liebsten hätte er geschrien. Er war nur noch einen Schritt davon entfernt, sich komplett von den Fesseln der Vergangenheit zu lösen. Nur noch diese Sache klären und den ganzen Ballast abwerfen.

Die Stille durchdrang die Nacht. Er hörte den Schuss nicht mehr, denn die Kugel traf seinen Kopf, bevor der Schall bei ihm ankam. Er brach in sich zusammen wie eine Marionette, deren Fäden man durchtrennt hatte. Die Show war vorbei. Der Vorhang hatte sich geschlossen, während alle Fragen offenblieben. In diesem Moment endete nicht nur sein Leben, sondern auch sein Schmerz, der ihn all die Jahre gequält hatte, von dem er beinahe innerlich aufgefressen worden war.

Die Nacht war noch jung, als die ersten Keiler sich aus dem Wald näherten und begannen, sich an seiner Leiche zu schaffen zu machen.

1. TEIL: DER TAG VOR DEM FEST

DONNERSTAG, 22. November 2023

Karl

Der Sommer in Eichwald lag bereits einige Wochen zurück – die Vorboten des Winters lauerten wie eine Schlange auf ihre Beute: scheinbar friedlich und ruhig, aber jede Sekunde bereit zuzuschlagen. Die Laubbäume der umliegenden Berge verloren ihre Blätter. Karl beobachtete interessiert von seiner Veranda aus die Krähe, die in der Regenrinne des Gartenhauses mit stolz geschwellter Brust thronte und vermeintlich zu ihm heruntersah. Er war mit seinen 90 Jahren einer der Ältesten im Ort. Nur wenige hatten ihn überlebt und es wurden von Jahr zu Jahr weniger. Diesen Sommer hatte sich ein Ereignis gejährt, das diesen Ort nachhaltig verändert hatte: Vor 20 Jahren war ein junger Mann in einer Waldhütte verbrannt. Es war ein Unfall gewesen, eine Verkettung dummer Zufälle. Viele Dinge um den Brand waren erst vor wenigen Wochen aufgearbeitet worden, auch wenn die Aufklärung Opfer gefordert hatte. Aber noch immer lag einiges im Verborgenen. Die Vorboten des Winters setzten Karls Gemüt zu. Er liebte den Frühling und den Sommer und die Arbeit im Garten, die die warmen Jahreszeiten mit sich brachten. Nun stand nur noch das Zurückschneiden der Blumenbeete und das Fortziehen der Vögel in ihr warmes Winterquartier im Süden an.

Plötzlich landete ein Papagei, eine Gelbkopfamazone, in der Dachrinne neben der Krähe, die daraufhin mit einem Krächzen davonflog. Karl hatte das verwilderte Federvieh schon öfter mit seinem Feldstecher beobachtet. Er kannte alle heimischen Vögel, die durch sein ›Buch der heimischen Tiervogelarten‹ bestimmt werden konnten. Ein Papagei war selbstverständlich nicht dabei. Es kam sicher vor, dass sich eine Taube aus der Stadt ins Dorf verirrte – jedoch waren das flüchtige Erscheinungen, die von selbst wieder verschwanden. Dieser bunte Vogel aber schien sich hier niedergelassen zu haben. Sein Lockruf klang wie ein Fremdkörper in der heimischen Akustik der Kohlmeisen, Buchfinken und Gimpel. So wie dieser Papagei nicht auf sein Gartenhaus passte, so passten manche Menschen nicht nach Eichwald. Dabei war Karl stets ein offenherziger Mensch gewesen; geprägt von den traumatischen Erinnerungen seiner frühen Lebensphase. Seine Kindheit im Bunker, die Flucht vor dem NS-Terror und schließlich seine Rückkehr nach Eichwald, nachdem Hitler endlich kapituliert hatte. Nein, Fremdenfeindlichkeit war ihm ein Fremdwort. Jedoch bemerkte Karl eine Veränderung im Ort, ausgelöst durch Leute, die sich wie Parasiten in das kleine Dorf eingenistet hatten. Sie lebten wie Maden im Speck und höhlten die Identität Eichwalds von innen aus. Er beobachtete Menschen, die gekommen waren, um Leid zu bringen, um Unheil anzurichten, um zu zerstören.

Und diese Parasiten musste man behandeln wie Zecken: Schnell und sicher entfernen, ohne Rückstände zu hinterlassen. Denn wenn eine Zecke sich einmal festgebissen hatte und unbemerkt blieb, dann konnte sie irreversible Schäden hinterlassen.

Ein Schuss aus dem angrenzenden Waldgebiet sorgte nicht nur für den plötzlichen Wegflug des Papageis, auch Karl riss es aus seinen düsteren Überlegungen, in denen er sich erneut verloren hatte. Umgehend kam sein schlechtes Gewissen zurück. Warum war er nur in letzter Zeit so pessimistisch? Waren seine dunklen Gedanken etwa Vorboten einer Altersdepression?

Es war ein ruhiger Donnerstagmorgen und ein weiterer Schuss aus der Ferne ließ Karl zusammenschrecken. Die erste Treibjagd für diese Saison war am Laufen. Am Ortsrand von Eichwald wiesen unzählige Schilder mit der Aufschrift ›Achtung: Treibjagd!‹ auf eine alte Tradition hin, die man hier pflegte. Eine Tradition, die Karl nie öffentlich kritisierte, von der er sich aber stillschweigend distanzierte und die ihm zeit seines Lebens suspekt geblieben war.

Die Amerikaner

Um 18:15 Uhr startete die voll besetzte Boeing 747 planmäßig am JFK Airport in New York. Für knapp 1950 US-Dollar mit einem Zwischenstopp in Zürich war der Flug kein Schnäppchen. Dafür war die Reisezeit geringer als bei allen Billigflügen anderer Airlines – nach gut zehn Stunden Flugzeit sollte die Maschine am Luxemburger Flughafen ›Findel‹ landen.

Das war Joes Reise in die Vergangenheit. Es gab persönliche Dinge zu regeln und Jill begleitete ihren Mann auf seiner Mission, wie sie es in ihrer Ehe stets getan hatte. Sie war zwar in ihrem klassischen Rollenbild all die Jahre die Hausfrau, die sich um die Kinder gekümmert hatte, doch wusste sie genau, wie sie den eigenen Bedürfnissen und Wünschen in ihrer Ehe Platz verschaffte. Sie verkaufte diese in einer Weise, in der es für Joe aussah, als käme die Entscheidung von ihm. Und er spielte das Spiel gefällig mit. So auch bei der Wahl seiner Outfits: Sie schrieb ihm nicht vor, was er zu tragen hatte, platzierte aber seine Klamotten griffbereit in dem Wissen, er würde sowieso nicht auf die Suche nach anderen gehen. Und über die Jahre passten sich ihre Garderoben in einer skurrilen Weise aneinander an, dass man sie fast ausschließlich in abgestimmter Farbkombination antraf. Einige Outfits wirkten so, als ob Jill die weibliche Version seines Anzugs als Kleid trug. Überhaupt wirkte das Paar im Flieger wie zwei bunte Paradiesvögel. Jill hatte sich für die Farbkombination braun-grün-lila entschieden. Sie trug ein eng geschnittenes Kostüm mit auffälligen Pelzimitatapplikationen, er einen braunen Anzug im klassischen Schnitt mit grünem Einstecktuch und einem lila Hemd.

Die erste von vielen folgenden Hürden hatten sie bereits gemeistert: Sie saßen im Flugzeug über dem Atlantik und ihr Gepäck war problemlos durch die Sicherheitskontrolle gekommen. Joes Aufregung war bei der Durchleuchtung der Koffer bis ins Unermessliche gestiegen. Er schwitzte und bewegte sich auffallend nervös, was letztlich nur Jill bemerkt hatte, die seine kaltschweißige Hand mit festem Griff stillhielt und durch gespielte Gelassenheit versuchte, ein Gegengewicht zu bilden. Sie sah den Frauen und Männern vom Sicherheitspersonal direkt in die Augen. Sie bedankte sich höflich bei jedem und bewahrte den Schein einer ganz normalen Urlaubsreise zweier wohlhabender Amerikaner nach Europa. Natürlich wusste auch sie von der illegalen Fracht, aber sie behielt einen kühlen Kopf und sorgte für die nötige Normalität im Auftreten.

Dass dies keine normale Reise werden würde, wussten die beiden schon vorm Antritt. Und doch war Joe immer noch in freudiger Erwartung auf einen Teil seiner Vergangenheit, die er bis vor zwei Wochen noch nicht einmal gekannt hatte. Ein Stück seiner Identität beschäftigte ihn überraschenderweise so sehr, dass er sich kaum selbst erkannte. Das Thema war seit Tagen beständig in seinem Kopf verankert wie ein Ohrwurm, den man nicht abschütteln konnte. Und Jill bemerkte bei ihrem Gatten die enorme Vereinnahmung durch das eine Thema. Sie kannte ihren Joe schließlich in- und auswendig. Nach 35 Ehejahren konnte er ihr nichts vormachen. Sie merkte, wenn er von langen Spaziergängen zurückkam und heimlich geraucht hatte – und das, bevor ihr der Zigarettenrauch in die Nase stieg. Schon von Weitem erkannte sie die Scham in seinem Gesicht. Sie merkte, wenn er traurig war, auch wenn er nach außen die Fassade eines starken Mannes bewahren konnte. Innerlich beschäftigten ihn viele Dinge und Jill war stets bereit, diese aufzugreifen und ihm durch ein Gespräch oder ihre bloße Anwesenheit mitzuteilen: *Alles wird gut*. Diese sensible und geheimnisvolle Seite an Joe kannten nur wenige. Sie blieb für die meisten Menschen verschlossen, wie eine gut gesicherte Burganlage, deren Zugbrücke er fest im Griff hatte.

Lediglich wenn er zu viel Alkohol getrunken hatte, ließ er sich fallen und war ab einem bestimmten Punkt ohne Kontrolle über sich selbst. Jill erkannte ihn in diesen Momenten kaum wieder und musste sich um ihn kümmern wie um ein Baby. Und ihre eigenen Bedürfnisse traten in diesem Augenblick in den Hintergrund. Zum Glück kamen Momente wie diese nur selten vor, schließlich wusste Joe von seiner Wesensänderung, wenn er zu viel getrunken hatte. Doch letzte Woche, kurz nach dem schrecklichen Ereignis, hatte er sich eine Flasche billigen Whiskey gekauft. Nachdem er diese halb geleert hatte, war er in Tränen ausgebrochen. Er weinte, wie sie ihn noch nie zuvor erlebt hatte. Dicke Tränen liefen seine Wange hinab und Jill fand keinen Zugang zu ihm. Es dauerte Minuten, bis er sich beruhigen ließ. Das war der Zeitpunkt, als sie den Entschluss für ihn fasste: »Joe, lass uns nach Europa reisen. Wir müssen die Sache klären. Wir müssen nach Eichwald!«

Sophie

Sie verließ die Justizvollzugsanstalt Koblenz zum Seitenausgang genau vier Wochen, nachdem ihre Untersuchungshaft hier begonnen hatte. Während eines Verhörs am Tag nach ihrer Festnahme sah es zunächst nicht gut aus. Die Staatsanwaltschaft hatte unzählige Indizien angebracht, die der zuständigen Richterin zu einem Arrest reichten. Doch Sophies Anwalt Maik Biesdorf hatte durch ein erneutes Gutachten einen Aufschub der Hauptverhandlung und schließlich eine Haftentlassung erwirkt. Die Untersuchungsrichterin war in allen Punkten Maik gefolgt und hatte schließlich einer Haftentlassung zugestimmt.

Eine Mischung aus einerseits Wut und andererseits einer gewissen Erleichterung erfüllte sie. Sie war zu diesem Zeitpunkt nicht imstande, ihre Gefühle in irgendeiner Form einzuordnen, und atmete einfach zweimal tief ein und aus. Die Luft roch noch vereinzelt nach Gefangenschaft, dennoch nahm sie den Duft der Freiheit dominierend wahr.

Die Straße vor ihr war menschenleer und für einige Sekunden schien die Welt stillzustehen. Es waren wenige Augenblicke, um innezuhalten und den Übergang zu ihrem alten Leben zu begreifen. Doch wollte sie überhaupt zurück in ihr altes Leben?

Am Stahlzaun der JVA lief eine abgemagerte, grauweiß melierte Katze entlang und miaute Sophie aus einigen Metern Entfernung an. Sie spürte eine Art von Verbundenheit mit dem kleinen, zerzausten Streuner. Heimatlos. Ziellos. Planlos. Diese engen Zellen, der starre Tagesablauf, die monotonen Wände und das schlechte Essen … All das lag jetzt buchstäblich hinter ihr.

Was sie jetzt benötigte, war ein ausgiebiger Waldlauf. Zehn Kilometer durch den Eichwalder Forst. Sauerstoff, Herzschlag, Verausgabung. *Den ganzen Druck und die Enge mal richtig rausschwitzen wäre doch mal ein Anfang,* dachte sie. In diesem Moment bog ein alter Mercedes um die Ecke und riss zeitgleich zu der flüchtenden Katze Sophie aus ihren wirren Gedanken.

Sie ahnte, wer der Fahrer des verwahrlosten alten Gefährts war: Ihr Anwalt. Nicht nur optisch passte er zu seinem Auto, auch der Zustand von Wagen und Besitzer ähnelten einander: ›in die Jahre gekommen‹, ›abgenutzt‹, ›die beste Zeit hinter sich‹, ›vom Leben gezeichnet‹ traf auf beide zu.

Der Fahrer sprang bei laufendem Motor hinaus und begrüßte Sophie.

»Willkommen zurück im Leben!« Es klang wie eine Drohung, aber er versuchte es so euphorisch wie möglich klingen zu lassen. Der langhaarige Anwalt verstaute ihre Reisetasche und zwei Tüten mit Klamotten im Kofferraum und bat sie einzusteigen.

»Ich fahre dich nach Hause. Dann können wir alles Weitere auf der Fahrt besprechen«, hatte er ihr bei seinem letzten Besuch im Gefängnis angeboten. Sie hatte mit einem wortlosen Nicken bestätigt und war sich bis zu diesem Moment nicht sicher gewesen, ob er das als Zusage verstanden hatte.

Nun saß sie in einem zugemüllten alten Diesel, der nach einer Mischung aus Zigarettenrauch und chemischem Duftbäumchen – ironischerweise mit dem Aufdruck ›SPORTFRISCHE‹ – roch. Mit seinen offenen Haaren sah Maik fast wie ein Penner aus. Im Gerichtssaal und bei den meisten Besuchen im Gefängnis hatte er das schulterlange Haar mit einem kleinen Knoten am Hinterkopf fixiert. Er wirkte im Anzug modisch-serös, heute jedoch eher abgewrackt und heruntergekommen.

Maik hatte sich lange genug mit seiner Klientin beschäftigt, um zu wissen, dass er in ihrer Anwesenheit keine Zigarette rauchen durfte. Er wusste nicht nur, dass sie eine Ärztin war, sondern auch besonders sportlich und gesundheitsbewusst lebte. Während der Fahrt nach Koblenz hatte er den Wagen gelüftet, zwei bis drei Zigarettenpausen außerhalb des Autos verbracht und eine neue Dosis Sportfrische aufgehängt. Er gab sich offensichtlich Mühe, das hatte Sophie auch in den Verhören mit der Polizei gemerkt. Und er hatte Erfolg. Schließlich war sie frei. Entlassen aus der Untersuchungshaft, da offiziell kein Haftgrund mehr bestand.

Neben dem dringenden Tatverdacht und der Verhältnismäßigkeit ist ein Haftgrund die wichtigste Voraussetzung der Anordnung der Untersuchungshaft. Haftgründe wie Verdunklungsgefahr, Fluchtgefahr und Wiederholungsgefahr sind bei Frau Burg nicht feststellbar.

Sophie hatte sich nach jedem Verhör, nach jedem Treffen und jedem vorgetragenen Anklagepunkt

mehr wie in einer amerikanischen Justizserie gefühlt und sich in einer ausweglosen Situation, einem Justizirrtum, gesehen. Innerlich stieg ihre Wut, während ihr Gewissen reiner wurde. Sicherlich, sie hatte von der Schmerzmittelabhängigkeit ihres verstorbenen Mannes Julian gewusst, und auch von der schweren psychischen Erkrankung. Sie hätte seinen Tod verhindern können. Aber sie war weder für diesen verantwortlich noch für irgendeinen anderen, den man ihr versucht hatte, anzuhängen. Die meisten Vorwürfe machte sie sich darüber, an dem Abend, als Julian starb, nicht noch einmal nach ihm gesehen zu haben. Er war mit einer hohen Dosis Lorazepam (von ihr selbst gegen akute Angstzustände verschrieben) auf dem Sofa eingeschlafen, während sie auf dem Weg zu ihrem Dienst gewesen war. Er hatte den Kamin das erste Mal für dieses Jahr in Benutzung gehabt und offenbar war die Luftzufuhr blockiert und der Schließmechanismus der Ofentür defekt gewesen. Laut Bericht der KTU hatte ›zu nasses Holz zu einer Verpuffung geführt, die die Fronttür aufgestoßen hatte. Der Unterdruck hatte den Rauch nicht wie üblich durch den Kamin abgezogen, sondern in den Raum gedrückt. Eine CO-Vergiftung führte nach wenigen Minuten zum Atemstillstand‹.
Sie wurde Anfang der Woche von Maik informiert, dass der Schornsteinfeger vom Staatsanwalt angeklagt wurde. Anscheinend hätte er den Defekt an der Lüftungszufuhr bemerken müssen. Aber das war ihr egal. Wieder jemand, dem man versuchte, die Schuld zuzuschieben, der nur in

einer Kette aus tragischen Ereignissen einen Fehler begangen hatte …
Während sie auf dem Nachhauseweg waren, redete Maik ununterbrochen vom Erfolg der Verhandlungen und der Anklagepunkte, die in allen Details ohne Beweise zu Sophies Gunsten ausgelegt wurden. Er war sich sicher, einen Freispruch bei der Verhandlung im Dezember erwirken zu können.
Sophies Freude hielt sich in Grenzen. Da war keine Erleichterung. Keine Euphorie. Sicherlich, Maiks Erfolg in einem Mordprozess war für einen Anwalt allemal Grund zur Freude – er musste unzählige Interviews geben und war wohl populärer denn je. Aber die Erleichterung hätte man wohl eher bei ihr erwartet: Zwischen 20 Jahren Haft, die der Staatsanwalt gefordert hatte, und einem Freispruch, hatte sie offensichtlich den Jackpot gezogen. In einer dieser übertriebenen Netflix-Serien würde sie jetzt jubelnd eine Flasche Champagner köpfen, bevor sie die Nacht im teuersten Club der Stadt durchfeiern würde. Aber sie war in keiner Serie. Sie war eine Gefangene ihres Schicksals. Das Schicksal, das vor 20 Jahren mit ihrer großen Liebe Adam begann. Dem Mann, von dem sie schwanger wurde und der in der Waldhütte verbrannte, nachdem diese explodiert war.
Während Maik weiter Paragrafen und Gesetzestexte zitierte, dachte sie an Adam und ihr verkorkstes Leben danach: Sie war damals auf der Flucht gewesen. Als die Holzhütte plötzlich in Flammen stand, konnte sich Sophie schwer verletzt retten. Sie war in Trauer und hatte aus Angst

vor der eigenen Ermordung mit niemandem darüber gesprochen. Sie hatte sich selbst verarztet und war nach ihrer Genesung in ein bürgerliches Leben übergegangen, das eine reine Fassade war. Doch damit war nun Schluss. Sie war fest entschlossen, all den Dingen auf den Grund zu gehen und alle Schuldigen ihres verpfuschten Lebens zur Rechenschaft zu ziehen.

»Sophie, geht's dir gut? Hörst du mir überhaupt zu?«

Sie lächelte Maik an – das erste Lächeln an diesem Tag.

»Alles klar bei mir, Maik. Vielen Dank, dass du mich da rausgeholt hast!«

Anna

Anna Odenthals Leben war wie aus einem Rosamunde-Pilcher-Film: Nach einer komplizierten Kindheit und einigen Jahren bei ihren Pflegeeltern Josef und Luisa Müller, machte sie sich im Sommer 2003 auf, um an einem anderen Ort neu anzufangen, wie sie es bereits mehrfach in ihrem jungen Leben tun musste – doch dieses Mal war es freiwillig. Sie ließ ihre Freunde und ihre Pflegefamilie hinter sich und zog nach München. Dort lernte sie schnell den Erben einer Luxushotel-Kette Roùl kennen, den sie nur wenige Jahre später heiratete. Er war der Traumprinz, sie die mittellose Kellnerin einer Münchener Szenebar. Eine verbotene Liebe, die zunächst wild und exzessiv war, später dann mit der Geburt ihres gemeinsamen Sohnes Jesse auch sinnhaft und bedeutsam wurde. Traumatische Ereignisse konnte sie in ihrem neuen Leben als Anna Odenthal in ihrer Villa am Starnberger See gut ausblenden.

Nun war sie schon das zweite Mal für dieses Jahr auf dem Weg nach Eichwald. Der Ort ihrer Jugend und der schönsten und traumatischsten Erinnerungen – so ambivalent wie ihr Leben im Allgemeinen. Genauer gesagt war sie an diesem Abend auf unterwegs nach Luxemburg Stadt, der Hauptstadt des kleinen Nachbarlandes, wo jüngst der Geschäftsführer des Fünf-Sterne-Plus-Hotels von Roùl entlassen worden war. Dieser hatte im großen Stil Buchungen storniert und in die eigene

Tasche gewirtschaftet – über die letzten drei Jahre mehrere hunderttausend Euro. Ein portugiesischer Page, der nur zum Transport von Koffern dort arbeitete und lediglich portugiesisch und einige Worte Englisch sprach, hatte Annas Mann Hinweise und die dazugehörigen Beweise geliefert. Anna, die mit den Strukturen und Abläufen der Odenthal-Hotels bestens vertraut war, hatte sich erstmals seit der Geburt von Jesse angeboten, vor Ort nach dem Rechten zu sehen. Roùl über diese Zeit nicht zu sehen, fiel ihr nicht schwer – er war schließlich seit Jahren öfter unterwegs als zu Hause. Aber Jesse über mehrere Tage allein zu lassen, war ein Novum. Eine Situation, die ihr schwerfallen würde, davon war sie überzeugt. In Eichwald gab es ein Wort für solche Mütter: ›Glucke‹. Neudeutsch ließ sich das ihrer Meinung nach mit ›Helikoptermutter‹ übersetzen. Das traf angesichts ihres gesellschaftlichen Status und dem Vermögen der Familie auch mehr. Jedenfalls hätte sie die Entscheidung sicher zugunsten ihres komfortablen Lebens in Starnberg getroffen und erst gar nicht angeboten, nach Luxemburg zu fahren, wenn nicht der Ort Eichwald grenznah, etwa 25 Autominuten vom Hotel entfernt, liegen würde. Ihr BMW wurde von Mitarbeitern ihres Mannes vorab am Flughafen bereitgestellt, so konnte sie bequem mit einer kleinen Propellermaschine der Luxair in unter einer Stunde ihren Zielort erreichen. Schon der Flug war eine Reise wie in eine andere Welt: vom zweitgrößten deutschen Flughafen zum kleinen ›Findel‹, der wie die Landebahn eines Privatflughafens wirkte. Eine Reise von ihrem jetzigen in ihr altes Leben, das sie freiwillig verlassen hatte und dennoch vermisste.

Natürlich vermisste sie nicht alles. Auf das kleinkarierte Spießertum konnte sie gut und gerne verzichten, obwohl ihr altes Ich sie heute selbst als Spießer titulieren würde. Nein, sie vermisste Tom, ihre Jugendliebe, den sie seit zwanzig Jahren nicht gesehen hatte. Sie war ihm als stiller Follower auf Instagram gefolgt. Mit seinem Reiseblog bekam sie eine wöchentliche Dosis an Erinnerungen an den wichtigsten Menschen aus ihrem Leben in Eichwald. Diesen Sommer erst hatte sie erfahren, dass er sich in La Gomera aufhielt, der Kanarischen Insel, die er schon als Jugendlicher bereisen hatte wollen. Kurzerhand hatte sie mit ihrem Sohn dort Urlaub gemacht. Was hatte sie sich erhofft? Die kleine Nebeninsel von Teneriffa war nicht groß, aber ihre Jugendliebe hatte sie trotzdem nicht getroffen, und seither auch kein Lebenszeichen von ihm erhalten.

Jürgen

Jürgen war in seiner Funktion als Bürgermeister auf dem Weg zum Festgelände, wo er mit den freiwilligen Helfern das kleine Festzelt aufbauen wollte, das heute geliefert wurde. Das Rebfeuerfest am kommenden Wochenende sollte nach dem Desaster der letzten Jahre ein Befreiungsschlag werden. Einerseits ein Entfesseln aus der Coronastarre, die Feste dieser Art drei Jahre unmöglich gemacht hatte, und anderseits ein Wachrütteln in der zunehmend einschlafenden Dorfgemeinschaft. Jürgen machte sich nichts vor: Corona war mit Sicherheit ein Beschleuniger der Situation, aber im Ort kriselte es schon länger. Er stellte selbstkritisch als Bürgermeister fest, einem gewissen Maß an Amtsmüdigkeit verfallen zu sein. Sein Engagement war zu Beginn seiner jetzt über zwanzigjährigen Amtszeit deutlich höher gewesen. In den letzten Jahren hatte er das Gefühl, nur noch den aussterbenden Ort zu verwalten. Der freiwillige Rückzug der Kanzlerin aus dem politischen Amt imponierte ihm so sehr, dass er mittlerweile mit dem Gedanken spielte, seine eigene Position vor der nächsten Wahl freiwillig niederzulegen. Er konnte gut und gerne auf die Häme und den Spott verzichten, mit dem sein Amtsvorgänger nach Jahrzehnten das Bürgermeisteramt abgeben musste. Doch dazu musste erst einmal ein neuer Kandidat her. Jürgen wäre mit Sicherheit nicht traurig, wenn ein junger, engagierter Mann mit politischen Ambitionen kandidieren würde – oder eben eine Frau. »Das ist ja heutzutage schließlich auch möglich«, war der toleranteste Satz in der Gemeinderatssitzung, als jüngst dieses Thema von Jürgen angestoßen wurde. Man war in Eichwald aufgeschlossen, hinkte aber in vielen Fällen der Zeit hinterher. Ob es an der fehlenden Motivation oder dem weiblichen Nachwuchs generell lag, wusste man in Eichwald nicht. Politik war eine Männerdomäne, was sich auch in naher Zukunft nicht ändern würde.

Jürgen hatte hinreichend Baustellen in seinem Leben, die er nach seiner politischen Laufbahn gewillt war, abzuarbeiten. Der Verkauf seiner Firma, der letzten verbleibenden Schreinerei im Ort, war die eine Seite. Viel belastender und emotionaler war die bevorstehende Beichte an seine Frau, dass er einen unehelichen Sohn hatte, von dem die letzten fast vierzig Jahre niemand gewusst hatte. Felix von Saarstein, der Sohn und Erbe der von Saarsteins, die bis zum Verkauf in den späten Siebzigerjahren Eigentümer der ›Eichwalder Glashütte‹ gewesen waren. Er war sein leiblicher Sohn, entstanden bei einer Liaison mit dessen Mutter, Edeltrud von Saarstein. Diese Beziehung fand statt, noch bevor er seine jetzige Frau kannte. Eine Affäre, von der niemand wusste, außer Felix selbst, der kurz nach dem Tod seiner Mutter Ende 2003 einen Abschiedsbrief fand. Felix wohnte auf dem Anwesen allein und zurückgezogen. Kaum einer wusste, dass er in Eichwald lebte und arbeitete. Das Geheimnis über seinen Vater behielt Felix für sich, sprach mit niemandem darüber. Bis zu dem Tag im Oktober 2023, an dem

Jürgen den Weg hoch zum Anwesen fand, um sich seinem Sohn zu offenbaren. Jürgen war gewillt, reinen Tisch zu machen und die losen Enden in seinem Leben zu sortieren. Die Begegnung war emotional und befreiend, aber gleich im Anschluss fiel er in alte Muster zurück und verheimlichte die einstige verhängnisvolle Affäre weiterhin vor seiner Familie. Zu groß war dann doch die Angst, dass seine Frau ihn verlassen könnte und sein Sohn ihn hassen würde. Sicherlich, früher oder später wollte er es ihnen sagen. Es wäre der logische zweite Schritt, nachdem er sich seinem unehelichen Sohn offenbart hatte. Doch er hatte noch nicht den richtigen Zeitpunkt gefunden. Zu viel war diesen Sommer passiert: Ein verunglückter Mountainbiker führte zur erneuten Untersuchung eines 20 Jahre zurückliegenden Brandes mit einem unbekannten Leichenfund. Die Aufklärung dieses alten Verbrechens war für Eichwald eine Art Befreiung – so kam es Jürgen jedenfalls vor. Und diese Erlösung, die neu entdeckte Energie und die Gemeinschaft, die er glaubte zu spüren, veranlasste ihn, noch einmal richtig Gas zu geben. Obwohl es schon Ende November war, war es ihm wichtig, dieses Jahr noch ein Fest zu veranstalten. Lange hatte er nach einem Anlass gesucht. Dann fiel ihm ein, dass ja zu dieser Zeit die Weinlese abgeschlossen war und die letzte Handlung der Winzer im Jahr das Verbrennen der alten Rebstöcke war. Dies schien ihm der perfekte Aufhänger für seine Feier. Und so kam es, dass nun dieses Jahr zum ersten Mal das Rebfeuerfest stattfinden würde. Dies sollte, so sein Plan, das immer lustloser durchgeführte und schlecht besuchte Weinfest ergänzen oder sogar ersetzen und das Dorf im neuen Glanz erstrahlen lassen.

Er war mit den letzten Vorbereitungen beschäftigt, hatte Vereine und ehrenamtliche Helfer organisiert und sogar ein Festzelt mit einer Bühne sollte aufgestellt werden. Zwar in einer kleinen Version – nicht vergleichbar mit früheren Zelten, die für bis zu 500 Menschen Platz boten und stets für die typische heimatliche Atmosphäre sorgten, aber immerhin: ein Zelt, eine Bühne, der Musikverein würde spielen und Eichwald würde endlich aus der Schockstarre der letzten Jahre erwachen, und feierlustige und trinkfreudige Menschen aus den umliegenden Dörfern locken.

Sein plötzliches Engagement machte so manch einen Eichwalder stutzig – und es machte vielen erst recht bewusst, dass in den letzten Jahren einiges schleifen gelassen wurde. Der Neustart stand unter einer leichten Skepsis, unter einem großen Druck, aber auch unter einer außerordentlichen Vorfreude bei vielen Einwohnern, die Feste wie diese lange Jahre vermisst hatten.

Das alles lief auch einigermaßen nach Plan, wenn nicht heute Morgen ein Junge aus Eichwald vermisst gemeldet worden wäre. Ein Junge, den Jürgen nur zu gut kannte, er ging schließlich bei ihnen zu Hause ein und aus. Es war Luca, der Stiefsohn seines Bruders und der beste Freund seines Sohnes Ole. Beide gingen in die siebte Klasse des Gymnasiums. Eine bittere Vorahnung, was im Ort los sein würde, wenn Luca nicht bald gefunden werden sollte, überkam Jürgen. Doch noch war er keine 24 Stunden verschwunden und Jürgen verdrängte den Gedanken an einen möglichen Unfall – oder ein Verbrechen.

Die Amerikaner

Die Swiss Air Maschine aus Zürich landete nach knapp 41 Minuten planmäßig um 09:09 Uhr in Luxemburg. Jill und Joe wunderten sich darüber, wie klein der Flughafen tatsächlich war. New York hatte mehr als zehnmal so viele Einwohner wie ganz Luxemburg. So einen winzigen Flughafen hatte die beiden Amerikaner noch nie gesehen. Sie hatten überhaupt nie zuvor einen Flughafen außerhalb der USA besucht, denn üblicherweise verreisten sie innerhalb des Landes der unbegrenzten Möglichkeiten. Die USA hatten genug für ein ganzes Leben zu bieten, da waren sie sich einig. Doch dieser Ausflug war mehr als ein Urlaub. Er war eine Reise ins Ungewisse, die mit gemischten Gefühlen einherging. Nun gab es kein Zurück mehr.

Die beiden Amerikaner mittleren Alters wirkten wie zwei Gäste auf einer Mottoparty, denen man das falsche Thema mitgeteilt hatte. Sie schienen irgendwie aus der Reihe – fast schon aus der Zeit gefallen. Wie zwei amerikanische Schauspieler in dem Set einer deutschen Vorabendserie. Und so fühlte sich Jill auch. Unbeholfen zog sie ihren Rollkoffer mit der Rechten hinter sich her. Links war sie bei ihrem Mann eingehakt; ganz so, als liefe sie Gefahr, verloren zu gehen. Die Verwirrung stand ihr ins Gesicht geschrieben und all ihre Hoffnung lag auf Joe. Aber auch der konnte weder Deutsch noch kannte er sich mit der Beschilderung hier aus. Oder hatte Luxemburg eine eigene Sprache? Beschämt verdrängte er den Gedanken, denn er musste sich eingestehen, dass er nichts über dieses Land wusste. Verzweifelt sah er sich um. Es hieß, dass ein Bus vom Flughafen im Stundentakt über die deutsch-luxemburgische Grenze pendelte. Doch das wollte er seiner Jill nicht antun und sein Plan, ein Taxi zu ordern, scheiterte an dem geschlossenen Informationsschalter. Auch die Theken der Mietwagenanbieter waren unbesetzt. So etwas gab es in den USA nicht, da bekam man selbst nachts noch ein Fahrzeug. Außerdem hatten sogar die großen Anbieter nur Autos mit manueller Schaltung. Europäer nutzten doch tatsächlich drei Pedale statt der normalen zwei für Gas und Stopp. Wozu bitte sollte man im Jahr 2023 noch ein Auto nutzen, das über ein Fußpedal und eine manuelle Steuerung per Schaltknüppel den Gang wechselte? Und das war hier scheinbar Standard …

Er öffnete die Uber-App und bekam auf seine Standortangabe angezeigt:

›Leider ist Uber in Ihrer Umgebung nicht verfügbar‹

Hier gibt es kein Uber? Und weit und breit keinen Mietwagen. Absolutes Desaster.

Seine Stimmung war am Tiefpunkt, während seine Verzweiflung stieg.

»Excuse me …«, sprach er eine Passantin an und hoffe, dass diese Englisch sprechen konnte.

»Yes, Sir?«, bekam er verwundert, aber freundlich zur Antwort.

Die beiden erklärten der netten Passantin, dass sie nach Deutschland fahren wollten, da sie grenznah ein Hotel gebucht hatten, aber äußerst erstaunt darüber seien, dass weder ein Mietwagenschalter geöffnet hatte noch ein Taxi vor Ort wartete. Bei der Nachfrage nach Uber musste die Frau, die ein nahezu perfektes Englisch sprach, lachen. Uber gebe es weder in Luxemburg noch in Deutschland. War das zu glauben? In den USA verdiente eine ganze Schicht zusätzliches Geld mit der Mietwagen-App. Und hier gab es diesen Service nicht … Während er sich in seine Verzweiflung reinsteigerte, sorgte Jill mit Small Talk für eine persönliche Basis bei der überaus freundlichen Deutschen.

Seine Gedanken über die Sitten und Eigenarten in Europa wurden durch den höflichen Hinweis der jungen Frau unterbrochen, sie könne die beiden gerne in ihrem Hotel im grenznahen Ort namens Altfelsen absetzen. Sie müsse ohnehin in diese Richtung. Es wäre also kein Umweg für sie. Das Angebot hob die Stimmung der beiden Amerikaner und der Eindruck über die Freundlichkeit der Deutschen stieg auf ein neues Level.

Joe bot der Unbekannten selbstverständlich eine üppige Entlohnung an, die diese höflichst ablehnte. Das Angebot-Ablehn-Spiel wurde bis zum Parkplatz auf die Spitze getrieben und schließlich akzeptierten die amerikanischen Gäste den kostenlosen Transport ins benachbarte Deutschland zu ihrem Hotel. Die erste Hürde der Grenzkontrollen war genommen. In einem privaten PKW einer wohlhabend wirkenden Deutschen die Grenze zu passieren, sollte also auch kein Problem darstellen. Immerhin war die Fracht, die sie transportierten, illegal und der Grund ihrer Reise so seltsam, dass niemand davon wusste. Zu ihrem Erstaunen hatte – im Gegensatz zu den strengen amerikanischen Grenzkontrollen – bei der Einreise auch niemand nach dem Grund dafür gefragt.

Lara

Kriminalhauptkommissarin Lara Riedel vom LKA hatte sich zu Beginn ihrer zweiten Tagschicht in Folge einen Überblick über die Meldungen in ihrem Einsatzbereich der letzten zwölf Stunden verschafft. Zunächst sah sie nichts von besonderer Bedeutung. Ein Verdacht auf häusliche Gewalt – eine bekannte Schrotthändlerfamilie, deren Namen man weit über die Stadtgrenzen hinaus kannte und fürchtete. Zwei Verkehrsunfälle – drei Schwerverletzte, keiner mit Todesfolge. Ein Vermisstenfall aus einem Altenheim, deren flüchtigen 96-jährigen Bewohner man anhand des GPS-Chips im Nachthemd aber schnell aufgegriffen und wohlbehalten in die Pflegeeinrichtung zurückgebracht hatte. Und dann hatte eine ältere Dame noch ihren Papagei als vermisst gemeldet. Eine Meldung erweckte jedoch ihr Interesse: Eine Mutter hatte ihren 13-jährigen Sohn als vermisst gemeldet. Als sie las, woher der Junge kam, wurde sie stutzig. Eichwald. Das kleine Dorf an der luxemburgischen Grenze ließ bei ihr alle Alarmglocken läuten. Nicht nur, dass Lara Riedel in Eichwald geboren und aufgewachsen war – sie hatte in diesem Sommer einen höchst seltsamen Fall dort übernommen, bei dem bis heute einige Dinge ungeklärt geblieben waren. Umgehend kontaktierte sie den diensthabenden Wachleiter, der den Vorfall aufgenommen hatte. Dieser berichtete monoton und emotionslos:

»Weißt du, was hier los war, heute Nacht? Die

Frau hat keine konkreten Angaben zum Aufenthaltsort ihres Sohnes machen können. Der Vater, mit dem sich die Mutter das Sorgerecht teilt, war nicht erreichbar. Also: Ob das Kind überhaupt verschwunden ist, ist überhaupt nicht klar.« So die ernüchternde Erkenntnis ihres schwerfälligen Kollegen.

Lara entschied sich, umgehend mit der Mutter des Vermissten zu sprechen und notfalls direkt eine Suchaktion einzuleiten. Doch zunächst musste sie den neuen Teamkollegen Lennard, der seit drei Wochen ihr Ermittlungspartner war, einsammeln. Nach ihrer Ausbildung bei der Schutzpolizei war sie es nicht mehr gewohnt, auf einen Kollegen zu warten. Sie kam sich manchmal vor wie eine Mutter, die ihr Kind in der Kita vergessen hatte. Dabei war der Beamte an ihrer Seite ein ziemlich aufgewecktes Kerlchen. Blutjung und voller Energie, was sie von den meisten ihrer früheren Kollegen nicht behaupten konnte.

»Hey Lenny, wir müssen los. Ich erklär dir unterwegs alles …«, aktivierte sie den jungen Mann, der an seinem PC die Regionalnachrichten las. Er folgte ihr prompt und die Freude über den Arbeitsplatzwechsel stand ihm ins Gesicht geschrieben. Die aufregendste Meldung der Großregion war der Streik des Bodenpersonals am Luxemburger Flughafen … In welcher Einöde war er hier nur gelandet?

Anna

Anna liebte die Fahrt aus der Talsenke hinauf auf den Saargau. Die Sonne versteckte sich noch hinter dem Horizont Richtung Deutschland und ließ die umliegenden Bergkuppen an der Grenze silhouettenartig erstrahlen. Ein freundliches, aber hilflos wirkendes amerikanische Ehepaar hatte sie nach der Landung angesprochen, auf der Suche nach einem Taxi zu ihrem Hotel in Altfelsen. Da Anna Odenthal ohnehin erst spät am Nachmittag ihr erstes Meeting hatte, vermisste sie niemand an diesem windigen Herbstmorgen. Sie bot den überaus zuvorkommenden Herrschaften an, sie dort abzusetzen und begründete das mit der Lüge, es würde sowieso auf ihrem Weg liegen. Der wahrhaftige Grund, der zu diesem Zeitpunkt noch tief in ihr ruhte, lag im benachbarten Eichwald, dem sie so spontan an diesem Herbstmorgen einen Besuch abstatten konnte. Das Ehepaar und seine Ratlosigkeit über die schlechte Verfügbarkeit an Transportmitteln waren für Anna wie eine Fügung. So als ob es ihr damit sagen wollte: »Sieh her, ich habe dir diese Menschen aus den USA geschickt und sie dich ansprechen lassen, damit du heute noch durch Eichwald fahren kannst.«

Und diesen Wink des Schicksals nahm Anna gerne an. Sie hatte noch einige Rechnungen in Eichwald offen und einiges an Bewältigung ihrer Vergangenheit. Und heute war ein schöner Tag, um damit anzufangen.

Das amerikanische Ehepaar nahm auf dem Rücksitz des BMW X7 M Platz. Zwischen dem üblichen Smalltalk waren die Ankömmlinge sehr interessiert an der Gegend und ihrer Geschichte. Anna berichtete, dass sie in Luxemburg beruflich unterwegs sei, normalerweise in der Nähe von München lebte und ihre Kindheit in einem Ort in der Nähe ihres Hotels verbrachte hatte. Die Amerikaner staunten nicht schlecht. Jedoch kamen Anna die beiden auf eine seltsame Weise aufgeregt, bisweilen ängstlich vor. Joe, der als Autohändler ein erfolgreiches Berufsleben in den USA gehabt hatte, schwitzte, obwohl im luxuriösen Wagen ein angenehmes Klima herrschte. Zwischendurch flüsterten sich die beiden auch immer wieder etwas zu. Wie normale Reisende, die sich gegen Ende eines stressigen Fluges voller Vorfreude dem Ziel näherten, wirkten die beiden gewiss nicht. Abgesehen davon erfüllten sie nicht ansatzweise Annas Klischee von amerikanischen Touristen, die ihrer Vorstellung nach in großen Gruppen mit einer von A bis Z durchgeplanten Reisegruppe quer durch Europa von Großstadt zu Großstadt flogen. Berlin, München, Paris, London, Mailand, Madrid – alles vorstellbar. Aber hier? Irgendwo im Nirgendwo.

Auf die Frage, wie sie auf diese Gegend als erstes Ziel in Deutschland kamen, antwortete Jill wie aus der Pistole geschossen: Man liebe den deutschen Wein und komme natürlich nicht um den Riesling umher, der in dieser Region die besten Lagen und Weingüter vorhalte. Eine Antwort, die weder authentisch noch glaubwürdig rüberkam. Eher so wie aus einem Werbeprospekt des Saar-

Mosel-Tourismusverbandes. Und ein Hotel am Rande des Weingebietes auszusuchen, kam ihr zusätzlich seltsam vor. Amerikaner waren in gewisser Weise eigenartig. Wer wählte schon freiwillig einen rassistischen Mann zum Präsidenten, dessen Vorfahren aus Deutschland kamen? Aber dieses Thema war ja – Gott sei Dank – Geschichte und alle drei vermieden politische Gespräche auf der Fahrt. Überhaupt wich Jill, die im Wesentlichen das Reden übernahm, öfter Fragen aus, und beantwortete diese meist mit Gegenfragen, so als ob sie von sich nicht viel preisgeben wollte. An Annas Lebensgeschichte war sie allerdings sehr interessiert. Anna reagierte ebenfalls ausweichend, log an der ein oder anderen Stelle sogar, da ihr die beiden Insassen ihres Wagens zunehmend befremdlich vorkamen. Sie war froh, als sie endlich in Altfelsen am gebuchten Hotel ankam und den Amerikanern das Gepäck ausgeladen hatte. *Irgendetwas stimmt mit denen nicht,* dachte sie. Sie überlegte, ob das an dem klischeehaften Habitus des Paares lag, das genau so aus dem Cast eines amerikanischen Horrorfilms entsprungen sein könnte, oder aus ihren eigenen Erinnerungen an den benachbarten Ort, zu dem sie ein ambivalentes Verhältnis hatte. Bevor sie zu einem abschließenden Urteil kam, wurde sie durch den eingehenden Anruf ihres Sohnes unterbrochen. Schreckhaft schloss sie die Fahrertür. Warum war sie nur so ängstlich? Warum dachte sie schon wieder direkt daran, dass etwas Schlimmes passiert sein könnte, statt sich über das Telefonat von Jesse zu freuen? Mit einem beklemmenden Gefühl startete sie den

Motor und nahm den Anruf über die Freisprechanlage entgegen.

Wie eine Bestätigung ihrer Angst meldete sich nicht ihr Sohn, sondern eine Stimme, die sie nicht direkt zuordnen konnte.

Lenny

Es war noch früh am Morgen – er hatte erst einen Kaffee zu sich nehmen können –, als Lenny mit seiner Vorgesetzten KHK Lara Riedel auf dem Weg zu einer Zeugenbefragung war. Normalerweise liefen Ermittlungen geplanter und koordinierter, jedoch schien Lara hier irgendeine Dringlichkeit zu sehen, die er im ersten Moment nicht nachvollziehen konnte. Er hatte sich mit Fragen zurückgehalten und war ihrem zügigen Schritt in die Tiefgarage gefolgt. Erst als sie den Weg aus dem Polizeipräsidium stadtauswärts einschlugen, schien Lara zu bemerken, dass sie einen Beifahrer hatte. Jedenfalls kam es Lenny so vor. Der junge Kommissaranwärter war mit seinen 27 Jahren über zehn Jahre jünger als seine Kollegin. Optisch hätten sie aber auch Mutter und Sohn sein können: Er wirkte mit seiner glattrasierten, reinen Haut und seinem vollen Haar wie Anfang zwanzig. Ihr merkte man die Doppelrolle der Kriminalhauptkommissarin mit zwei kleinen Kindern an. Die ersten grauen Haare und die Augenringe, die seit der Geburt ihres ersten Sohnes nicht mehr weggingen, sprachen klare Bände. Und trotz des Altersunterschiedes waren die beiden nach wenigen Stunden auf einer Wellenlänge. Lenny hatte eine feine Sensorik ihrer Befindlichkeit entwickelt. Und im Moment war Stille angesagt, denn Lara war in Gedanken, das merkte er sofort. Irgendeine Sache beschäftigte sie so sehr, dass er sich erst einmal zurückhielt. Als Lara auf die

Schnellstraße ortsauswärts abbog, brach sie endlich ihr Schweigen.

»Wir haben einen vermissten Jungen in Eichwald und ich möchte die Umstände überprüfen. Du musst mir das Reden überlassen. Ich kann es noch nicht genau erklären, aber ich habe bei der Sache in ungutes Gefühl …«

Lenny runzelte die Stirn, und reagierte mit einem zurückhaltenden »Mhhh!«. Mehr wusste er darauf nicht zu antworten und Lara schien zu bemerken, dass ihre Aussage wenig zufriedenstellend war.

»Also, zum Hintergrund: Ich hatte vor wenigen Wochen dort einen wirklich seltsamen Fall: Alles fing mit einem vermeintlichen Unfall mit Todesfolge an. Ein Mountainbiker war mit hoher Geschwindigkeit gestürzt und eine Klippe heruntergeflogen. Genickbruch. Und alles sah zunächst nach einem Unfall aus. Die KTU hat aber Spuren gefunden, die auf ein Attentat hindeuteten. Ein gespanntes Drahtseil, das hinterher akribisch entfernt wurde, hatte den Mountainbiker zu Fall gebracht. Die Spuren waren eindeutig, aber der Fall ist bis heute ungeklärt.«

»Ich dachte, ihr hättet eine Verdächtige damals festgenommen …« Lara schien erstaunt über die Informationen ihres Kollegen, die ihres Wissens nach nur in der lokalen Saar-Mosel-Zeitung in größerem Umfang verbreitet wurden. »Damals warst du doch noch gar nicht hier in der Gegend …«

»Man informiert sich halt über seine Kollegen und deren Arbeit, wenn man neu ist«, kommentierte er mit einem Schmunzeln. Lenny hatte tatsächlich über den Fall gelesen und aus Interesse weiter recherchiert. Der Berliner Investigativjournalist Emil Eichwald hatte schließlich ausführlich darüber geschrieben.

Lara bohrte nicht weiter nach und berichtete weiter: »Die Verdächtige, von der du sprichst, sitzt noch in Untersuchungshaft. Wir konnten ihr diese Tat nicht nachweisen, das Motiv war der Staatsanwaltschaft zu vage. Und es gab keine belastbaren Spuren von ihr am Tatort.»

»Wie seid ihr denn überhaupt auf sie gekommen? Und warum sitzt sie noch in Untersuchungshaft?«

»Okay, die Kurzversion – die ganze Geschichte ist jetzt zu kompliziert zu erklären: Der Tote an der Klippe war einer der Anwesenden bei einem Todesfall vor 20 Jahren. Er war Zivi und fuhr den Rettungswagen bei dem Einsatz, bei dem ein Mann starb, möglicherweise weil der Rettungswagen zu spät kam. Er hatte sich damals aufgrund fehlender Informationen der Leitstelle verfahren. Jedenfalls war Sophies Mann Julian sicher, dass sich jemand an allen Beteiligten dieses Brandes im Jahr 2003 rächen wollte. Das Motiv war für mich völlig abstrus, bis dann wirklich Julian im Laufe der Ermittlungen starb. Auch hier wurden Spuren einer möglichen Manipulation gefunden, Beweislage wie zuvor: dünn und unklar. Die Hauptverdächtige war Julians Frau, Sophie Burg. Sie hatte bei der Festnahme quasi zugegeben, ihren Mann zumindest nicht gerettet zu haben, aber ob man ihr wirklich Mord nachweisen kann, bleibt unklar.

Mit einem guten Anwalt geht das maximal auf Totschlag oder unterlassene Hilfeleistung. Jedenfalls war ihr Mann Julian am offenen Kamin an einer CO-Vergiftung gestorben. Ich bin mir sicher, dass sie den Ofen manipuliert hatte, aber, wie zuvor erwähnt: Die Beweislast liegt bei der Staatsanwaltschaft. Jedenfalls behauptet sie, dass sie mit dem Tod des Mountainbikers nichts zu tun hatte. Und wir können bis heute nicht nachweisen, dass es anders war.«

Lenny staunte nicht schlecht. Er hatte das Gefühl, Lara hatte noch nicht ganz damit abgeschlossen und dieser Fall beschäftigte sie immer noch.

»Jedenfalls konnten wir den Cold Case aus dem Jahr 2003 dadurch lösen: Die panische Angst vor einem Rachefeldzug hatte Julian Burg zum Reden gebracht und die Leiche, die in der Hütte gefunden wurde, war der Verlobte von seiner jetzigen Ehefrau Sophie.«

»Nein, wie verrückt!«, kommentierte er jetzt deutlich emotionaler.

»Das kannst du laut sagen! Es war eine verworrene Geschichte, die aus Schuld und Schweigen bestand, und die einen ganzen Ort in einer Art Schockstarre hielt. Und als das Schweigen mal gebrochen war, haben sich langsam alle Puzzleteile zusammengefügt: Die unbekannte männliche Leiche war ein im Zeugenschutzprogramm befindlicher Kronzeuge, der sich dort heimlich mit seiner schwangeren Verlobten traf: Sophie. Als die Hütte explodierte und in Flammen aufging, war sie draußen und floh unerkannt, da sie davon ausging, dass auf ihren Verlobten ein Anschlag verübt worden war. Sie tauchte unter und wusste nicht, dass vier Jugendliche damals das Ganze beobachtet hatten und anstatt zu helfen selbst aus Angst geflohen waren. Der Journalist Emil Eichwald – und ja, er heißt so, weil er aus diesem Ort stammt – hatte die wesentlichen Informationen herausgefunden und auch einen Zeugenaufruf veröffentlicht. Dadurch hatte Sophie erfahren, dass ihr jetziger Mann Julian mitverantwortlich war, was wiederum unser Motiv für einen Mord darstellt.«

»Okay, Moment mal«, unterbrach Lenny seine Kollegin. »Aber wovor hatte Julian solche Angst? Eine unterlassene Hilfeleistung wäre längst verjährt. Selbst damals hätte man mit einem halbwegs guten Anwalt darauf gehen können, dass man Angst hatte oder überfordert war. Bei einer Explosion kann man ja nicht von Jugendlichen erwarten, dass man da jemanden aus einem brennenden Haus zieht …«

»Die rechtliche Schuld war nicht das Problem, Lenny. Es waren Schuldgefühle. Angstzustände plagten den Mann seither. Er war stark tablettenabhängig und letztlich hatte er – eine wirklich tragische Ironie an der Sache, wenn ich so darüber nachdenke – er hatte seine Frau Sophie nur kennengelernt, weil sie als Ärztin in der Klinik arbeitete, in der er wegen akuter Angstzustände behandelt wurde.«

»Ja, oder anders ausgedrückt: Sie hatte den Mitschuldigen der unterlassenen Hilfeleistung an ihrem Verlobten nur dadurch kennengelernt.«

»Richtig. Aber ob sie auf Rache aus ist oder alles nur Zufall war, bleibt ungeklärt, und ich bin immer noch auf der Suche nach Antworten. Der tote Mountainbiker – Jakob Wild – bleibt bisher ein Unfall mit Todesfolge. Ich bin mir aber sicher, dass er getötet wurde. Und ich werde herausfinden, was dahintersteckt.«

WIR werden herausfinden, was dahintersteckt, dachte Lenny.

Die Amerikaner

Der erste Teil der Reise war geglückt: Jill und Joe ruhten auf dem Doppelbett ihres Hotelzimmers in Altfelsen. Während Jill in einem Ratgeber las, musste Joe einige Dinge im Internet recherchieren, die ihm aufgefallen waren. Jill erzählte oft scherzhaft über die Eigenart, Joe würde mehr mit Google kommunizieren als mit ihr, was auf Partys eine witzige Anekdote ihrer Beziehung war, aber einen wahren Kern enthielt. Heute war ihm auf ihrem Hotel die große Aufschrift ›Fremdenzimmer‹ aufgefallen, die von Google mit ›strange room‹ übersetzt wurde. Sicherlich, die Zimmer waren alles andere als Luxus, aber er hatte schon schlimmere gesehen. Das Wort ›fremd‹ allein wurde mit ›Alien‹ übersetzt, was bei Joe komplette Verwirrung hervorrief. Langsam kam er sich vor, wie in Hitchcocks ›Psycho‹. Fehlte nur eine alte, viktorianische Villa auf einer Anhöhe über dem Hotel … Ein Beitrag in einem Forum weiter unten in der Googlesuche klärte ihn schließlich auf: Es schien ein alter Begriff für Gästezimmer oder einfach Hotelzimmer zu sein, den man so heute nur noch selten in Deutschland als Synonym benutzte. Sie hatten also nicht gerade die modernste Unterkunft erwischt, dafür war die junge Frau an der Rezeption umso herzlicher. Sie begrüßte die Gäste aus den USA auf Englisch und es sah so aus, als ob sie für diesen Zweck abgestellt worden wäre. In den folgenden Tagen sollte sich herausstellen, dass immer dann die junge Frau namens ›R. Hauser‹ gerufen wurde, wenn die amerikanischen Gäste eine Frage hatten. Sie schien die einzige Mitarbeiterin des Hotels zu sein, die Englisch sprechen konnte. Das ›th‹ sprach sie mit einem stumpfen ›d‹ aus, ohne auch nur im Ansatz ein klares ›th‹ zu bemühen. Auch der Satzbau war eher deutschen Ursprungs. Aber sie redete wie ein Wasserfall und man erhielt die Informationen, die nötig waren. In dem englischen Ratgeber eines deutschen Autors über die ›Sitten und Gebräuche der Deutschen (für Amerikaner)‹, den Jill sich in Vorbereitung auf ihre Reise auf Amazon bestellt hatte, wurde ausführlich beschrieben, dass es in Deutschland mehr Gebiete ohne Handyempfang gab als Orte, in denen keiner Englisch sprechen konnte. Sie hatte sich schon gewundert, denn im Wagen der Bekanntschaft, die sie über die Grenze gebracht hatte, war ihr aufgefallen, dass sie kein Netz hatte. Gepaart mit der Annahme, dass hier nur wenige Menschen Englisch beherrschten, bekam sie eine düstere Vorahnung: Was, wenn sie hier abgeschnitten vor der Außenwelt irgendwo festsaßen und niemanden um Hilfe rufen konnten? Gefangen in einem fremden Land, ohne die Sprache zu sprechen, in einem Gebiet ohne Internet und Telefon. Natürlich wusste sie, dass diese Sorgen rational nicht zu begründen waren. Sie waren schließlich nicht in irgendeinem Dritte-Welt-Land ohne Infrastruktur unterwegs. Sie waren in Deutschland, dem Land der Dichter und Denker. Dem Land der Ingenieure. Und scheinbar im Land der Funklöcher – das war sicherlich verwirrend, aber kein Grund, sich in unbegründete Ängste hineinzusteigern. Sie entschied sich abermals, ihre Sorgen nicht mit ihrem Mann zu teilen. Joe war schließlich gerade etwas zur Ruhe gekommen. Sie wusste von seiner inneren Anspannung und dem Stress, den ihr Vorhaben in ihm verursacht hatte. Und dann kam auch noch der Jetlag, der beide mit voller Wucht umhaute. Da wollte sie ihn nicht zusätzlich mit ihren düsteren Gedanken beunruhigen. Sie nahm heimlich eine Beruhigungstablette und spülte mit einem Glas Wasser zusätzlich ihre Sorgen und Ängste runter. Während Jill auf dem Bett einschlief, betrachtete Joe das Foto, das sie zu ihrem Ziel führen sollte. Zum ersten Mal begutachtete er die Aufnahme auf deutschem Boden. Ein schönes Haus mit einer Bank davor, auf der ein junges Paar saß. Ein Schnappschuss zweier glücklicher Menschen. Er spürte die Nähe. Er fühlte die Verbundenheit. Und er war fest entschlossen, seinen Plan durchzuziehen.

Sophie

Als Maik Biesdorf nach einer knappen Stunde das Ortsschild von Eichwald passierte, meldete sich Sophie das erste Mal von sich aus mit einem Anliegen zu Wort, ohne auf die Ausführungen ihres Anwalts zu reagieren.

»Maik, können wir noch eine Runde durch den Ort drehen? In der Zeitung stand, dass am Wochenende Rebfeuerfest auf dem Festplatz wäre …«

Maik starrte sie entsetzt an.

»Guck auf die Fahrbahn, Maik!«, befahl sie ihrem Anwalt. Obwohl Sophie den etwas eigenwilligen Mann erst seit einigen Wochen kannte, hatten die beiden direkt einen guten Draht zueinander. Er war – optisch sowie von seiner chaotischen Lebensart her – nicht ihr Typ, aber irgendwie lagen sie auf einer Wellenlänge. Vielleicht hatte sie auch sonst niemanden, auf den sie sich verlassen konnte oder der für sie – in welcher Form auch immer – dagewesen wäre. Und doch blieben manche seiner Eigenarten ein Rätsel für sie. War er immer so engagiert mit seinen Klienten? Oder gab der Fall wegen des Medienrummels und dem Anklagetitel ›Mord‹ einen besonderen Ansporn für den in die Jahre gekommen Anwalt mit dem angeschlagenen Image? Sie hatte sich fest vorgenommen, nach ihm zu googeln, denn irgendeine Vergangenheit musste er haben. Das machten die Tuscheleien und die rollenden Augen der Gefängniswärter deutlich, wenn Maik Biesdorf das Gefängnis betrat. Aber offen gesagt war ihr auch egal, was die Leute redeten oder was alles in Maiks Vergangenheit schiefgelaufen war. Ihr hatte er maximal geholfen und sich engagiert, wie sie es noch von niemandem zuvor erlebt hatte. Maik war nicht nur ihr Verteidiger, sondern auch ihr Kontakt nach draußen und umgekehrt. Er berichtete ihr bei allen Besuchen, wie der Stand der Dinge war und was in der Presse geschrieben wurde. Die größte Welle erwartete er zum Prozessbeginn. Noch waren die überregionalen Medien zurückhaltend – allen voran die großen hetzerischen *Schmierblätter*, für die nicht der Text, sondern das Bild im Vordergrund stand. Und so ein Bild auf der Titelseite konnte jegliche Zukunft zunichtemachen. Auch da hatte Maik gute Arbeit geleistet. Die Anklage ging nach allen Verhandlungen mit ›Totschlag‹ ins Rennen der Hauptverhandlung, was für die Boulevardpresse deutlich uninteressanter war.

> *Strafgesetzbuch (StGB) § 212 Totschlag*
> *(1) Wer einen Menschen tötet, ohne Mörder zu sein, wird als Totschläger mit Freiheitsstrafe nicht unter fünf Jahren bestraft.*
> *(2) In besonders schweren Fällen ist auf lebenslange Freiheitsstrafe zu erkennen.*

Maiks Strategie auf Freispruch hatte Chancen auf Erfolg, zumindest vermittelte er das Sophie selbstbewusst.

Und dann war da noch das Foto. Vorletzte Woche hatte Maik von einer unbekannten Person einen Umschlag erhalten, auf dem ›An Sophie Burg‹

stand. In dem Couvert befand sich lediglich die Kopie eines älteren Fotos, auf dem ein Haus abgebildet war. »Will dir jemand seine Hütte anbieten, oder was ist das für eine Information?«, hatte er bei der Übergabe des Umschlages auf Informationen von ihr gehofft. Natürlich konnte ihr Anwalt damit nichts anfangen, aber Sophie war sofort klar, worum es ging. Während alle Welt an ihre Schuld glaubte, interessierte Sophie nur eine Frage: Wo war ihr Verlobter Adam damals im Zeugenschutz? Wo genau war er in Eichwald untergebracht? Ihr heimlicher Treffpunkt damals, die ›Bocksteinhütte‹ zwischen Eichwald und Ockhofen, war nicht zufällig gewählt. Es war eine abgelegene Hütte in der Nähe des Ortes, in dem Adam als Kronzeuge bis zum Prozess in einem Safehouse untergebracht worden war. Doch wo genau, hatte Sophie nie herausfinden können. Sie hatte diesen Aspekt all die Jahre im Hinterkopf, wenn sie durch Eichwald lief. Es gab keinen Bewohner des Dorfes, den sie sich nicht bereits als Zeugenschützer oder V-Mann des Verfassungsschutzes vorgestellt hatte. Niemand passte jedoch ins Schema. Sie hatte zudem weder Vermutungen noch Anhaltspunkte, die auf den Ort hindeuteten, an dem sich Adam vor seinem Tod aufgehalten hatte. Sicherlich wurde nach der missglückten Operation Zeugenschutz ihres Verlobten Adam und dessen Tod die Unterbringung dort eingestellt – vielleicht war bis heute niemand mehr dort versteckt worden. Eine Sache war jedoch sicher: Das Haus auf dem Foto erkannte Sophie sofort und sie wusste, wo es stand: in der Nähe des Festplatzes, auf dem am kommenden Wochenende wieder ein Fest stattfinden sollte.

»Ist das dein verdammter Ernst?«, nahm Maik schockiert Bezug auf ihren Wunsch, mit dem Auto durch Eichwald zu flanieren. »Wir sollten jetzt so wenig Aufmerksamkeit wie möglich erregen. Auf der Rückbank liegt eine Basecap und eine Brille. Setz die auf, wenn du aussteigst, und wir gehen direkt ins Haus. Je weniger Menschen von deiner Entlassung wissen, desto besser. Wir dürfen den Prozess nicht gefährden! Verstehst du, Sophie?«

Natürlich verstand sie und nickte zustimmend. Den Prozess wollte sie nicht gefährden, aber auf ihrer Prioritätenliste befand sich ein anderer Punkt ganz oben: Sie musste zu diesem Haus. Sie musste die Leute, die Adam versteckt gehalten hatten, zur Rede stellen.

»Ich versuche hier alles unter Kontrolle zu halten. Dieser Enthüllungsjournalist aus Berlin hat jetzt schon zweimal für ein Interview angefragt …«

»Emil Eichwald?«, unterbrach sie sein Plädoyer.

»Sophie. Versprich mir, dass du keine schlafenden Hunde weckst.«

»Keine Sorge, Maik. Ich bin eher der Katzentyp …«, konterte sie mit einem Augenzwinkern.

Er bog in die Einfahrt ihres Hauses ein. An der Tür war noch das Siegel der Polizei zu erkennen. Vor knapp einem Monat hatte man sie hier festgenommen.

Ohne auf das Angebot der Verkleidung einzugehen, stieg sie aus dem Wagen ihres Anwalts.

»Danke fürs Fahren, Maik. Mach dir keine Sorgen«, versuchte sie ihn zum Abschluss zu beruhigen. Sicherlich war ihm klar, dass Sophie ihre eigenen Pläne hatte.

Anna

Anna versuchte ihre Panik unter Kontrolle zu halten. Regelmäßig hatte sie Anfälle wie diesen. Wie aus dem Nichts bekam sie Atemnot und eine Art Vorahnung, dass etwas Schreckliches passiert sein könnte und sie in diesem Moment die Nachricht bekommen sollte. Eine spezielle Atemtechnik und die Therapie kurz nach der Geburt ihres Sohnes halfen ihr dabei, solche Momente unter Kontrolle zu halten; sie versuchte die Panikattacke im Keim zu ersticken, bevor sie sich wie ein außer Kontrolle geratenes Krebsgeschwür in ihr ausbreitete. Der Psychologe hatte ihr in einfachen Worten erklärt, dass sie die eigene Kindheit auf ihren Sohn projiziere. Wenn man so wollte, hatte sie viele unaufgearbeitete Situationen – Verlustangst, Heimatlosigkeit und eine Rastlosigkeit –, die zwar durch die Geburt wie ausgelöscht waren, vor denen sie aber ihren Sohn in besonderer Weise schützen wolle. »Ihr inneres Ich sagt Ihnen: ›Dein Sohn soll nicht dasselbe Schicksal erleiden wie du!‹«

Das war natürlich objektiv unrealistisch: Anna wuchs ohne leibliche Eltern auf, sie kam nach einer Pflegefamilie irgendwo in Bayern mit etwa acht Jahren zu den Müllers nach Eichwald, wo es ihr nicht wirklich schlecht ging. Josef und Luisa Müller gaben ihr ein Zuhause in Eichwald – eine Heimat war es aber nicht.

Es fehlte in ihrer Kindheit und Jugend nicht nur an Geld, sondern auch an echter Liebe und Geborgenheit. Das Gegenteil war bei ihrem Sohn der Fall: Die aufopfernde Liebe seiner Mutter war oftmals übertrieben und überfürsorglich. An Geld würde es Jesse ebenfalls niemals mangeln. Sein Erbe würde eine zweistellige Millionensumme und etliche Immobilien in Europa beinhalten.

Und trotzdem kamen diese Panikattacken, wenn etwas Unvorhergesehenes passierte. Wie jetzt, da sie einen Anruf ihres Sohnes annahm und nicht wie erwartet seine piepsige Stimme, sondern eine andere sich meldete.

»Jesse? Bist du das?«, versuchte sie so unaufgeregt wie möglich zu klingen.

»Nein, hier ist Niklas«, ertönte eine in ihrer Tonlage schwankende Stimme. »Hallo, Anna. Ich wollte fragen, ob Jesse die nächsten Tage bei uns schlafen kann. Für meine Eltern wäre das okay.«

Erleichterung machte sich spürbar in ihr breit.

»Wieso seid ihr denn schon zurück? Ich dachte, ihr wärt in Urlaub. Du klingst irgendwie erkältet …«, versuchte sie die letzten Ungereimtheiten zu beseitigen. Selbstverständlich wäre Jesse für die Zeit ihres Aufenthaltes in Luxemburg bei seinem Freund Niklas in Starnberg untergekommen, aber die Familie war eigentlich auf einer Hochzeit eingeladen.

»Nein, mir geht's gut. Das ist der Stimmbruch. Und die Hochzeit ist abgesagt. Wir waren schon auf dem Weg nach München, aber irgendwas kam da dazwischen. Meine Tante hat die Trauung und die Party gecancelled.«

»Oh, das tut mir leid«, kommentierte Anna das Hochzeitsdebakel und war froh, nicht auf den

Stimmbruch des Jungen eingehen zu müssen. Wieder wurde ihr bewusst, dass die beiden keine kleinen Jungs mehr waren. Sie waren im Übergang, Männer zu werden, und wenn sie ihre ganzen Ängste außen vor ließ, dann war sie stolz auf die beiden. Trotz der reichen Familien und dem elitären Umfeld waren sie mehr wie die Jungs aus Eichwald, denn wie versnobte Millionärskinder, wie sie tagtäglich in ihren Luxushotels eincheckten.

Ihr Puls sank merklich und ihre Anspannung löste sich, da alle Anzeichen einer Gefahr für sie ausgeschlossen waren.

»Ja, klar. Darf er«, antwortete sie und schob eine Botschaft an ihren Sohn hinterher, denn sie wusste, was für ein Spiel hier lief. »Und Niklas, sag dem Jesse doch bitte, er soll sein Kuscheltier einpacken, falls er mich vermisst …«

Natürlich hörte Jesse mit und hatte Niklas nur vorgeschoben, so wie sie das auch umgekehrt machten, wenn Niklas bei Jesse übernachten wollte. »O Mann, Mama, wie peinlich!«, stöhnte er aus dem Hintergrund.

Niklas und Anna lachten, während sie genau wusste, welche Mimik sein hübsches Gesicht in diesem Moment annahm.

Sie beendete das Gespräch mit einer ernsthaften Bitte an Jesse, sich abends bei ihr zu melden und wünschte den beiden Jungs viel Spaß. Jesse quittierte das mit einem lapidaren »Jaja, Mama. Keine Sorge«.

Die Stimme ihres Sohnes hatte die innere Anspannung geerdet. In einem kurzen Moment der völligen Zufriedenheit kam sie an die Abzweigung am Ortsausgang. Links wies das Schild mit einem europablauen Hintergrund in Richtung des Grenzübergangs Luxemburg. Rechts stand auf einem ausgebleichten gelben Schild ›Eichwald‹ und darunter ›5 km‹.

Sie sah auf die Uhr im Armaturenbrett, überlegte einen Moment und setzte dann den Blinker rechts.

Lara

Das Auto bog in die Schulstraße ein, während Lara ihrem Beifahrer von ihrer Ausbildung und dem Werdegang bis zum LKA erzählte. Sicherlich waren auch ihre Anfänge bei der Schutzpolizei ausschlaggebend dafür, dass Lenny nicht nachfragte, warum sich Lara in dem kleinen Ort Eichwald so gut auskannte und das Haus der Hellers ohne Navigation sicher ansteuerte. Das Banner am Ortseingang mit der Ankündigung des bevorstehenden Rebfeuerestes wunderte sie. So kurz nach den Ereignissen im Sommer diese fröhliche Tradition wieder aufleben zu lassen, fand sie doch etwas unpassend.

Lara hatte ihre Kindheit und Jugend nur zwei Straßen von hier verbracht. Ohne Lennys Anwesenheit hätte sie später noch kurz zu Hause vorbeigeschaut. Ihre Verbindung zu Eichwald verschwieg sie vor ihrem Kollegen. Sie wollte nicht befangen wirken, schließlich gab es keinen erkennbaren Grund eines Zusammenhangs zu den Ereignissen in diesem Sommer. Auch hatte die Mutter letztlich die Vermisstenanzeige zurückgezogen, was sicher an dem diensthabenden Kollegen gelegen hatte. Eine Vermisstenmeldung bei Kindern und Jugendlichen unter 18 Jahren führte normalerweise zur sofortigen Einleitung einer Suchaktion.

Die beiden Polizisten betraten das renovierte Einfamilienhaus am Ende der Straße, das Lara von außen direkt bekannt vorkam. Sie versuchte sich zu erinnern, wer hier früher gewohnt hatte, kam aber nicht auf den Namen. Es war ein älteres, kinderloses Ehepaar gewesen. Den Mann hatte sie nicht mehr im Gedächtnis, glaubte aber, die Frau in der Kirchengemeinschaft einordnen zu können. Sicher war sie im Pfarrgemeinderat oder im Kirchenchor und auch bei den Vorbereitungen zur Kommunion mit von der Partie.

Sonja Dostert-Heller, die Mutter von Luca, bat die Polizisten herein und bot ihnen Kaffee an, was beide ablehnten. Die sichtlich nervöse Frau war nicht imstande, Begrüßungsfloskeln zu wechseln, weshalb Lara direkt zur Sache kam:

»Frau Dostert-Heller«, begann sie ruhig und langsam, während ihr Kollege sich bereitmachte, die wichtigen Informationen mitzunotieren. »Sie haben Ihren Sohn zunächst vermisst gemeldet, die Anzeige aber wieder zurückgezogen. Warum?«

»Ja, also … Ich denke, ich habe überreagiert. Ich bin eigentlich nicht so ängstlich. Luca ist ein selbstständiges Kind. Der kann hier im Dorf kommen und gehen, wann er will. Und eigentlich ist er in den Ferien ja bei seinem Vater, Henning. Also, er sollte dort sein. Er wollte jedenfalls zu ihm. Den erreiche ich aber nicht. Und dann ist noch die Treibjagd die Tage im Ort …«

»Moment mal«, bremste Lara sie. »Ihr Mann ist wo genau?«

»Mein Mann Volker ist beim Aufbau des Festes.«

Laras Blick verriet Sonja, dass sie nichts verstand. Sonja sammelte sich und begann von vorn zu erklären: »Lucas Vater, Henning, lebt schon lange nicht mehr bei uns. Wir haben uns vor fünf Jahren getrennt und gemeinsam das Sorgerecht. Luca hat ein super Verhältnis zu ihm. Jedenfalls ein besseres als zu seinem Stiefvater Volker Heller, meinem neuen Mann.«

»Verwandt oder verschwägert mit Jürgen Heller?«, fragte sie nachdenklich, was Lenny mit einem verwirrten Blick zur Kenntnis nahm.

»Jürgen, also unser Bürgermeister, ist mein Schwager. Volkers Bruder«, bestätigte sie.

Lara blickte zu Lenny, der fleißig am Mitschreiben war.

»Und wo genau lebt Ihr Ex-Mann? Wir würden dann bei ihm vorbeifahren und uns mal umsehen.«

»Der lebt in Österreich; also genauer gesagt in Wien.«

Lenny fiel vor Schreck der Kugelschreiber aus der Hand. Auch Laras in Falten gelegte Stirn verriet ihre Verwunderung. Sie hatte ja mit einer entsprechenden Entfernung gerechnet, die für die Mutter scheinbar zu weit gewesen war, um kurz selbst nachzusehen, aber Wien in Österreich? Das waren ja geschätzt neun Stunden Autofahrt – ohne Staus.

»Ja, also er ist Schriftsteller und lebt seit unserer Trennung in Wien, wo auch sein Verlag sitzt. Aber er ist gefühlt zwanzigmal im Jahr hier. Er hat oben in Hangwald ein Ferienhaus, außerhalb vom Dorf, am Waldrand. Dort arbeitet er öfter und Luca ist dann häufig bei ihm. Ich war gestern Morgen dort, habe aber niemanden angetroffen.«

Lara nickte. »Mhh, verstehe. Können Sie mir

das Ferienhaus mal auf einer Karte zeigen? Warten Sie …« Sie zog ein Tablet aus ihrem Rucksack und öffnete die Maps-App. Als sie den kleinen Ort herangezoomt hatte, hielt sie Sonja das Tablet hin. Diese zeigte auf eine Stelle, an der der offizielle Weg endete. Lara markierte die Stelle mit einer Placemark und bedankte sich.

»Gab es sonst noch irgendeine seltsame Situation in letzter Zeit; vielleicht etwas, das Ihr Sohn sonst anders gemacht hätte? Oder ein Vorfall, durch den er …« Sie stockte kurz und überlegte. In solchen Situationen war es essenziell, die richtigen Worte zu wählen. Panik und Verzweiflung brachten niemanden weiter. Und noch sah nichts nach einem schlimmen Verlauf aus. »… durch den er möglicherweise Abstand gewinnen wollte?«

»Also irgendwas hat Luca in den letzten Monaten. Er ist komplett in sich gekehrt, und was mir viel mehr Sorgen macht: Er hat den Kontakt zu seinem besten Freund Ole abgebrochen.«

»Ole ist der Sohn vom Bürgermeister?«, kommentierte Lara und gab Lenny damit den Hinweis für seine Notizen. So langsam wuchsen seine Notizen zu einer Art Stammbaum heran. Aus Laras Entfernung sah das eher wie ein Kunstwerk als wie eine Mitschrift aus.

»Genau«, fuhr Sonja fort. »Der Sohn von Jürgen. Im Prinzip sogar sein Stief-Cousin. Aber die beiden sind einfach schon ewig Freunde. Sie machen alles zusammen: spielen im Fußballverein, gehen in die gleiche Klasse … und verbringen auch so jede freie Minute miteinander. Sie sind eher wie Brüder. Beides Einzelkinder … Aber wie zuvor erwähnt: Seit dem Sommer ist das irgendwie anders. Ich komme nicht an Luca heran. Er ist einfach …« Sie stockte und schien nach dem richtigen Wort zu suchen. Lara vermutete irgendwas Hormonelles, eine Art der pubertären Phase. Das Adjektiv, das sie nutzte, kam Lara dann doch merkwürdig vor: »… traurig.«

Einige Sekunden lang dachten alle über die Beschreibung nach. Eine drückende Stille erfüllte den Raum. Lara schenkte sich die Frage, ob Lucas Mutter ihrem Sohn zutraute, dass dieser sich etwas angetan haben könnte. Vor ihr saß eine verzweifelte Person, die um Hilfe rief, und die einen konkreten Anlass zur Sorge hatte. Offensichtlich war ihr neuer Mann da gelassener. Wer würde schon zu einer Treibjagd gehen, wenn die Sorge bestünde, dass der Stiefsohn verschwunden wäre?

Einer Sache wollte Lara aber unbedingt noch auf den Grund gehen, bevor sie das Gespräch vorerst beendete: »Können Sie sagen, ab wann genau Sie die Veränderung bei Ihrem Sohn beobachtet haben?«

Sonja überlegte kurz, schien sich aber schnell an eine Sache zu erinnern und lieferte Lara eine Antwort, die sie zwar befürchtet hatte, jedoch nicht glauben wollte: »Das war so ab dem ersten August, in der zweiten Sommerferienwoche. Ich erinnere mich daran, weil doch an dem Tag der Mountainbiker oben am Waldrand verunglückt ist …«

Ole

Ole lag in seinem Zimmer im Obergeschoss auf seinem Bett und starrte an die Decke. Genauer gesagt beobachtete er eine Fliege, die sich im Spinnennetz an seiner Zimmerdecke verfangen hatte und die letzten Sekunden ihres Lebens mit Befreiungsversuchen verbrachte. Sie waren ausweglos. Die Hausspinne lauerte bereits auf ihre Beute. Es war nur noch eine Frage der Zeit, bis die Fliege ihr Leben verlor.

Gefangen, wie eine Fliege im Netz, beschrieb Oles innere Verfassung ziemlich gut. Die Gewissensbisse, die ihn plagten, vergrub er in sich und doch waren sie da. Abends beim Einschlafen. Morgens beim Aufwachen. Ständig und zu jeder Gelegenheit hatte er das Bild vor Augen. Das Bild des toten Radfahrers, der in den Sommerferien über die Klippe gestützt war und sich das Genick gebrochen hatte. Der Tod eines Menschen, für den er und sein Freund Luca verantwortlich waren.

Am ersten August hatten die beiden Freunde nach der Anleitung eines YouTube-Videos eine Fuchsfalle bauen wollen. Der fehlende Draht wurde an einem alten Zaun einer nahegelegenen Weide gefunden. Nichts ahnend hatten sie diesen über den Radweg gezogen. Dabei hatte der Draht sich so zwischen einem Baum und dem Felsen verkeilt, dass der plötzlich auftauchende Radfahrer mit enormer Geschwindigkeit daran hängenblieb und im hohen Bogen über die Klippe geschleudert wurde.

Luca und Ole verschwanden panisch von der Unfallstelle und hatten sich geschworen, niemandem davon zu erzählen. Und bis heute hatte sie auch niemand dazu befragt oder in Verdacht, für den Unfall verantwortlich gewesen zu sein.

Irgendjemand musste die Spuren beseitigt haben – da waren sich beide einig. Denn vor lauter Schreck hatten sie alles stehen und liegen gelassen und waren mit ihren Fahrrädern zurück ins Dorf gefahren.

Das bis dahin unbeschwerte Leben der beiden Sechstklässler hatte sich schlagartig geändert, denn das Bild des toten Radfahrers brannte sich in ihren Köpfen ein und ließ sie nicht mehr los.

Seit dem Zeitpunkt, an dem sie die Unfallstelle verlassen hatten, redeten sie mit niemandem über den Vorfall. Es war ein unausgesprochener Pakt des Schweigens, der Ole bis heute täglich quälte.

Dabei war es nicht gerade hilfreich, dass sein Vater als Bürgermeister von Eichwald immer auf seinen guten Ruf und das Ansehen der Familie bedacht war. Wenn man so wollte, war er als Bürgermeister ein Schauspieler. Er war eine andere Person in der Öffentlichkeit, als in der Familie. Mit seinen Rollen wechselte er auch sein Auftreten, was nur dem engsten Kreis der Familie auffiel. Ole hatte – da war er sich sicher – das Talent seines Vaters geerbt, gute Miene zum bösen Spiel zu machen. Ole zog seine Vorteile daraus: Er war sportlich und konnte mit seiner höflichen und doch schelmischen Art jeden um den Finger wickeln – gepaart mit der Stellung seines Vaters, genoss er sicherlich weitaus größere Freiheiten als andere

Kinder in seinem Alter. Aber diese Leichtigkeit hatte seit dem ersten August ein Ende. Das war zwar seinen Eltern aufgefallen, jedoch wurden ernste Gespräche über die Wesensänderung vermieden. Während Gras über die Sache zu wachsen schien, keimte in ihm eine Pflanze der Verzweiflung, die im Begriff war auszutreiben und sich immer mehr den Weg ans Tageslicht suchte. Eine Verzweiflung, die bereits Wurzeln in der kleinen Kinderseele geschlagen hatte.

Ole fasste den Entschluss, mit Luca zu sprechen. Er musste mit jemandem reden. Und wenn niemand kam, musste er selbst die Initiative ergreifen. Gleich morgen würde er zu Luca rüber radeln und offen mit ihm sprechen. Schließlich waren sie beste Freunde und hatten sich in der Vergangenheit immer alles erzählt.

Lenny

Lenny hielt sich am Griff der Beifahrertür fest, als sie den unbefestigten Weg zum Ferienhaus entlangfuhren. Seit sie von der geteerten, jedoch stark in die Jahre gekommenen Landesstraße abgebogen waren, fühlte er sich wie auf einer wilden Safari. Der Weg war offensichtlich nicht für normale PKWs angelegt worden und er rechnete jede Sekunde mit einem Traktor oder sonstigem schwerem Gefährt.

Unter ihnen lagen die steilen Hänge der Weinberge und oberhalb der Straße begann der Wald. Ein idyllisches Fleckchen Erde. Und doch störte Lenny etwas an Laras Fahrstil. Oder war es nicht der Fahrstil, sondern die Zielstrebigkeit ihres Handelns? Eine reine Personenüberprüfung war schließlich Sache der örtlichen Schutzpolizei. Der verschwundene Junge war objektiv nicht vermisst. Er befand sich nach der Aussage der Mutter sogar höchstwahrscheinlich in der Obhut seines Vaters – immerhin einer der Erziehungsberechtigten. Lenny sah auf sein Handy: kein Empfang. Das war eines dieser Funklöcher, die schon seit Jahren gestopft werden sollten. Lenny kam aus Heidelberg. Aus Sicht eines Berliners war das zwar auch noch fast ein Dorf – aber zumindest kannte er das Wort Funkloch nur aus Medienberichten über entlegene Gegenden irgendwo weit weg auf dem Land. Und in so einer war er nun gelandet.

Lara schien sich nicht beirren zu lassen. Sie fuhr den Weg, als ob sie diesen jeden Morgen fahren würde. Sicherlich hatte sie nur ein gutes Gedächtnis und einen besonderen Orientierungssinn. Schließlich hatte Frau Dostert-Heller ihr auf einer Karte gezeigt, wo das Ferienhaus lag. Er malte sich innerlich aus, was passieren würde, wenn sie einem Reh oder Hasen ausweichen musste und den unbefestigten Abhang zur Linken runterfuhr. Das wäre sicher nicht nur das Ende dieses Ausfluges, sondern auch sein sicherer Tod.

»Eigentlich müsste das Ferienhaus gleich hinten am Berg auftauchen …«, murmelte Lara vor sich hin. Lenny hatte das Gefühl, dass sie manchmal mit sich selbst redete und vergaß, dass noch ein Kollege neben ihr saß. Er fühlte sich wie der von Bruce Willis gespielte Dr. Crowe in ›The Sixth Sense‹, der als Toter für den Zuschauer mit seiner Frau redete und nicht merkte, dass er tot war. Vielleicht würde sich Lara gleich zu ihm umdrehen und sagen: »Ich kann tote Menschen sehen.« Bei dem Gedanken musste er schmunzeln.

»Warum grinst du so vor dich hin?«, fragte Lara belustigt.

»Ach, nichts. Musste nur woran denken …«

»Ah ja. Und das war wohl sehr lustig?«

»Situativ. Die meisten Dinge, die ich lustig finde, sind für andere nicht so lustig. Ich denke manchmal, als Comedian würde ich als Einziger über meine Witze lachen, während das Publikum mich ausbuhen würde …«

Dieser Gedanke wiederum brachte Lara dazu, laut loszulachen. Das erste Mal, dass Lenny sie so ausgelassen erlebte. Anscheinend kamen seine Witze bei ihr an. Die freudige Stimmung war jedoch nur von kurzer Dauer und kehrte sich in konzentrierte Ernsthaftigkeit um, als Lara ein Haus am Ende des Berges erblickte.

»Das da vorn muss es sein.« Sie tastete nach ihrer Waffe am Gürtel, was Lenny beunruhigt zur Kenntnis nahm. Er selbst erkannte zwar keine Gefahr, tastete aber wie aus Reflex selbst zur Kontrolle unauffällig nach seiner ›Walther P 99‹. Alles da, wo es sein sollte. Plötzlich wurde ihm ganz warm ums Herz. Er hatte noch nie seine Waffe im Einsatz benutzt, geschweige denn auf eine Person gerichtet. Sollte das heute das erste Mal werden? Seine Hand fing an zu zittern und Lenny bekam Angst. Das gleiche Zittern wie damals. Das Zittern, an das er so lange nicht mehr gedacht hatte und das fast komplett aus seinem Leben verschwunden war, kam in diesem Moment zurück.

Anna

Anna Odenthal passierte das Ortsschild Eichwald mit gedrosselter Geschwindigkeit. Neben einem Warnschild ›Achtung Treibjagd‹ war zwischen zwei Bäumen ein Banner gespannt, das auf das bevorstehende Rebfeuerfest am Wochenende hinwies.

Sie liebte es schnell zu fahren und vergaß viel zu oft, auf die Geschwindigkeitsbegrenzungen zu achten. Offen gestanden, war sie meistens zu schnell unterwegs. Nicht, dass sie rasen würde, aber die obligatorischen zehn bis 15 Kilometer pro Stunde wurden regelmäßig polizeilich in Form von mobilen Blitzanlagen zur Kenntnis genommen. Sie bekam dann vom Fuhrparkmanager ihres Mannes eine hämische E-Mail mit einem Screenshot des Schwarz-Weiß-Fotos und der Frage: »Kennst du diese Person?«

Natürlich wusste der Mitarbeiter, wer welches Auto im Fuhrpark der Firma nutzte. Auch wurde die Rechnung stillschweigend beglichen, ohne dass ihr Mann davon Kenntnis genommen hätte. Peinlich waren ihr diese Vorfälle dennoch, zumal sie sich in letzter Zeit häuften.

Heute war das anders. Die Aura ihres früheren Wohnortes drückte nicht nur auf ihre Stimmung, sie drosselte wie aus Furcht automatisch ihr Tempo. Die Erinnerung an das Dorf im Seitental der Saar war schon bei ihrem letzten Besuch getrübt worden. Aus dem offenherzigen Ort mit dem besonderen Flair und den gestriegelten Vorgärten war eine verwahrloste Aneinanderreihung von Häusern geworden, die Trostlosigkeit und Verschlossenheit ausstrahlten. Oder kam ihr das nur so vor? War ihre Vorstellung von Eichwald aus ihrer Jugend viel zu romantisch gewesen? Die Frage, warum sie heute hier war, hätte sie niemandem plausibel beantworten können. Es war eine Hassliebe, eine ambivalente Beziehung. Und doch war sie heute ebendort. Irgendeine Sehnsucht in ihr ließ sie den Ort einfach nicht vergessen. Im letzten Sommer dachte sie noch, es sei ihre Jugendliebe Tom gewesen. Sie klammerte sich an ein Ideal eines Mannes, den es nicht gab. Tom war verschwunden. Mutmaßlich hatte er seine Kontakte abgebrochen und war auf die kanarische Insel La Gomera gezogen. Über Instagram war Tom als Travelblogger ›Tomontour87‹ unterwegs. Sie verfolgte heimlich seine Beiträge und Storys, bis diese abrupt und ohne Vorankündigung abbrachen. Eine Angst hatte sich damals in ihr breitgemacht, von der sie nicht wusste, dass diese in ihr geruht hatte: Die Angst, Tom ganz zu verlieren. Kein Lebenszeichen seither – weder real noch in der digitalen Welt.

Vielleicht war es das, was sie hier suchte? Glaubte sie ernsthaft, Tom hier in Eichwald zu treffen? Nach so langer Zeit der Abwesenheit? Gut, es war sein Heimatort. Hier verbrachte er seine Kindheit und Jugend – bis der Vorfall im Jahr 2003 ihrer aller Leben änderte … Toms Elternhaus lag auf dem Weg zu dem Haus ihrer Pflegeeltern. Sie schämte sich noch immer, damals ohne Vorwarnung abgehauen zu sein. Ohne ein

Wort zu sagen, war sie nach dem Brand im Sommer 2003 nach München geflüchtet und hatte ihren Pflegeeltern nur einen Brief hinterlassen.

Sie sollten sich keine Sorgen machen. Es würde nicht an ihnen liegen.

Sie war nun alt genug, eigene Wege zu gehen.

Sie sollten sie nicht suchen.

Sie würde sich irgendwann bei ihnen melden.

An den genauen Wortlaut konnte sie sich nicht mehr erinnern, nur dass sie ihren Pflegeeltern mitteilen wollte, dass sie Eichwald, das Dorf und die Schuld hinter sich ließ.

Und nun war sie zurück.

Lara

Lara drosselte ihr Tempo. Als sie etwa zehn Meter vor der Hütte abrupt abbremste, zog eine Staubwolke an ihrem Wagen vorbei. Sie sah im Rückspiegel, dass ihr rasanter Fahrstil bereits Spuren hinterlassen hatte. Vielleicht war sie doch etwas zu schnell unterwegs. Sie hatte zudem den Eindruck, dass Lenny die Geschwindigkeit, die sie an den Tag legte, gerne kritisiert hätte. Doch Lara war sich sicher, dass sie keine Zeit zu verlieren hatten. Irgendetwas brodelte hier, sie wusste nur noch nicht was. Als die Staubwolke sich gelegt hatte, stiegen die beiden Kommissare zeitgleich aus. Während Lara zielstrebig auf das Ferienhaus zuging, blieb Lenny im Hintergrund.

»Was für eine schicke Hütte. Und so abgelegen. Mit einem Blick über das ganze Tal. Schon irgendwie atmosphärisch hier oben …«, schwärmte der junge Polizist, als seien die beiden soeben an ihrem Feriendomizil angekommen.

Tatsächlich hatte das Ferienhaus nicht nur einen atemberaubenden Blick über die Region – man sah quasi über Luxemburg hinweg bis nach Frankreich –, es war zudem eine aufwendige Holzkonstruktion, deren erste Etage aus einem grob verfugten Schiefersockel bestand. Im oberen Stockwerk befand sich mit Blickrichtung ins Tal ein Balkon über die komplette Front.

»Wie romantisch von dir, Lenny«, antwortete Lara mit ironischem Unterton. »Dann weißt du ja, wo du demnächst Urlaub machst, wenn du Einsamkeit und Abgeschiedenheit suchst.«

Auch sie liebte die herbstliche Kulisse, die ihr geboten wurde, konnte sich aber einen Seitenhieb auf ihren Kollegen nicht verkneifen. Sie fand den jungen Polizisten mit seiner jugendlichen Naivität irgendwie süß – nicht auf eine sexuell anziehende, mehr auf eine kindlich-goldige Art. Er hatte etwas Knuffiges, obwohl sie sich seiner Fähigkeiten bewusst war. Lenny hatte sein Studium an der Polizeihochschule als Bester seines Jahrgangs abgeschnitten. Seine sportlichen Leistungen waren beeindruckend, und das, obwohl er wie ein hagerer Jüngling wirkte. Viele seiner Kollegen waren muskulöse und körperlich perfekt definierte Bodybuilder-Typen. Keiner kam an Lennys Leistungen heran. Im Cooper-Test hatte er fast 4000 Meter in zwölf Minuten zurückgelegt – ein absoluter Spitzenwert. Was sie in seinen Akten nicht lesen konnte, war die Tatsache, dass der Polzeischulabsolvent eine sportliche Vergangenheit hatte: Jugendmeister im 1000-Meter-Lauf, Fünfkampf in einem Auswahlkader. Lara hatte sich diesen Musterknaben ins Team geholt – sie hatte mit einem anderen Typ Mensch gerechnet, und war dennoch nicht enttäuscht worden. Sie nahm sich vor, ihm in Zukunft mehr zu zeigen, was sie von ihrem Schützling hielt und Lenny mehr zu integrieren. Sie spürte die Unsicherheit ihres Kollegen in der Praxis und wollte nicht wie eine gefühlskalte Lehrerin wirken. Doch das war aufgrund ihrer angespannten Situation schwerer gesagt als getan. Die nervenzehrenden Ermittlungen im Sommer kamen immer noch zu keinem Ergebnis. Der Tod des

Mountainbikers war eindeutig Fremdverschulden und sie hatten keinen Täter. Dennoch spürte Lara, dass sie nah an der Lösung war, was sie innerlich aufgewühlt. Erschwerend kam ihre familiäre Situation hinzu. Ihr Mann Theo arbeitete bei der Schutzpolizei und ihre gemeinsamen Söhne Paul und Henry lebten momentan gefühlt zur Hälfte in der Kita und bei ihrer Oma, was Lara innerlich auf eine Zerreißprobe stellte.

Die beiden Kommissare hatten das Ferienhaus inzwischen einmal umrundet und ziemlich schnell festgestellt, dass sich wohl niemand Parterre aufhielt. Durch die Fenster im Erdgeschoss war keine bedrohliche Situation zu erkennen, die ein Eindringen gerechtfertigt hätte. Im Gegenteil: Der offen konzipierte Wohnraum schien belebt, aber aufgeräumt. Bis auf eine Toilette waren eine Küche mit angrenzendem Essbereich und ein Wohnzimmer komplett einzusehen. Dank der offenstehenden Toilettentür konnte man den Großteil des kleinen Bades erkennen. Keine Spur eines Bewohners, erst recht nicht einer hilflosen Person. Eine Holztreppe führte im hinteren Teil hinauf in die zweite Etage, in der sich mutmaßlich die Schlafzimmer befanden. Lara blickte nach oben. Eine Überprüfung der Räume im oberen Stockwerk würde ohne ein gewaltsames Eindringen kaum möglich sein. Aber gab es dazu einen Anlass? Die Flut an Papierkram, die im Anschluss nötig sein würde, wenn keine Gefahr im Verzug bestanden hätte, wäre enorm – abgesehen von der Peinlichkeit vor ihrem Kollegen. Immerhin lag keine Vermisstenmeldung vor.

Während Lara versuchte, die Lage einzuordnen und abzuwägen, sah sie im Augenwinkel Lenny, der in komischen Schritten rückwärts vom Haus in Richtung Auto trat. Die Situation erinnerte sie an Cristiano Ronaldo und seine affigen Attitüden vor einem Freistoß: Wie ein Pfau hüpfte er üblicherweise vom Ball zurück und stand dann in Siegerpose, mit geballten Fäusten, regungslos da – bis er loslief, um einen seiner bekannten Freistöße zu versenken. Aber Lenny war kein Ronaldo-Typ. Kritisch beobachtete sie ihren Kollegen, der nach kurzer Überlegung auf das Haus zu sprintete, mit einem atemberaubenden Sprung nach oben hechtete und sich am Sims des Balkons festhielt. Lara stand mit offenem Mund am Eingang und ließ ihn machen. Er zog sich mit eigener Kraft nach oben, hakte ein Bein in die Holzstreben ein und drückte sich zur Brüstung nach oben. Der Rest wirkte trivial: Mit Leichtigkeit schwang er sich über das Geländer und landete auf dem Balkon, ganz so, als sei das ein alltäglicher Move.

Von Lara kam ein anerkennendes »Respekt« von unten, was er mit einer lapidaren Handbewegung abtat.

»Und, kannst du alle Räume einsehen?«, rief sie nach oben.

Nach einigen Sekunden streckte Lenny seinen Kopf über die Brüstung.

»Also hier oben ist niemand! Man kann alle Räume einsehen. An der Seite ist ein Bad mit Dusche, von außen keine Menschenseele zu erkennen. Aber im Schlafzimmer, das direkt hier am Balkon liegt, war auf jeden Fall kürzlich eine Party …« Lenny zwinkerte seiner Kollegin zu.

»Was meinst du mit ›Party‹?«, hakte sie verdutzt nach.

»›Party im Schlafzimmer‹?« Er tat so, als ob ihr das etwas sagen müsste. Langsam konnte sie erahnen, worauf er hinauswollte.

»Also Lenny, ich weiß ja nicht, was du früher für Codeworte benutzt hast, aber wenn ›Party im Schlafzimmer‹ für wilden Sex steht, dann sag das doch …«

Sie war erheitert und für einen Moment wich ihre Grundanspannung, die sie an diesem Ort verspürt hatte.

»Also ja, davon kann man ausgehen: Das Doppelbett ist benutzt, auf dem Boden liegen Klamotten, von mehreren Personen. Auf jeden Fall eine Boxershort und ein Höschen. Sehr edel. Spitze. Ich schätze mal Größe 42. ›Victoria's Secret‹ oder ›PrimaDonna‹ …«

Lara grinste lautlos vor sich hin, während Lenny konzentriert durch die Scheibe nach Hinweisen suchte.

»Sieht aus, als wäre das alles schnell provisorisch versteckt worden. Also von hier aus sehe ich, was unter dem Bett liegt. Wenn man durch die Zimmertür den Raum betreten würde, eher nicht …«

Lara kam ein seltsamer Gedanke: Wenn Lucas Vater eine Affäre hatte, und der Junge deshalb verschwunden war … Irgendwas passte hier nicht, soviel war klar. Aber was?

»Kannst du alles zur Sicherheit fotografieren? Ich denke, wir sind hier fertig …«, rief sie ihrem

Kollegen nach oben zu.

Während Lenny auf dem Balkon seine Arbeit erledigte, ging Lara zu einem kaum zugänglichen Fenster an der Seite neben der Eingangstür. Dieses war fast komplett mit Blauregen zugewachsen, der scheinbar außer Kontrolle an der Seite des Ferienhauses hochwucherte. Auch der neue Blickwinkel ergab keine Spur eines Menschen. Zumindest lag niemand bewusstlos hinter dem Sofa. Diese Stelle war von hier aus perfekt einsehbar. In letzter Sekunde sah sie den Zettel auf dem kleinen Beistelltisch neben der Tür.

›Sind auf Tour. Sonntag spätestens zurück‹, stand dort mit schwarzem Edding hektisch notiert.

Lara überlegte. Der Zettel lag so platziert, dass jemand, der wie üblich das Haus durch die Eingangstür betrat, darauf stieß. Aber für wen war der Brief geschrieben? Und von wem war die Rede? ›Sind‹ bedeutete mindestens zwei. Waren damit Henning und Luca gemeint? Wer war dann der Adressat? Und wenn es nicht ›Vater und Sohn‹ bedeutete, dann waren es Henning und die unbekannte Beziehung? War der Adressat in diesem Fall Luca? Wenn Letzteres zutreffen sollte, dann war Luca wirklich verschwunden. Ihre Gedanken wurden von dem wie aus dem Nichts neben ihr landenden Lenny unterbrochen. Seine sportlichen Leistungen waren erstaunlich – Lara tat dennoch unbeeindruckt.

»Ich muss etwas klären, kannst du eine offizielle Aufenthaltsermittlung von Luca beim Staatsanwalt beantragen? Auf jeden Fall über EU-Austausch. Wir müssen ausschließen, dass er sich in Österreich, in der Wohnung seines Vaters befindet.«

Lenny schritt umgehend zur Tat, obwohl er den Eindruck vermittelte, hier keinen wirklichen Handlungsbedarf zu sehen.

Lara sah auf ihr Handy: kein Empfang.

Sie stieg zu Lenny ins Auto und fuhr mit ebenso rasantem Tempo den Berg hinunter, wie sie zuvor dort hochgefahren waren. Lenny konnte auf der Berg-abgewandten Seite direkt den steilen Abhang neben sich hinunterblicken, während Lara zusätzlich ständig auf ihr Smartphone sah.

»Geschwindigkeitsbegrenzungen gibt es auf solchen Straßen nicht, oder?«, kommentierte Lenny. In Situationen, in denen er Angst hatte, entdeckte er offenbar seinen Humor, für den Lara aber in diesem Moment kein Interesse zeigte.

Als auf der Anzeige ihres Handys endlich ein schwacher Balken die Hoffnung auf ein Handynetz weckte, stoppte sie abrupt den Wagen. Sie wählte die Nummer von Sonja Dostert-Heller, die sich nach dem ersten Klingeln prompt meldete.

»Lara Riedel vom LKA hier. Sagen Sie, wohnt Ihr Ex-Mann allein in seinem Ferienhaus?«

»Soweit ich weiß, ja. Wieso fragen Sie? Haben Sie Luca gefunden?«

»Nein. Wir haben niemanden angetroffen. Aber der Hinweis ›Sind auf Tour‹ steht auf einem Zettel im Eingang. Kann es sein, dass Luca mit seinem Vater eine Wanderung oder einen Ausflug macht?«.

Schweigen. Nach einigen Sekunden antwortete Sonja zögerlich.

»Sie machen öfter eine Tour, ja, das stimmt. Manchmal wandern sie ein paar Tage und zelten im Wald …«

»Mhh, verstehe.«

Lara war ratlos. Das klang alles nach Entwarnung, doch ihre Alarmglocken läuteten lauter denn je. Irgendetwas passte hier nicht. Wenn die beiden einige Tage auf Wander-Tour waren, für wen war dann der Hinweis?

»Und wer hat noch einen Schlüssel zu dem Haus?«

Erneutes Schweigen.

»Sonja, hören Sie mich noch?«

Lara sah auf ihr Handy. »Scheiß Luxemburger Netz. Noch nicht mal darauf kann man sich verlassen.«

Sie drückte Lenny das Handy in die Hand und setzte ein paar Meter zurück.

»Frau Dostert? Hallo?«, versuchte er die Verbindung wieder herzustellen und hatte das Smartphone auf Lautsprecher gestellt.

»Hallo?«, kam nach einigen Metern eine abgehackte Nachfrage.

»Frau Dostert, hier spricht der Kollege von Frau Riedel. Wissen Sie, ob noch jemand einen Schlüssel zu dem Ferienhaus hat?«

»Nein, ich weiß, dass Luca einen hat. Und Volker könnte noch einen haben, denke ich …«

»Welcher Volker?«

»Volker, mein Mann. Er war früher Hennings bester Freund. Unser Freund. Volker hilft am Festplatz beim Aufbau für das Rebfeuerfest und fährt dann weiter zur Treibjagd. Ich frage ihn heute Abend, wenn er heimkommt.«

»Danke. Wir melden uns, wenn es etwas Neues gibt. Und Sie informieren uns bitte umgehend, wenn Ihr Sohn oder Ex-Mann auftaucht.«

Lenny legte auf.

»Wir fahren zu Ole, dem Freund von Luca. Ich habe das Gefühl, der kann uns am ehesten weiterhelfen …«, entschied Lara.

Lenny nickte zustimmend. Er schien noch nicht von einer ernsten Gefahrenlage auszugehen. Aber Lara war sich sicher: Hier stimmte etwas nicht.

Anna

Ihr SUV mit der Farbbezeichnung ›dark shadow‹ wirkte wie ein bedrohlicher Fremdkörper auf den Straßen in Eichwald. Die Autos dort waren normalerweise kleiner, älter und unscheinbarer. Seit der Ort durch eine Umgehungsstraße »verkehrstechnisch entlastet wurde«, wie Jürgen Heller damals in der regionalen Presse freudig zitiert wurde, waren Autos mit Münchener Kennzeichen ohnehin eine Seltenheit. Sie hatte ihre schwarze Sonnenbrille aufgesetzt, eher zum Schutz der einheimischen Blicke als vor der Sonne, und fühlte sich dennoch beobachtet.

Sie entschied sich, zunächst von der Hauptstraße in den Bergweg abzubiegen und zumindest die Nähe ihres Jugendfreundes Tom in Form seines Elternhauses zu spüren. Hier war sie früher ein- und ausgegangen, auch wenn seine Eltern das hübsche Pflegekind der Familie Müller nicht mochten. Man war sich einig, dass Anna für Tom keine adäquate Partnerin war. Anna konnte sich nicht daran erinnern, jemals mit Toms Vater, Heinrich Stollberg, gesprochen zu haben. Ein unnahbarer Patriarch und der alte Bürgermeister von Eichwald. Bis zu seiner Abwahl – und Neuwahl des jetzigen Bürgermeisters Jürgen – war Heinrich ein Ortsvorsteher der alten Schule: Alles lief über seinen Tisch. Wer mit ihm gut konnte, der bekam, was möglich war. Wer sich ihn zum Feind machte, dem wurden Steine in den Weg gelegt. Aber diese Geschichten lagen weit in der Vergangenheit; Anna kannte seinen Ruf nur aus Erzählungen. Sie mochte ihn von Anfang an nicht besonders, ließ seiner Person oder seinem Einfluss aber auch keinen Raum in ihrem Leben. Sie mochte Tom – und viel zu spät merkte sie, dass sie ihn liebte. Mit dem alten Stollberg würde sie allerdings niemals warm werden.

Anna überlegte, wie alt Heinrich jetzt wohl sein könnte. Wenn sie an ihre Zeit in Eichwald zurückdachte, war er schon damals ein alter Mann gewesen. Wenn man es nicht wusste, konnte man denken, Tom wäre sein Enkel gewesen. Sie schätzte ihn auf Anfang 90 und erschrak bei der Vorstellung. Heinrich Stollberg war angesichts dieser Einschätzung möglicherweise bereits tot.

Warum dachte sie überhaupt über den unnahbaren Mann nach, den sie nie eine Rolle in ihrem Leben hatte spielen lassen? Sie verschwendete jetzt schon mehrere Minuten ihre Möglichkeit, Tom in Gedanken und physisch – zumindest aus historischer Sicht – nahe zu sein. Sie öffnete das Fenster, vielleicht auch, um mit allen Sinnen die Umgebung wahrzunehmen. Als sie an dem Haus der Stollbergs vorbeifuhr, bekam sie schlagartig eine Gänsehaut. Alles war wie früher. Es roch wie damals. Im Vorgarten standen die großen Hortensien, die zu dieser Jahreszeit bereits vorbildlich zurückgeschnitten worden waren. Nur die Bank vor dem Haus war verschwunden. Eine Bank, die hauptsächlich dem Klatsch und Tratsch diente – wenn Toms Mutter sich mit den Nachbarinnen traf, pflegte man dort offensiv unauffällig zu sitzen und zu lästern. Sie glaubte, im Augenwinkel eine Person hinter den Gardinen erkannt zu haben, aber das konnte auch pure Einbildung gewesen sein.

Anna fühlte sich in der Zeit zurückversetzt, ohne dass etwas Außergewöhnliches passiert war. Ihr Puls stieg mit jeder Sekunde, die sie dem Haus ihrer Pflegefamilie näher kam. Über zwanzig Jahre war sie diesen Weg nicht mehr entlanggefahren. Vor ihrem inneren Auge fuhr sie sich selbst auf dem kleinen, klapprigen, gelben Fahrrad hinterher, das sie von irgendjemand gebraucht bekommen hatte. Gebraucht und benutzt, so wie alles, an das sie sich erinnerte. Nicht, dass es ihr je in der Zeit in Eichwald an etwas gefehlt hätte. Aber etwas Neues, etwas eigenes, hatte sie nie bekommen. Sie atmete zweimal tief ein und aus und zwang sich zu konzentrieren. Anna war irritiert über ihre Gefühlsregungen, mit denen sie nicht in dieser Heftigkeit gerechnet hatte.

Und dann war der Moment gekommen: Das Haus ihrer Jugend kam näher. Die Bergstraße mündete in die ›Scheitergass‹, in der sich Annas Elternhaus befand. Sie umklammerte das Lenkrad ihres Wagens – nicht vorrangig zum Lenken, sondern vielmehr als Griff, an dem sie sich festhalten konnte. Sie erwartete eine ähnlich starke Reaktion wie bei dem Anwesen der Stollbergs, doch diese blieb aus. Das Gebäude sah verlassen aus, sie hatte es anders in Erinnerung: Auf den Fensterbänken waren früher Kästen mit Bepflanzung, je nach Jahreszeit wechselnd. Unkraut vor dem Haus wäre damals undenkbar gewesen. Immer samstags musste Anna mit einem alten Messer und einem

Eimer jede Form von grünem Wuchs aus den Ritzen des alten Pflasters entfernen. Sie verfluchte die schattigen Plätze an der rechten Seite, wo das Pflaster besonders große Fugen aufwies. Hier sah zwar kaum ein Mensch hin, den es hätte stören können, trotzdem war hier der höchste Aufwand nötig. Und diese Arbeit hatte sich in letzter Zeit wohl niemand mehr angetan. Der Vorhof sah so wüst aus, Anna hätte am liebsten angehalten, geklingelt, nach einem alten Messer gefragt und umgehend angefangen, das Unkraut in den Fugen zu entfernen.

War das nun die Reaktion, die sie hatte, als sie nach über 20 Jahren an dem Haus ihrer Jugend vorbeifuhr? Keine Nostalgie. Keine Gänsehaut? Keine Neugier nach ihren Pflegeeltern Josef und Luisa Müller? Anna entdeckte niemanden hinter den Fenstern des alten Hofes. Früher hatten ihre Pflegeeltern hier kurze Zeit eine Pension betrieben, die allerdings irgendwann nicht mehr rentabel gewesen war. Kurz nach dem Krieg wurde das Haus als Waisenheim genutzt. Als die Produktion der Eichwalder Glashütte, einst einer der größten Arbeitgeber der Region, eingestellt wurde, blieben die Gäste aus. Spätestens nach dem Ausbau der Umgehungsstraße verirrte sich niemand mehr in den Ort, geschweige denn machte hier Urlaub. Bis zum Ausbruch des zweiten Weltkrieges sollte das Gebäude einmal ein florierendes Tanzlokal gewesen sein – jede Hochzeit wurde hier gefeiert, jeder Abschiedskaffee wurde hier nach der Beerdigung ausgeschenkt. An den Wochenenden kam man zum Tanzen in den ›Eichwalder Hof‹. Doch hier tanzte schon lange niemand mehr. Sicher existierten nur noch eine Handvoll Zeitzeugen, die diese legendären Veranstaltungen live miterlebt hatten. Schließlich kam der Krieg. Das Haus wurde als Strafanstalt für Kriegsgefangene und später, nach langem Leerstand als Waisenhaus genutzt, was ebenfalls keinen Bestand hatte. Schließlich hatte man es an die Familie ihrer Pflegeeltern übergeben. Genaueres wusste Anna aber nicht, Josef und Luisa hatten nicht oft über die Geschichte des Hauses gesprochen und als Jugendliche hatte sie auch nicht danach gefragt. Dafür war die Bindung zu schwach, die Identifikation als Familienmitglied zu gering. Aber ließ sie das wirklich alles so kalt?

Das Letzte, was ihr beim Passieren des Hauses auffiel, war der Nussbaum im Garten. Der schönste Platz für Erwachsene war die Bank unter diesem Baum – und für sie als Kind die dicken, flachen Äste, auf denen man unbeobachtet im Schatten liegen konnte. Dieser Baum war mittlerweile größer als das Haus selbst. Sie erinnerte sich daran, wie sie als Kinder die Nüsse im Herbst gesammelt und den ganzen Winter über davon genascht hatten. »Der alte Baum bringt Jahr für Jahr so viele Nüsse, man könnte das ganze Dorf damit versorgen«, hatte sich Luisa alljährlich über die Fülle an Hülsenfrüchten gewundert. Damals für Anna keine große Sache, aber heute eine der schönsten Erinnerungen an ihre Jugend. Wenn sie ehrlich zu sich war, war ihre Jugend in Eichwald eine unbeschwerte Zeit. An ihre leiblichen Eltern und ihre frühe Kindheit hatte sie kaum noch Erinnerungen. Und dennoch waren Luisa und Josef nicht mehr als ihre Pflegeeltern.

Anna merkte, wie sich ihr Griff am Lenkrad löste, als sie wieder auf die Hauptstraße abbog. Sie war nicht imstande, ihre Gefühle einzuordnen. Sie brauchte dringend jemanden zum Reden. Und ihr fiel nur einer ein, den sie sich traute, ohne Vorankündigung zu besuchen. Aber war er überhaupt zu Hause?

Sie sah auf die Uhr. Es war fast Mittag, doch sie hatte noch keinen Hunger. Einen Versuch war es wert: Statt rechts über die Hauptstraße Richtung Luxemburg abzubiegen, fuhr sie geradeaus über die Kreuzung. Das Hotel konnte warten, sie hatte bis zu ihrem Meeting noch genügend Zeit.

Heinrich

Er saß in seinem Sessel im Erdgeschoss und sah erhobenen Hauptes aus dem Fenster, durch die langen Wohnzimmergardinen vor Blicken von draußen geschützt. Sein Körper war müde – vom Leben generell und von der Treibjagd insbesondere. Die Jagdfreunde nahmen ihn noch immer mit, obwohl er selbst merkte, dass er körperlich nicht mehr in der Lage war, ordentlich anzulegen. Es waren wohl die letzten Male, die Heinrich Stollberg in seinem eigenen Revier bei einer Treibjagd teilnehmen würde. Vielleicht war es das letzte »Waidmannsheil«, das er heute Morgen gehört – vielleicht das letzte »Waidmannsdank«, das er ausgesprochen hatte. Er wollte erhobenen Hauptes gehen, das hatte er zeit seines Lebens so gemacht. Seine über 90 waren dem rüstigen Mann äußerlich nicht anzumerken. Mit seiner knapp 20 Jahre jüngeren Frau an seiner Seite hatte er stets jünger gewirkt, als er tatsächlich war. Doch die Zeiten waren vorbei; seine Frau längst gestorben.

Und dass er auch noch mit Anfang 60 ein Kind gezeugt hatte, seinen dritten Sohn namens Tom, sprach nicht nur für seine Manneskraft, sondern brachte ihm Anerkennung und Respekt im ganzen Dorf. Respekt war nebenbei bemerkt das, wonach Heinrich immer gestrebt hatte. Als ehemaliger Bürgermeister seines Heimatortes Eichwald genoss er großen Zuspruch. Bis zu dem Zeitpunkt, als man ihm nach unzähligen Jahren das Vertrauen entzog und ihn abwählte. Die Wahl seines Nachfolgers Jürgen – er verlor mit 48 zu 52 Prozent – eine Demütigung sondergleichen. Er mochte Jürgen und war überzeugt davon, dass, wenn überhaupt jemand, dann Jürgen Heller seiner Nachfolge würdig war. Er hatte zu hoch gepokert, die Loyalität unter den Eichwaldern zu hoch eingeschätzt. Und er hatte alles verloren. Ab dem Zeitpunkt alles, was ihm lieb war: Das Bürgermeisteramt, an das er sich zu sehr geklammert hatte. Den Einfluss, den er sich durch seine kommunalpolitischen Beziehungen – heute würde man Netzwerk sagen – über die Jahre aufgebaut hatte. Und am Ende auch seinen Lieblingssohn Tom. Die deutlich älteren Brüder von Tom waren bereits in den Neunzigerjahren ausgezogen und nach dem Studium regelrecht geflüchtet. Konrad, der erste Sohn, in die USA. Anton, der zweite Sohn, arbeitete als Physiker in Dänemark. Beide kamen – wenn überhaupt – einmal im Jahr vorbei. Seit der Coronapandemie waren sie gar nicht mehr in Deutschland gewesen. Seine fünf Enkelkinder sprachen alle kein Deutsch, weshalb er noch nie mit ihnen ohne den Filter seiner Söhne als Übersetzer geredet hatte. Es kam ihm oftmals so vor, als hätten seine Söhne ihren Kindern aus genau diesem Grund kein Deutsch beigebracht.

»Zweimal hab ich geübt und beim dritten Mal alles richtig gemacht!«, war sein Spruch, mit dem er seinen Tom gerne bei Gästen vorstellte. Er war seiner Meinung nach der ansehnlichste, intelligenteste und mit den besten Möglichkeiten gesegnete seiner Söhne. Und dann war Tom für ihn völlig überraschend eines Tages weg! Er ging auf Reisen, wollte vor dem Studium etwas erleben – und kam nie wieder zurück. Heinrich rekapitulierte dieser Tage oft, er hatte in der ersten Hälfte seines Lebens besonders viel Glück erfahren, und in der zweiten das Pech gepachtet. Oder rächten sich die Dinge in seinem Leben, die er zu verantworten hatte?

In seinem alten Waffenschrank hing noch immer seine Wehrmachtsuniform mit all den Abzeichen und Dienstorden. Wäre der Krieg nicht schnell zu Ende gegangen, er wäre mit Sicherheit eine große Nummer geworden. Damals, im Nazi-Deutschland an der Westfront, hatte er den Dienst am deutschen Volke geleistet, wie man es von ihm erwartet hatte.

Ein schwarzer SUV mit Münchener Kennzeichen fuhr an seinem Haus vorbei. Heinrich wunderte sich. Nicht etwa über das Auto oder dessen Herkunft; vielmehr über die Person am Steuer. Er spürte deutlich, dass er die Frau kannte – ohne sie zu erkennen.

Ole

Die Spinne hatte den Todeskampf der Fliege beendet. Oles Neugier war geweckt und er tat, was er meistens in solchen Situationen machte: Er googelte auf seinem Smartphone, wie eine Spinne ihre Opfer erlegte. Er fand ein YouTube-Video mit dem Titel ›Wie eine Spinne ihre Beute tötet‹.

... Spinnen fressen in aller Regel Insekten, die sich in ihren Netzen verfangen und meist sogar größer sind als sie selbst. Daher haben sie gleich zwei Gifte zum Töten ihrer Opfer: Mit einem Biss lähmen sie zunächst das Tier. Dann pumpt die Spinne giftigen Verdauungssaft in ihre Beute. Dieser löst Organe und Gewebe des Opfers auf und verwandelt sie in einen leckeren Nahrungsbrei zum Aufsaugen.

Er klickte sich von einem zum nächsten Video und verschwand in seiner digitalen Welt. Es war eine Flucht vor der Realität. Die Realität über die unwiderrufliche Schuld am Tod eines Menschen, die ihn immer wieder einholte. Tag für Tag. Nacht für Nacht. Mit einem YouTube-Video hatte der schicksalhafte Tag begonnen, an dem er mit seinem besten Freund Luca eine Falle bauen wollte. Ganz nach dem Vorbild eines Survival-YouTubers. In der Falle saß am Ende kein Tier, sondern die zwei Jungs selbst. Gefangene ihrer eigenen, quälenden Schuld.

Ole hatte die Todesanzeige in der Saar-Mosel-Zeitung entdeckt – das Bild des jungen Mannes namens Jakob Wild hatte sich in sein Gedächtnis gebrannt.

Ein lautes, blechernes Scheppern riss ihn aus seiner digitalen Welt. Die Klingel war defekt und erzeugte statt eines Glockengeläutes ein Surren, das sich nach dem baldigen Ende anhörte. *Sicher Karin von nebenan,* dachte er, die wieder angefangen hatte einen Kuchen zu backen und währenddessen gemerkt hatte, dass ihr Eier, Mehl oder sonst eine wichtige Zutat fehlte. Ole hörte dumpf ein Gespräch an der Haustür. Er erkannte die Stimmen nicht, wohl aber, dass es mehrere waren und diese sich nicht nach dem üblichen Tratsch seiner Mutter und Karin anhörten.

Sofort war die Angst wieder da. Sein Herz schlug spürbar. Sollten sie ihn und Luca gefunden haben und zur Rechenschaft ziehen?

Es klopfte an der Tür. Ohne eine Reaktion abzuwarten, öffnete sich selbige und seine Mutter kam herein. Im Hintergrund standen zwei fremde Personen, was Ole verwirrt zur Kenntnis nahm.

»Ole, Schatz. Hier sind zwei Herrschaften von der Polizei«.

Oles Herz klopfte jetzt stark; als ob jemand von innen gegen seinen Brustkorb hämmern würde. Polizei? Das Bild des toten Radfahrers war sofort wieder in seinem Kopf. Er war nicht imstande, einen Ton zu sagen. Nach einer kurzen Pause sprach seine Mutter weiter und bat gleichzeitig die beiden Herrschaften ins Zimmer: »Es ist etwas Schreckliches passiert: Luca ist verschwunden …«

Diese Aussage hatte gesessen. Ole war der Schock anzumerken.

»Keine Panik, noch wissen wir lediglich nicht, wo sich Luca aufhält. Verschwunden ist er nicht …«, kommentierte die Polizistin die panische Äußerung seiner Mutter.

»Frau Heller«, wandte sich die Kommissarin an Lucas Mutter. »Würde es Ihnen etwas ausmachen, wenn wir allein mit Ihrem Sohn sprechen? Es handelt sich nur um ein informatives Gespräch. Wir sind auf der Suche nach Luca Dostert und würden gerne mit Ole vertraulich reden …«

Seine Mutter sah mitleidig zu Ole, der zu nicht mehr imstande war, als kurz zu nicken. Sie verschwand und schloss die Tür hinter sich.

»Hallo, Ole«, begann der jüngere, männliche Polizist. Anscheinend hatten die beiden abgesprochen, dass er das Gespräch führen sollte, obwohl die Polizistin wie die Chefin wirkte. »Darf ich mich zu dir setzen?«

Ein stummes Nicken.

»Mein Name ist Lennart. Das ist meine Kollegin Lara. Wir sind vom Landeskriminalamt.«

Eine Reaktion erfolgte erneut in Form eines zögerlichen Nickens.

»Sicherlich überrumpelt dich die Situation. Du hast ja mitbekommen, worum es geht: Wir suchen Luca Dostert und haben von seiner Mutter erfahren, dass du sein bester Freund bist. Sein Vater ist das Wochenende in seinem Ferienhaus, weißt du, wo ich meine?«

Wieder ein Nicken.

»Wann hast du Luca das letzte Mal gesehen?«

»Wir haben … Also ich denke … Am Donnerstag im Training …«, wisperte der Junge zaghaft. Wie ein Häufchen Elend saß er mit seinen schulterlangen blonden Haaren dort auf dem Bett und bekam glasige Augen. Sein Blick war unschuldig und traurig, hilfesuchend sah er den Kommissar an. Lenny schien zu spüren, dass ihn die Situation sehr bedrückte. »Hey, keine Sorge. Wir werden deinen Freund finden. Versprochen.«

»Ole«, klinkte sich Lara in das Gespräch ein. »Hast du irgendeine Ahnung, wo dein Freund Luca sein könnte? Hat er vielleicht erwähnt, dass er mit seinem Vater eine Wanderung machen möchte?«

Ole schüttelte den Kopf.

»Okay. Warst du schon mal in dem Ferienhaus von Lucas Vater?«

»Schon öfter. Wir durften in den Ferien manchmal dort übernachten. Henning hat immer Stockbrot mit uns gemacht und Pfeile geschnitzt und … Ja, und so was … Aber ob er dieses Wochenende bei Henning ist, weiß ich nicht.«

»Okay. Danke, Ole«, beendete Lara das Gespräch und deutete ihrem Kollegen an, zu gehen. Dieser stand auf und folgte ihr aus dem Zimmer. Ole atmete tief durch. Seine Anspannung ließ langsam nach. Er merkte, dass seine Hände ganz schwitzig und kalt waren. Der Polizist drehte sich noch einmal um und wandte sich zu ihm: »Ich lasse dir mal meine Karte da. Du kannst mich jederzeit anrufen, wenn dir was einfällt oder du etwas von Luca hörst. Oder du einfach was loswerden willst. Machst du das?«

Ole nickte mit einem Lächeln. Das Angebot, Ballast loszuwerden, war da. Jetzt musste er nur den Knoten lösen und diesen abwerfen. Doch zunächst mal wollte er herausfinden, warum Luca verschwunden war.

Hatte das etwas mit dem toten Radfahrer zu tun?

Felix

Felix von Saarstein trat einige Meter von der Leinwand zurück und betrachtete sein Kunstwerk. Unter seinem Pseudonym war er ein weltbekannter zeitgenössischer Künstler. In Eichwald lebte er auf dem Anwesen seiner Familie inkognito. Über eine Berliner Agentur wurden seine Gemälde zu horrenden Summen vermarktet, während er den Großteil seiner Arbeit in dem kleinen Ort im Saartal verrichtete. Das Gut bewohnte er allein, nachdem seine Mutter verstorben war. Es lag hoch über dem Dorf und war lediglich durch einen Privatweg erreichbar. Das Anwesen war imposant und zeugte vom einstigen Reichtum der Familie von Saarstein, die von hier aus bis in die Fünfzigerjahre die Eichwalder Glashütte leitete. Nun diente es als Wohnhaus und Atelier und war dafür völlig überdimensioniert. Eine Gärtnerei und ein Hausmeisterservice sorgten für die Instandhaltung, was sich Felix finanziell durchaus leisten konnte.

Für morgen hatte sich der Berliner Journalist Emil Eichwald angekündigt, der eine Reportage über ihn als Künstler schreiben wollte. Es würde das erste Interview werden, das er ermöglichte, und er haderte mit dem Gedanken, seinen wahren Namen preiszugeben, oder zumindest seine Identität zu offenbaren. Er bewunderte Emils journalistische Arbeiten, die er seit Jahren verfolgte. Und was noch viel wichtiger war: Er vertraute Emil. Immerhin waren die beiden während der Grundschulzeit Freunde gewesen, bevor Felix ins Internat wechselte.

Während er sein heutiges Werk betrachtete, bemerkte er die Unruhe im Aufbau und Stich. Es hatte etwas Neues, obwohl sein Stil eindeutig erkennbar war. Seine Werke waren farbgewaltig und expressiv, strahlten dennoch eine Ruhe aus, die hypnotisch die Blicke der Betrachter fesselten. Es waren Kunstwerke, an denen man nicht vorbeiging; sie waren auffällig und dezent zugleich. Ganz im Gegenteil zu deren Schöpfer. Felix mied die Öffentlichkeit und Menschen im Besonderen. Er erschrak, als die Türklingel ihn aus der Begutachtung seiner Arbeit riss.

Da er Emil Eichwald noch nicht erwartete, wunderte er sich. Oder hatte er sich im Datum geirrt?

Er öffnete die Tür und rechnete mit allem, aber nicht mit dem Gesicht einer alten Bekannten.

»Anna?«, hieß er seine Freundin verwundert willkommen, die er zwar dieses Jahr schon zweimal bei sich begrüßen konnte, davor aber 20 Jahre lang nicht gesehen hatte.

»Hallo Felix, störe ich dich? Ich war gerade in der Nähe … und ich dachte, ich schaue mal vorbei.«

»Du störst nie. Komm rein!«

Anna schien die Flecken auf seinen abgetragenen Klamotten zu registrieren und merkte an: »Du bist wohl gerade am Arbeiten? Oder wie nennt man das bei dir?«

Er lachte verlegen.

»Ja, du kannst es ›Arbeiten‹ nennen. Ich habe

noch keinen Namen gefunden, der besser passt, aber das hier ist wirklich Arbeit. Jemand hat ein Bild bestellt und damit einen Auftrag vergeben – ich schätze mal, das geht als Arbeit durch.«

Sie kamen in den großen Saal, wo das Bild auf der Staffelei stand. Anna betrachtete es ausgiebig und Felix räumte den Tisch frei, auf dem er ohne Rücksicht auf Verluste seine Farben ausgebreitet hatte. Er hatte schließlich nicht vor morgen mit Besuch gerechnet.

»Ich bin beruflich die kommenden zwei Wochen in Luxemburg«, erklärte sich Anna. »Am Flughafen habe ich so ein verrücktes amerikanisches Paar aufgegabelt und sie in ihr Hotel nach Altfelsen gebracht. Da dachte ich, ich mache noch einen Abstecher nach Eichwald ...«

»Du bist immer herzlich willkommen!«, erwiderte Felix betont freundlich. Er hatte das Gefühl, Anna wolle sich rechtfertigen. »Morgen kommt Emil aus Berlin. Er will über mich einen Bericht für sein Magazin schreiben. Komm doch am Nachmittag vorbei!«

Anna drehte sich verwundert zu ihm um. Ihre Augen leuchteten, obwohl sie ihre Freude unter Kontrolle hielt. Felix bemerkte ihre Gefühlsregung dennoch. »Das wird ja ein echtes Wiedersehen«, stimmte sie dem Treffen zu. »Dann können wir ja alle auf das Rebfeuerfest gehen. Mir ist das Banner mit der Ankündigung am Ortseingang aufgefallen.«

Felix sah sie mit hochgezogenen Augenbrauen an. »Ich sicher nicht! Ich habe diese Feste früher schon gehasst. Aber ihr könnt ja im Anschluss noch da vorbeischauen.«

»Ok, darüber reden wir morgen«, vertagte Anna dieses Thema.

Bei dem Gedanken, auf dem Fest aufzukreuzen, wurde Felix ganz übel. Sicherlich würde ihn kaum jemand erkennen; nach all den Jahren, in denen er sich nirgendwo hatte blicken lassen. Dennoch: In seiner Vorstellung kam er auf solche Veranstaltungen und die Leute bildeten eine Gasse, wenn er über den Festplatz schritt. Sie würden in kleinen Gruppen über ihn reden; hinter vorgehaltener Hand über ihn, seine Mutter, seine Familie herziehen. Kinder würden mit Fingern auf ihn zeigen, weil sie von ihren Eltern und ihren Großeltern die Geschichten der von Saarsteins kannten.

»Felix?«, unterbrach ihn Anna aus seiner Gedankenwelt. Er hatte sich wieder einmal in einem Tagtraum verloren, der in einem Albtraum endete. Lange hatte er mit seiner Familiengeschichte abgeschlossen – er hatte akzeptiert, dass er der letzte Überlebende einer reichen Familie war, die sich in den letzten Jahren ihres Machterhaltes viele Feinde gemacht hatte. Ob heute überhaupt noch jemand davon wusste oder jemand ihn erkennen würde? Realistisch betrachtet nicht. Seit diese ganzen Dinge im Sommer durch die Ermittlungen so präsent geworden waren, kamen die Geister der Vergangenheit wieder.

»Sorry, ich war in Gedanken ...«, entschuldigte er sich bei seiner Besucherin.

»Das habe ich gemerkt, ist alles okay bei dir?«

»Jaja, alles in Ordnung. Kann ich dir was zu trinken anbieten?«

Anna verneinte und gab an, sich jetzt auf den Weg machen zu müssen. Felix war klar, dass dies ein Vorwand war, schließlich war sie noch keine viertel Stunde bei ihm.

»Wir sehen uns morgen«, verabschiedete sie sich freundlich.

Felix sah dem SUV nach, als seine Jugendfreundin die Abfahrt nach unten ins Dorf nahm.

Die Geister waren wieder da. Er wusste, dass er diese bekämpfen musste, und er wusste auch, wie.

2. TEIL: DER TAG DES FESTES

Freitag, 24. November 2023

Die Amerikaner

Jill und Joe saßen am nächsten Morgen in der Lobby ihres Hotels, nachdem sie ihr erstes deutsches Frühstück zu sich genommen hatten. Es waren ungewöhnlich wenig Gäste beim Frühstück, dafür, dass überall Personal unterwegs war. Sie hielten Ausschau nach ›R. Hauser‹, ihrem einzigen englischsprachigen Kontakt im Hotel und somit dem Zugang zu Informationen.

Die junge, hagere Frau wirkte etwas distanziert an diesem Morgen. Sie begrüßte die amerikanischen Gäste zurückhaltend und wollte anscheinend weitergehen, ohne einen üblichen Small Talk zu halten. Das unterband Jill aber mit einer überschwänglichen Frage danach, wie es ihr gehe und der Aussage, wie wunderschön Deutschland sei. Sie und ihr Mann hätten geschlafen wie ein Baby, worauf R. Hauser antwortete, dass ihr Baby sie die halbe Nacht wachgehalten hätte. Großes Bedauern bei Jill, die ihr am liebsten umgehend eine Gurkenmaske gegen die Augenringe angerührt und eine Massage bezahlt hätte. Irgendwann kam Jill dann auch zu ihrem Anliegen, weshalb sie in der Lobby auf sie gewartet hatten. Man wolle sich die Umgebung ansehen. Man sei an den alten Ortschaften und dem Wein interessiert. Ob es hier ›geführte Touren‹ gäbe (in ihrem Ratgeber hatte man empfohlen, in Deutschland nicht nach einem »Guide« zu fragen, da die Übersetzung »Der Führer« zu Missverständnissen führen könnte. Stattdessen wäre ›guided Tour‹ eine Alternative).

Ja, die gäbe es, antwortete R. Hauser, die offensichtlich auf solche Fragen vorbereitet war. Ob man einen Ausflug nach Trier, der ältesten Stadt Deutschlands plane, oder in die schöne Luxemburger Altstadt? Es gebe auch geführte Touren durch die Weinberge, allerdings müsste man diese vorher buchen. Zum Erstaunen der Hotelmitarbeiterin waren die amerikanischen Touristen aber an keinem der üblichen Ausflüge interessiert. Man wolle vielmehr in kleinen, unbekannten Orten eine Sightseeing-Tour machen. Konkret fragte Jill dann aufgesetzt lapidar, ob sie jemanden kenne, der sie durch Eichwald führen könnte. Die Verwunderung stand der jungen Frau ins Gesicht geschrieben. Damit hatte sie wohl nicht gerechnet. Sie antwortete aber professionell, dass sie aus dem Nachbarort Ockhofen stamme und viele Menschen aus Eichwald kennen würde. Was die Herrschaften sich vorgestellt hätten. In diesem Moment schaltete sich Joe ein und sagte nur, sie würden gut zahlen. Wenn sie jemand Ortskundigen kennen würde, dann wären sie bereit, 200 Euro für eine Stunde zu geben. R. Hausers Augen wurden immer größer, sie schien für einen Moment sprachlos. Dann versicherte sie den Amerikanern, dass sie jemanden Adäquates finden würde und ihnen Bescheid gäbe.

Mit Geld lässt sich wohl auch in Deutschland alles regeln, dachte Joe und war zufrieden mit der Wahl des Hotels. Er unterstrich sein Vorhaben mit einem Zwanzigeuroschein als Dankeschön, was den Prozess noch einmal beschleunigen sollte.

Jürgen

Bürgermeister Jürgen Heller war bereits früh auf den Beinen, um den großen Tag vorzubereiten. Das Wochenende stand im Zeichen eines ausgelassenen Festes, welches es so seit Jahren nicht mehr gegeben hatte und nun den Ort und die alte Tradition zu neuem Glanz führen sollte.

Der Musikverein würde spielen. Der Männergesangverein hatte ein paar Volkslieder vorbereitet, die sie zum Besten geben wollten – erstmals seit drei Jahren vor Publikum außerhalb der Kirchenmauern. Die ortsansässigen Winzer würden am Weinstand für die entsprechende Stimmung sorgen, alternativ gab es auch einen Bierstand. Selbst an die Kinder hatte Jürgen gedacht und freiwillige Frauen damit beauftragt, die alten Spielstationen des Freizeitvereins aufzubauen. Eine kleine Bühne stand dort, wo einst das Festzelt thronte, das mehreren Hundert Gästen aus Eichwald und der gesamten Umgebung Platz geboten hatte. Diese Dimensionen waren nicht mehr zu erreichen – dessen war sich Jürgen bewusst. Dennoch verspürte er den Antrieb, gegen den Trend der aussterbenden Volksfeste anzukämpfen. Immer noch waren die großen Weinfeste in den Hochburgen an der Saar und Mosel gut besuchte Publikumsmagnete. Aber auf ein Dorf wie Eichwald, das versteckt im Seitental der Saar lag und durch eine Umgehungsstraße längst von der Landkarte verschwunden war, verirrte sich heutzutage kaum jemand.

Jürgen hatte dennoch große Erwartungen. In seiner Vorstellung sangen und tanzten mindestens 200 Menschen und hatten ein paar gemeinsame, feuchtfröhliche Stunden. Til Schweiger wäre der perfekte Produzent für die Verfilmung dieses Tages, der in seiner Vorstellung in Sepiatöne getaucht ein romantisches Bild einer Dorfidylle werden sollte. Die Bilder in seinem Kopf wurden durch einen gewaltigen Donner erschüttert. Ein Vorbote des bevorstehenden Gewitters, das für den späten Abend angekündigt war, und offensichtlich schon früher aus westlicher Richtung einzog. Während vor ihm die Sonne schien und das herbstliche Laub in den buntesten Farben strahlte, verdunkelte sich der Himmel in einem bedrohlichen Schwarzgrau hinter ihm.

»Was für eine Scheiße!«, fluchte eine Stimme aus Richtung des Donnerschlages. »Wochenlang hatten wir keinen Regen. Und jetzt das. Ist das eine verdammte Scheiße.« Jürgen erkannte, zu wem die Stimme gehörte, bevor sein Bruder Volker neben ihm stand und den Aufbau am Festplatz unter dem drohenden Unwetter beobachtete. So häufig wie Volker fluchte kaum jemand, den Jürgen kannte. Er war immer und überall am Motzen. Jürgen hatte ihn einmal als ›Pegel-Nörgler‹ bezeichnet: Irgendwas gab es für seinen jüngeren Bruder immer zu beklagen. Aber ein Gewitter an diesem Tag war natürlich ein besonderer Anlass, um zu schimpfen wie ein Fischweib. Schließlich wollte auch Volker sich mit seinen Jagdfreunden abseits des Waldes präsentieren.

»Heul nicht rum«, bremste Jürgen sein mürrisches Geschimpfe. »Am Wetter kann man nix ändern. Wir müssen das Beste draus machen. Früher hat es auch bei fast jedem Fest einmal geschüttet wie aus Eimern!«

»Ja, da hatten wir aber auch das große Festzelt. Zwanzig mal fünfzig Meter, mit Holzboden … Heute versinken wir im Matsch, wenn es so regnet wie damals, als das Wasser fünf Zentimeter im Zelt stand. Ohne Boden wäre das damals ein Sumpfgebiet geworden …«

Jürgen erinnerte sich an das Jahr, in dem die Böden durch lange Dürre steinhart gewesen waren und die plötzlichen Regenmassen den Festplatz schnell in einen See verwandelt hatten. Natürlich wäre solch eine Situation das Aus für sein großes Fest. Aber immerhin lag hier auch der große Unterschied der Brüder. Während Volker ununterbrochen fluchte und Pessimismus verbreitete, war Jürgen meist optimistisch – oder noch präziser ausgedrückt: realistisch.

»Was macht Sonja? Hat sie sich mittlerweile mal wieder beruhigt? Ist der Junge aufgetaucht?«, lenkte er das Gespräch auf ein Thema, das ihm mehr Sorgen bereitete als das aufkommende Gewitter.

»Die geht mir gut auf die Nerven, mit ihrer ständigen Angst. Seit Wochen macht sie sich Sorgen, ohne dass es einen Grund gibt. ›Der Junge hat sich so verändert. Der zieht sich in sein Schneckenhaus zurück. Ich komm gar nicht mehr an ihn ran … Blablabla‹ Der Junge braucht einfach mal eine führende Hand! Henning hat den viel zu weich erzogen. Aber auf die Jagd darf ich ihn nicht mitnehmen. ›Dafür ist der Junge noch zu klein. ‹ Vater hat uns auch schon schießen lassen, da war ich keine Zehn. Hat mir auch nicht geschadet.«

Jürgen ließ das unkommentiert. Mit seiner Vergangenheit konnte er sich jetzt nicht auch noch auseinandersetzen. Die Gegenwart bot schließlich mehr als genug Probleme.

»Das Letzte, was wir hier gebrauchen können, ist die Polizei, die alles nach dem Jungen absucht! Bullen hatten wir hier dieses Jahr schon genug …«

»Mach dir keinen Kopf, ich kümmere mich drum!«

Jürgen sah seinen Bruder skeptisch an. »Worum kümmerst du dich?«

»Dass Luca wieder auftaucht und Sonja in der Zwischenzeit nicht die Nerven verliert.«

»Wenn du Hilfe brauchst, meldest du dich. Und wenn ich mit Sonja reden soll, sag mir Bescheid!«

Volker nickte und verschwand zu seinem Volvo, der mit offener Fahrertür am Wirtschaftsweg stand.

Jürgen blickte mit Sorge in den sich weiter verdunkelnden Himmel. Für ein Festzelt war es jetzt zu spät – außerdem fehlte der Gemeinde das Geld dafür. Für ein paar andere Dinge hatte er aber noch genug Zeit …

Die Amerikaner

Der Fahrer hieß Klaus. Er begrüßte Jill und Joe mit einem freundlichen Dauergrinsen und einem »Hello« (in einem einstudierten amerikanischen Akzent). Viel mehr war auf Englisch nicht drin, aber Klaus kenne sich in Eichwald aus und hätte Zeit, schließlich wäre er frisch pensionierter Verwaltungsfachangestellter und lebe seit seiner Geburt im Nachbarort Ockhofen – so die Ankündigung von R. Hauser. Jill zeigte sich dankbar für die Organisation dieser Tour, während Joes Aufregung stieg. Er hatte den Rucksack dabei, hielt diesen fest umklammert vor seiner Brust. Sie hatten noch fünf Tage Zeit, das Haus zu finden und ihr Vorhaben in die Tat umzusetzen. Selbstverständlich hatte Joe Angst. Allein der Gedanke an den Moment war für ihn ein emotionaler Ausnahmezustand. Aber zunächst einmal mussten sie den Ort des schrecklichen Verbrechens finden. Ein Verbrechen, das so furchtbar und grausam war, dass man es mit einem bloßen Akt der Rache nicht wiedergutmachen konnte. Dabei konnte Joe keiner Fliege etwas zuleide tun. Er versuchte, den Gedanken zu verdrängen, sich auf die Fahrt zu konzentrieren und sich einzureden, dass sie heute eine ganz normale Sightseeing-Tour durch eine 1200-Seelen-Gemeinde im Seitental der Saar machen würden. Sicherlich eine der ersten Sightseeing-Touren in der Geschichte des Ortes.

Die nette Dame vom Hotel hatte Klaus alle nötigen Instruktionen bezüglich des Ausfluges gegeben. Die beiden Amerikaner hatten kein Wort verstanden, was bei der Unterhaltung zweier Einheimischer mit moselfränkischem Dialekt schon für einen Norddeutschen schwierig gewesen wäre. Jill war sich jedoch sicher, dass R. Hauser die richtigen Worte fand und Klaus erklärte, dass er zunächst einfach nur langsam durch die Straßen im Ort fahren sollte, sodass sich die amerikanischen Touristen umsehen könnten. Sicherlich dachte Klaus, dass dies einer der neuen Trends in den USA sei, entlegene, unbedeutende kleine Ortschaften in Deutschland zu besuchen. Oder er war einfach nur froh über die 200 € Taschengeld, die seine Skepsis über die Hintergründe des Ausfluges zunächst im Keim erstickten. Vielleicht war es besser, dass Klaus keine Unterhaltung auf Englisch, und Jill und Joe keine auf Deutsch führen konnten. So war der Grund dieser Tour nicht zu erörtern und Jill musste sich keine Ausrede einfallen lassen.

Auf dem Weg nach Eichwald erkundigte sich der grinsende alte Mann mehrfach mit einem fragenden »Okay?« nach ihrem Wohlbefinden, was Jill mit einem freundlichen Lächeln und einem ›Daumen hoch‹ quittierte. Man merkte Klaus an, dass er gerne viel und ausführlich erzählt hätte. Sicherlich hätte er einiges an Informationen rund um die Gegend und den Ort auf Lager, aber sein Englisch reichte in keinem Fall dafür aus.

Sie passierten das Eingangsschild und die beiden Gäste auf dem Rücksitz scannten die Umgebung genauestens. Jill deutete Klaus mit einer

Auf- und Ab-Bewegung ihrer flachen Hand und dem Wort ›slow‹ an, doch etwas langsamer zu fahren. Klaus verstand und drosselte das Tempo. Während Jill alles genau beobachtete, filmte Joe mit seinem Smartphone die Häuser auf seiner Seite. Die wenigen besonderen Punkte im Ort – das Wort ›Sehenswürdigkeiten‹ wäre eine maßlose Übertreibung – kommentierte Klaus mit den Worten »lecker Bakery« oder »katholische Kirche … Äh … Schörtsch», was seine Gäste mit einem anerkennenden »Ohh, yes!« oder »Wow!« quittierten. Klaus schien zu bemerken, dass Jill und Joe etwas Bestimmtes suchten. Er spielte das Sightseeing-Tour-Spielchen eine halbe Stunde mit, stellte aber recht schnell fest, dass die Stimmung der beiden mit jeder Straße sank. Die Enttäuschung stand besonders Joe ins Gesicht geschrieben und seine Worte Jill gegenüber deuteten auch ohne Englischkenntnisse auf Frust und Unzufriedenheit hin.

Klaus fuhr rechts ran und drehte sich zu seinen Gästen um. Sein ernster Gesichtsausdruck hatte etwas Bedrohliches, wenn man zuvor nur dieses freundliche Grinsen kannte.

»Can I see? Vielleicht help you?«, versuchte er seine Hilfe anzubieten und deutete auf das Foto in Jills Hand. Offensichtlich hatte er mehr mitbekommen, als seine Gäste vermutet hatten. Ihr Anliegen war offenkundig nicht das Sightseeing, das schien er nun zu verstehen. Bevor Joe protestieren konnte, zeigte Jill ihm das Foto. Klaus hatte etwas Einschüchterndes und schließlich würde ihr Vorhaben scheitern, wenn sie nicht einmal das richtige

Haus finden würden. Laut ihrem Plan wären sie ohnehin längst zurück in den USA, bevor jemand ihr eigentliches Vorhaben mitbekommen würde.

»Mhhh … Wo könnte das denn sein? Das ist ja mindestens 60 Jahre alt …«, murmelte Klaus vor sich hin, während er sein Kinn mit Daumen und Zeigefinger massierte. Seine Worte und Gesten verhießen keine schnelle Lösung ihres Problems. Auf dem Foto waren zwei Menschen zu sehen, die auf einer Bank vor einem Haus saßen. Von dem Gebäude war aber lediglich ein Ausschnitt der Front und ein Teil des Eingangs zu sehen. Am rechten Rand erkannte man eine Art Brunnen oder Tränke. Jedenfalls schien Klaus weder die Personen noch den Ort auf Anhieb zu erkennen. Nach intensiver Begutachtung des Bildes drehte er sich zu seinen Insassen und fragte: »Hier in Eichwald? Sicher?« Er unterstrich seine Worte mit einer Geste, die auf diesen Ort zeigte. Jill und Joe nickten, wie zwei Synchronspringer aufeinander abgestimmt, im Gleichtakt.

Klaus reichte Jill das Foto zurück und setzte die Tour mit einem freudigen »So let's look for the Haus« fort. Die positive Energie sprang auf die Rückbank über und Joe fasste ebenfalls neue Hoffnung. Sie hatten zu diesem Zeitpunkt zwar weit über die Hälfte der Straßen abgeklappert, aber wie sagte ein Sprichwort so schön: ›Die Hoffnung stirbt zuletzt.‹

Wie wahr dieser Spruch angesichts ihrer eigentlichen Intention doch war …

Emil

Er saß im voll besetzten Sechserabteil des ICE von Berlin nach Trier. Alle außer ihm schliefen in den grellen Strahlen der aufgehenden Morgensonne. *Menschen im Schlaf hatten etwas Ehrliches,* dachte er. Die von den Schuhen bis zu den Haarspitzen durchgestylte Frau im blauen Businessoutfit schnarchte mit offenem Mund. Der Vater mit seinen zwei Söhnen hatte nach dem nicht enden wollenden Streit irgendwann dem Wunsch seiner Jungs nachgegeben und beiden ihre Tablets zur freien Verfügung gegeben – nun lagen sich alle friedlich in den Armen. Dem blond gelockten Teenager, der bis Mitternacht vertieft in sein Smartphone geblickt hatte, lief Sabber aus dem Mundwinkel. Außerdem hatte er eine kaum übersehbare Erektion, was Emil versuchte zu ignorieren. Er hoffte für ihn, dass er vor den anderen im Abteil aufwachen oder zumindest seine morgendliche Erregung von selbst abnehmen würde.

Emil Eichwald reiste jetzt schon das dritte Mal für dieses Jahr in seine alte Heimat – und es war noch nicht einmal Weihnachten. Er hatte den Nachtzug gewählt und kam am frühen Morgen am Hauptbahnhof in Trier an. Seine Mutter bestand darauf, ihn abzuholen; Emil hatte nicht protestiert.

Offizieller Grund für seinen Besuch war das Interview mit Felix von Saarstein, seinem alten Jugendfreund aus Eichwald und einem der bedeutendsten zeitgenössischen Maler. Wer sich mit Emils Arbeit als Journalist beschäftigte, wusste, dass Politik und Justiz seine Spezialgebiete waren. Kunst und Kultur verfolgte er bei seinen Kollegen, hatte selbst aber wenig Berührungspunkte mit diesem Ressort. Natürlich war der kamerascheue und zurückgezogene Künstler, der sich hinter einem Pseudonym versteckt hielt, eine sichere Nummer. Und dann hatte er auch noch einen persönlichen Draht, kannte dessen Hintergründe, Kindheit und Jugend. Er bekam also den Zuschlag für das Interview.

Doch Emil hatte noch einen zweiten Grund – und der war, wenn er ehrlich sein sollte, der vordergründige seines Heimbesuches: der ungeklärte Todesfall des Mountainbikers Jakob Wild. Nicht zuletzt durch seine Recherche war der Tod von Adam im Sommer 2003, einem im Zeugenschutzprogramm befindlichen Kronzeugen, aufgedeckt worden. Der scheinbare Zusammenhang zum toten Mountainbiker hatte sich jedoch als haltlos herausgestellt. Aber wer war verantwortlich für dessen Unfall? Er musste es herausfinden. Der innere Drang, hier etwas übersehen zu haben, war weiter gewachsen. Darüber hinaus hatte er das Gefühl, dass unter der Oberfläche noch mehr brodelte. Es gab in Eichwald ungeklärte Dinge, da war er sich sicher. Somit hatte er dank des Interviews die Möglichkeit, weiter im Fall Jakob Wild zu recherchieren.

Er zog sein Tablet aus dem Rucksack und öffnete seine Notizen zu der Recherche im Sommer.

Julian Burg, sein bester Freund und verheiratet

mit Sophie Burg, hatte ihn kontaktiert und einen Zusammenhang zwischen der Explosion der Waldhütte 2003 und dem Tod des Mountainbikers Jakob Wild vermutet. Als dann im Laufe der Ermittlungen Julian starb und seine Frau Sophie, die 2003 die schwangere Freundin von Adam war, als mutmaßliche Mörderin festgenommen wurde, hatten schließlich auch Emil und Lara Riedel von der Polizei die Vermutung, dass alles miteinander zusammenhängen könnte. Doch was in der Theorie schlüssig klang, stellte sich in der Recherche als haltlos heraus. Sophie hatte zudem ein Alibi für den Tag des Unfalls von Jakob – sie war im Krankenhaus am Arbeiten. Nichts passte zusammen. Der Tod von Jakob Wild musste eine andere Ursache haben und der Schlüssel lag in Eichwald, da war er sich sicher. Er hatte eine Anfrage an einen gewissen Maik Biesdorf gestellt, den Anwalt von Sophie, sie im Gefängnis interviewen zu dürfen. Hier würde er als Erstes nachhaken. Manchmal musste man auch einfach nur Staub aufwirbeln, um eine Sache ins Rollen zu bringen. Dafür war das geplante Rebfeuerfest am Wochenende die richtige Bühne.

Klaus

Mit jeder Straße, durch die Klaus seine Gäste chauffierte, sank die Hoffnung auf das schnelle Auffinden des Hauses; zumal sie jetzt schon fast eine Dreiviertelstunde auf der Suche waren. Seitdem Klaus wusste, wonach die Amerikaner Ausschau hielten, hatte ihn ebenfalls der Ehrgeiz gepackt. Er selbst hielt Ausschau nach einer Bank, einem Brunnen oder einer Haustür, die mit der auf dem Bild übereinstimmen könnte. Das Foto war Jahrzehnte alt – nicht ausgeschlossen, dass es noch aus Vorkriegszeiten stammte. Klaus kannte Eichwald wie seine Westentasche. Er lebte im Nachbarort Ockhofen, kaum drei Kilometer von hier entfernt. Er war ein Kind der 50er-Jahre. Die sogenannte Nachkriegsgeneration. Die Kinder, deren Eltern die Nazis waren. Fotos wie diese waren Klaus aus alten Zeiten bestens bekannt. Die Sache war persönlich, soviel war ihm klar. Er hätte sicherlich gerne mehr über die Hintergründe erfahren, spürte aber die persönliche Betroffenheit seiner Gäste. Sicherlich waren sie auf der Suche nach einem nahen Verwandten, vielleicht einer Tante oder einem Onkel seiner Mutter, die im Krieg geflüchtet war. Der Gegenspieler seiner Neugier war der Anstand, der ihm gebot, nicht weiter nachzufragen, zumal seine Englischkenntnisse ohnehin nicht dafür ausreichen würden.

Klaus legte sich ins Zeug, die letzten beiden Straßen standen bevor: Von der Bergstraße kam man in die ›Scheitergass‹, die eine Sackgasse war. Zumindest deutete das Verkehrszeichen am Anfang der Straße darauf hin. Ortskundige – und dazu zählte sich Klaus selbstverständlich – wussten natürlich, dass man am Ende über einen geschotterten Wirtschaftsweg am Festplatz und dem Sportplatz des ›SV Eichwald‹ vorbeifahren konnte, und wieder auf die Hauptstraße ortsauswärts gelangte. Plötzlich kam ihm Idee: Die Lösung war, alteingesessene Eichwalder zu fragen, ob sich eventuell jemand an das junge Paar auf dem Foto erinnern konnte. Er dachte an das Rebfeuerfest, das an diesem Wochenende stattfinden und heute Abend eröffnet werden sollte. Jetzt fehlten seine Englischkenntnisse, um seine Idee zu erklären. In der Ferne war der Festplatz zu erkennen. Sie waren mittlerweile nahezu in jeder Straße und an jedem Haus vorbeigefahren.

Aufgrund der emporkommenden Euphorie über seine Idee und die ohnehin aussichtslose Situation, das Haus per Zufall zu finden, rief er: »Look!« und zeigte auf den Festplatz. »Da ist heute Fest. Se Party? Today?«

Jill und Joe sahen sich an. Sie verstanden in etwa, was er sagte, wussten aber nicht, worauf er hinauswollte.

Er suchte nach Worten, doch erkannte schnell, dass es aussichtslos war. Plötzlich hatte er einen Einfall. Er fuhr am Festplatz vorbei und hielt rechts an. Zunächst zog er seine Brille aus dem Handschuhfach, anschließend sein Smartphone, auf dem er hektisch, aber voller Konzentration nach der Nummer seines Sohnes suchte. Er deutete den verwirrt dreinblickenden Amerikanern an, ihn kurz machen zu lassen. Diese wirkten zwar verwundert, schienen aber begeistert von der Einsatzbereitschaft ihres Fremdenführers.

»Ja hallo. Hallo Jens! Ich bin's: Papa. Ja … ja, ja … Hör mal, ich habe hier Amis, die auf der Suche nach einem Haus in Eichwald sind. Kannst du denen mal auf Englisch sagen, dass heute Abend hier vorn auf dem Festplatz das Rebfeuerfest stattfindet, wo sie sicher Menschen treffen, die das Haus oder die Menschen auf dem Bild erkennen … Nein, alles okay. Mir geht's gut … alles gut, kannst du das mal gerade übersetzen, ich erkläre dir das alles später.«

Er reichte das Smartphone an Jill weiter. Es musste für seinen Sohn verrückt geklungen haben, der zu dem Zeitpunkt der festen Überzeugung war, sein Vater wäre betrunken gewesen – jedenfalls sollte er das hinterher behaupten.

Jill klang so aufgesetzt freundlich, Klaus hatte das Gefühl, sie telefoniere mit einem ihrer besten Freunde. Aber ihr Gesicht verriet: Die Botschaft kam an.

Als Klaus das Handy zurückbekam, sagte sein Sohn, sie wären sehr dankbar für seine Dienste und überlegen gemeinsam, ob sie am Abend das Fest besuchen wollten. Nachdem Klaus die beiden im Hotel abgesetzt hatte, war er glücklich darüber, auch an diesem Tag ein gutes Werk getan zu haben. Selbstverständlich hatte er die versprochenen 200 Euro nicht angenommen. Das war sein Beitrag zur Deutsch-Amerikanischen Freundschaft. Auch fast 80 Jahre nach Kriegsende war das kollektive schlechte Gewissen eines ganzen Volkes noch in seiner DNA verankert – und die Hilfsbereitschaft selbstverständlich. Klaus hatte zudem über R. Hauser mitteilen lassen, dass er für weitere Fragen oder Fahrdienste zur Verfügung stünde, und seine Nummer hinterlassen. Wenn man ehrlich war, dann war es weniger seine Hilfsbereitschaft als seine Neugier über die Hintergründe dieser Geschichte, die ihn dazu bewegten.

Lara

Lara saß in ihrem Büro im Präsidium in Trier, um das weitere Vorgehen zu planen. Sie hatte die halbe Nacht wachgelegen und überlegt, wie sie die Situation um den verschwundenen Jungen einschätzen sollte. Offiziell gab es keinen Grund, das ganze Prozedere in Gang zu setzen, das bei einem Vermisstenfall routinemäßig anlief. Da war einerseits die Sorge der Mutter. Und die Angst von Lucas Freund Ole, die sie ernst nahm und ihr ein Gefühl einer ernsthaften Gefahr vermittelte. Andererseits sprach alles dafür, dass Vater und Sohn einen Ausflug machten. Man musste auch im Jahr 2023 keine Rechtfertigung für eine smartphonefreie Zeit liefern. Lara gähnte vor Müdigkeit. Wenn ihre Kinder ihr nicht den Schlaf raubten, dann waren es Fälle wie dieser, die ihre Nachtruhe auf einem gefährlichen Minimum hielten. Sie musste unbedingt einen klaren Kopf bewahren.

Lenny kam mit zwei Tassen Kaffee zur Tür hinein und stellte Lara eine der beiden auf den Tisch.

»Einmal schwarz; wie deine Seele«, scherzte er, und bevor Lara darauf antworten konnte, fügte er hinzu: »Ich weiß. Abgedroschener Spruch – ein Klassiker – aber ich wollte den immer schon mal bringen.« Ein aufgesetztes Gähnen war ihre Reaktion, obwohl sie sich innerlich freute. Eine kräftige Tasse Filterkaffee war genau das, was sie jetzt benötigte.

»Okay, was haben wir?« Offenkundig eine Frage an sich selbst, denn sie fing umgehend an, ihre Überlegungen zusammenzufassen. »Wir haben Luca Dostert, verschwunden vor etwa zwei Tagen, mutmaßlich mit dem Vater, Henning Dostert, unterwegs. In dessen Ferienhaus befindet sich die Nachricht, dass ›sie auf Tour sind‹. Wenn er mit seiner Affäre unterwegs wäre, dann wäre Luca der Adressat der Nachricht und tatsächlich verschwunden.«

»Woher weißt du, dass es eine Affäre ist?«, hakte Lenny nach.

Da hatte er wohl recht. Das war eine Mutmaßung, begründet auf einem Gefühl.

»Wenn es keine Affäre wäre, wüsste jemand davon. Außerdem kommt er doch nicht ernsthaft nur hier her, um zu schreiben. Das kann er überall …«

»Er könnte wegen seinem Sohn hier sein, um ihm näher zu sein.«

»Wegen seines Sohnes …«, korrigierte Lara, um von ihrer vagen Theorie abzulenken. Sie wusste, dass Lenny recht hatte. Es war alles zu schwammig.

»Was?«

»Ach, ja, du hast ja recht! Ich weiß auch nicht, aber ich habe das Gefühl, hier stimmt etwas nicht. Also bleiben wir bei den Fakten. Ole, der beste Freund von Luca, ist sehr verängstigt und verheimlicht etwas.«

»Das Gefühl hatte ich allerdings auch. Er hatte nicht nur einfach Angst. Er war wie versteinert. Ich hatte das Gefühl, er will mir irgendetwas mitteilen, traut sich nur nicht …«

»Und dann sind noch Volker Heller, der Stiefvater von Ole, und Jürgen Heller, der Bürgermeister, die beiden Brüder. Anscheinend sind sie nur mäßig besorgt über das Verschwinden von Luca: Der Stiefvater ist auf der Treibjagd, der Onkel baut das Fest auf. Irgendwie scheint niemand im Dorf wirklich an etwas Schlimmes zu glauben. Wir sollten auf jeden Fall mal beim Rebfeuerfest vorbeischauen.«

»Gut, dann wird das unsere erste gemeinsame Party heute Abend«, scherzte Lenny.

»Kein Alkohol im Dienst!«, mahnte Lara mit einem Augenzwinkern.

»Spielverderber!«, konterte Lenny cool, obwohl sich Lara sicher war, dass Trinkgelage oder exzessive Partys ohnehin nicht zu seinen Hobbys zählten. Er gehörte zu dieser jungen Generation von körperbewussten Menschen, die das abendliche Fitnessstudio einer Party vorzogen – so jedenfalls in ihrer Vorstellung. Wo sonst sollte diese Fitness herkommen? Sicherlich hatte er auch noch nie in seinem Leben irgendwelche Drogen konsumiert. Sie würde ihn nach diesem Fall zu sich einladen, um mehr über ihn herauszufinden. Da waren einige Dinge, die sie interessierten und die er – ungewollt oder absichtlich – geheimnisvoll vorenthielt.

»Okay, zurück zum Ernst der Lage«, unterbrach er ihre Gedanken, die vom Thema abgeschweift waren. »Wenn Luca verschwunden ist, dann kommen drei Dinge in Betracht. Erstens: Er wurde entführt. Oder zweitens: Er ist abgehauen.

Drittens: Ihm ist etwas zugestoßen.«

»Richtig. Wobei erstens unwahrscheinlich ist: Die Hellers haben kaum Geld. Eine Kontoprüfung bekommen wir zwar noch nicht durch, aber es würde mich stark wundern, wenn da mehr als dreistellige Beträge vorliegen. Außerdem würde Frau Dostert-Heller einen Erpresseranruf direkt melden. Ihre Reaktion war dafür eindeutig das Gegenteil. Natürlich könnte ihm etwas zugestoßen sein. Ein Unfall ist möglich, aber ich halte es nicht für wahrscheinlich.«

»Bleibt das freiwillige Ausreißen des Jungen. Die klassischen Gründe dafür sind soziale Konflikte im Elternhaus, Beziehungsenttäuschungen oder Angst vor Strafe …«

»Sehr gut auswendig gelernt, Lenny«, grinste Lara ihren jungen Kollegen an. »Nein, im Ernst. Er ist freiwillig abgehauen, davon können wir ausgehen. Und wir sollten heute Abend etwas Staub aufwirbeln, um der Ursache auf den Grund zu gehen.«

Lenny nickte nachdenklich. Eine andere Spur hatten sie nicht. Aber wenn es einen Konflikt gab, dann musste jemand davon wissen.

Sophie

Ihre Smartwatch vibrierte bei der Pulsgrenze von 180 Schlägen pro Minute. Sie lief, als ob sie vor einem Verfolger fliehen wollte, und irgendwie war das auch kein weit hergeholtes Bild. Nur dass der Verfolger sie selbst war. Auch nach einer halben Stunde bekam sie den Kopf nicht frei – wie sonst üblich –, sondern steigerte sich nur noch weiter in die Abgründe, die sich ihr angesichts der wahrscheinlicher werdenden These vor ihrem inneren Auge auftaten. Sollte sich wirklich alles direkt vor ihrer Haustür abgespielt haben? Sollte sie tatsächlich all die Jahre die Lösung, nach der sie seit über 20 Jahren suchte, übersehen haben? Oder war ihre Fantasie mit ihr durchgegangen und alles war doch anders, als sie es offenkundig glaubte, herausgefunden zu haben?

Sie passierte die Waldgrenze und lief über den schmalen Pfad entlang, der im Sommer zum hochfrequentierten Jakobsweg gehörte. Doch heute traf sie keine Menschenseele. Normalerweise genoss sie von hier die Aussicht über das Tal mit den Weinbergen auf dem gegenüberliegenden Berg, der Saar, die sich durch das Tal schlängelte, und dem satten Orange der umliegenden Bäume, die der Herbst in seine schönsten Farben verwandelte. Sie konnte weder abschalten noch entspannen und schon gar nicht die Natur genießen, die sie sonst nach stressigen Tagen in der Klinik oder vor den düsteren Gedanken der Vergangenheit befreite. Als aus heiterem Himmel ein Regenschauer einsetzte und die tief stehende Sonne einen Regenbogen über Eichwald formte, fasste sie einen Entschluss. Heute würde sie für Klarheit sorgen – komme, was wolle. Sie würde ihn zur Rede stellen, mit allen Konsequenzen, auch wenn ihr Anwalt Maik sie davor gewarnt hatte. Aber schlimmer als der Knast waren nur ihre dunklen Gedanken und ihre Gelüste nach Rache. Jahre hatte sie diese unter Kontrolle gehabt, aber nun war die Zeit reif.

Sie drosselte ihr Tempo und ging völlig erschöpft am Wegrand in die Hocke. Ihr wurde schwindelig und sie merkte, dass ihr erster Lauf nach dem Gefängnisaufenthalt ihren Körper über das übliche Maß hinaus an die Grenze der Belastbarkeit gebracht hatte. Kurz wurde ihr schwarz vor Augen. Sie spürte nur noch die kalten Regentropfen auf ihrem glühenden Körper und hielt sich mit Müh und Not bei Bewusstsein. Ein Gefühl, das sie sonst in Ekstase versetzte und lange aushalten konnte, zwang sie jetzt buchstäblich in die Knie.

Nach einigen Minuten – oder waren es nur ein paar Sekunden? – kam ihre Energie zurück. Umgehend fing sie wieder langsam an zu laufen und atmete regelmäßig. Es war wie ein Reset ihrer Gedanken, ihr übliches ›Den Kopf freibekommen‹, das sie spürte. Sie fokussierte sich auf ihre Atmung und ihr Ziel. Sie musste jetzt funktionieren, das war sie Adam und ihrem Baby schuldig.

Anna

Sie passierte erneut die Luxemburgisch-Deutsche Grenze über die kleine Brücke einer Ortschaft, die augenscheinlich nur aus Tankstellen bestand. Hier war jeder luxemburgische Ort an der Grenze mit einer Brücke über die Mosel eine Möglichkeit zum Tanken, nicht mehr und nicht weniger.

Tankstellen waren an der Grenze in Mengen vertreten. Was würde wohl aus all den ›Tankmeilen‹ werden, wenn irgendwann alle Autos elektrisch fuhren? Diese Frage kam Anna immer in den Sinn, wenn sie die Grenze passierte. Eine Antwort hatte sie bis heute nicht gefunden.

Der erneute Besuch in Eichwald war wie ein heimlicher kleiner Schluck Alkohol für einen trockenen Alkoholiker. Der eigentliche Grund ihres Aufenthaltes rückte immer mehr in den Hintergrund, auch gedanklich. Schon während des Meetings gestern im Hotel war sie mit ihren Gedanken bereits in dem kleinen Ort im Seitental der Saar gewesen. Für jedes Problem hatte sie schnell jemandem die Verantwortung übertragen, um sich selbst Zeit freizuschaufeln. Eine innere Unruhe und emotionale Aufgewühltheit durchdrangen sie, je näher sie dem Ort Eichwald war. Natürlich wusste ihr Mann nichts von ihren Ausflügen in ihre alte Heimat – interessiert hätte ihn das ohnehin nicht. Sie hatten eine stillschweigende Abmachung, nicht über ihre Vergangenheit zu reden. Anfangs hatte er öfter gefragt, mit den ausweichenden Antworten von ihr aber schnell das Interesse verloren.

Ihre Aufregung stieg, als sie das Ortsschild erneut passierte; dieses Mal mit einer Intention – das Treffen mit ihren beiden Jugendfreunden Felix und Emil. Der Himmel hatte sich seltsam schnell verdunkelt. Mit den bewaldeten Bergen außen herum, lag der Ort mitten am Tag in einem finsteren Tal. Anna musste an Sophie denken. Sie empfand ein tiefes Mitleid mit der Frau von Julian, obwohl sie diese nicht kannte. Sophies Schicksal und ihr eigenes waren dennoch so stark miteinander verbunden, dass sie eine gewisse Nähe zu der Unbekannten spürte. An dem Tag, als Sophie ihren Mann und ihr ungeborenes Kind verlor, änderte sich auch ihr eigenes Leben: Sie empfand eine tiefe Schuld und wusste bis heute nicht, woher diese kam. Im Moment der Explosion hatte sie eine diffuse Gefahr gespürt, die ihr jeden klaren Gedanken verwehrte. Sie floh nicht nur vor dem Feuer und der Explosion – sie floh auch vor ihrem Leben und war bis heute auf der Suche nach etwas, von dem sie nicht wusste, was es war. Aber sie spürte, dass die Zeit reif war. Der Augenblick war gekommen. Und mit einem Schlag war sie wieder da: Ihre Atemnot setzte ebenso wie die Regenschauer ein. Binnen weniger Sekunden prasselte eine Masse an Wasser auf den Ort hinab, dass weder die Fahrbahnbegrenzungen noch die Häuser rechts und links zu sehen waren.

Anna fuhr rechts ran und hielt an. Sie atmete tief durch, spürte, wie ihre Luft zurückkam, während der Regen schwallartig auf Eichwald hinabfiel.

Ole

Der innerlich erschöpfte Siebtklässler stand vor dem neu gestalteten Holzgeländer am Abgrund der Klippe, an der vor wenigen Wochen der Radfahrer seinetwegen zu Tode kam. Er traute sich nicht nach unten zu sehen. Es war wie der Abgrund zur Hölle. Still und starr stand er einfach nur da und blickte über die Baumkronen der alten Eichen auf sein Heimatdorf. Hinter ihm türmten sich dicke schwarze Wolken auf. Das Holzgeländer strahlte in hellem Buchenholz. In Folge des tragischen Todesfalls war es mit Metallverankerungen neu und in robusterer und höherer Version angebracht worden. Offiziell war das vorherige, klapprige Geländer als Schutz vor der Klippe der Schuldige. Wäre es nur wenige Zentimeter höher gewesen, hätte es den Sturz in die Tiefe verhindert, so die öffentliche Meinung. Aber Ole wusste genau: Der wahre Schuldige war er selbst, denn der Sturz war durch das gespannte Drahtseil seiner Falle ausgelöst worden. Er hatte – wie auch sein Freund Luca – mit niemandem darüber gesprochen. Die Ermittlungen schienen im Sande zu verlaufen. Doch was blieb, war die tiefsitzende Schuld, die ihm niemand nehmen konnte. Ein gewaltiger Donnerschlag ließ ihn zusammenzucken. Was sollte er nur tun? Er konnte unmöglich jemandem davon erzählen, bevor er nicht mit Luca gesprochen hatte. Der Junge wog ab, immer wieder. Er war hin- und hergerissen von dem Drang, endlich alles herauszulassen, sich endlich jemandem öffnen zu können. Und andererseits von der Angst vor den Konsequenzen, die ihm drohten. Mussten er und Luca ins Gefängnis? Würde man womöglich seine Eltern ebenfalls einsperren? Der offene Umgang mit Schuld wurde ihm nie vorgelebt. In Eichwald schwieg man lieber, bis niemand mehr darüber sprach. Einfach totschweigen war ein oft gewählter Ansatz, der in diesem Zusammenhang eine völlig neue Bedeutung bekam. Möglicherweise war das die beste Strategie. Doch die dunklen Geister kamen wieder und beherrschten seine Gedanken. Tag und Nacht. Er konnte sich der Strafe entziehen, nicht aber der quälenden Gedanken an den toten Mann, der durch einen Genickbruch abrupt aus dem Leben gerissen worden war.

Mit dem Einsetzen der heftigen Regenschauer liefen ihm Tränen über die Wangen. Er ließ sie laufen, versuchte nichts zurückzuhalten. Der Regen prasselte auf ihn nieder und Ole fing an zu schreien. Er schrie und er weinte, wie er es noch nie zuvor getan hatte. Ein befreiendes Gefühl, niemand hörte ihn hier oben.

Nach wenigen Minuten klarte der Himmel wieder auf und Ole bekam keinen Ton mehr heraus. Es war, als ob der Himmel ihm diesen Schauer geschickt hatte und versucht hätte, seine Tränen und sein Geschrei zu verdecken. Ein Ventil, das er endlich im Stande war zu öffnen und all den Druck abzulassen, der sich in ihm aufgestaut hatte. Von Kopf bis Fuß durchnässt machte er sich auf den Weg zurück nach Hause. Seine Gedanken waren leer. Zum ersten Mal seit dem Tag, an dem der Mann gestorben war.

Heinrich

Der kurze Schauer hatte für ihn etwas Beruhigendes. Zu sehr belastete ihn die Dürre infolge der anhaltenden Hitze, ebenso wie die Ereignisse der heißen Sommer. Damals wie heute.

Er hatte bereits so viele Sommer miterlebt und fragte sich seit einigen Jahren, ob dieser vielleicht sein letzter sein würde. Er war längst bereit, zu gehen. Er betete jeden Abend, Gott solle ihn doch endlich holen. Doch er war noch nicht dafür bestimmt zu gehen. Heinrich hatte noch eine Aufgabe, das spürte er. Und wieder rückte der Jahrestag eines Ereignisses näher, das lange zurücklag. Der Tag, den er an 364 Tagen im Jahr versuchte zu ignorieren und der ihn doch bis in seine Träume verfolgte. Es war bald wieder soweit, und er spürte dessen Präsenz bereits. Die Quelle aller Schuldgefühle, die sich über die Jahre von einem Rinnsal in einen Bach und schließlich zu einem stromschnellen Fluss entwickelt hatten. Man sagte ja gerne ›Die Zeit heilt alle Wunden‹, doch bei Heinrich war das anders. Der Fluss der Schuld drohte über die Ufer zu treten, mit jedem Jahr, in dem er älter wurde.

Er beobachtete den heftigen Niederschlag, der vor seinem Fenster ein ohrenbetäubendes Geräusch verursachte. Das Vordach aus Trapezblech hallte bei Regen wie ein Verstärker. Er hasste diese neumodische Art, Dächer zu decken und jeder Regenschauer verstärkte seine Wut darauf.

Heute würde zum ersten Mal seit der Corona-Zwangspause das Dorffest wieder stattfinden. Heinrichs Zeit der Feste war jedoch längst vorbei. Früher hatte er das Weinfest als Bürgermeister eröffnet und von dem Glanz profitiert. Es war seine Bühne, auf der er sich und sein Dorf präsentiert hatte. Doch was war aus dem Dorf geworden? Was war aus den Menschen geworden? Es gab hier schon lange keinen Zusammenhalt mehr. Früher hatte man ein Mädchen aus dem Ort zur Frau genommen. Die Kinder hatten den Hof oder den Beruf des Vaters übernommen. Heute konnte man froh sein, wenn einer aus der Familie aus Eichwald stammte. Die meisten jungen Menschen zogen weg. Wer zuzog, kam nur wegen des günstigen Baulandes und der Nähe zur luxemburgischen Grenze. Niemals hätte er sich die Haare bei einem Frisör in der Stadt schneiden lassen, hätte Wurst oder Brot im Supermarkt gekauft oder wäre zum Feiern auf Konzerte außerhalb der Dorfgrenzen gefahren. Aber er musste sich eingestehen, dass selbst seine Söhne das Weite gesucht hatten. Sie hatten ihn und ihre Heimat verlassen, sobald es für sie möglich gewesen war.

Das Fest an diesem Wochenende war seiner Meinung nach ein jämmerlicher Versuch, an einem Brauch festzuhalten, der längst gestorben war. Was sollte so ein Rebfeuerfest überhaupt sein? Also redete Heinrich sich ein, nichts zu verpassen. Und wie zum Trotz, ließ er die Rollläden seiner Fenster herunter, um sich vor der bevorstehenden Musik zu verschließen, die bis zu seinem Haus dringen und über die er sich nur unnötig aufregen würde. Das Schlimme daran war, dass er ohnehin nicht schlafen konnte; die Tage vor dem Jahrestag waren die Schrecklichsten.

Felix

Das Interview in einer gewohnten Umgebung stattfinden zu lassen, hatte für Felix etwas Beruhigendes. Er hatte lange mit sich gehadert, war letztlich aber bereit, endlich aus seinem eigenen Schatten zu treten und ein erstes Interview für eine große Tageszeitung zu geben. Sicherlich hatte dazu beigetragen, dass sein alter Schulfreund Emil Eichwald sein Gesprächspartner war. Eine Person, der er vertraute und mit der er offen reden konnte, auch wenn beide seit der weiterführenden Schule getrennte Wege gegangen waren. Emil zog nach dem Abitur nach Berlin, Felix ging mit dem Wechsel von der Grundschule ins Internat. Trotz der Distanz, trotz all der Zeit, bestand ein unsichtbares Band zwischen den beiden. Nach über 25 Jahren waren sie sich immer noch vertraut.

Felix wusste, dass dieser Tag ein Einschnitt für ihn war. Er war letztendlich bereit, in die Öffentlichkeit zu treten, und es fühlte sich gut an.

Das Interview war nach einer knappen Stunde beendet. Felix hatte eine Glaskaraffe frisch gemahlenen Kaffees aufgetischt – man konnte fast sagen zelebriert, denn wie bei seinen Gemälden, bevorzugte er auch hier Handarbeit.

»Nicht dein Ernst!«, war Emil erstaunt über die Glaskaraffe, in die aus einem Keramikfilter die letzten Tropfen aus dem Kaffeesatz tropften. »Das gibt's in Berlin jetzt in jedem Szenecafé. Wer heute in Prenzlau noch einen Kaffeevollautomaten benutzt, kann gleich dicht machen.«

»Vielleicht brüht bei euch auch jeder von Hand, aber das Geheimnis ist der Kaffee selbst«, scherzte Felix.

»Aha, peruanische Biomischung, oder was?«

»Ach, Mist. Da hab ich mich jetzt eindeutig zu weit aus dem Fenster gelehnt. ›Starbucks Golden Blend fair trade‹. Ist einfach mein Lieblingskaffee ...«, gab er lachend zu.

Emil fasste sich grinsend mit der Hand an die Stirn. Er selbst liebte Starbucks, aber das Unternehmen stand wie kein zweites – gerade in Berlin – für Touris aus ganz Deutschland, die mit Fjällräven-Rucksäcken, dem neusten iPhone und Levis-Shirts unentwegt die Globalisierung kritisierten.

Die ausgelassene Stimmung wurde vom Läuten der Türklingel unterbrochen.

»Ahhh, das habe ich ganz vergessen zu erwähnen«, blickte Felix seinen Freund freudig an. »Wir bekommen noch Besuch von einer alten Bekannten.«

Während Emil in Gedanken sich alle möglichen weiblichen Bekannten aus Eichwald vorzustellen schien, ging Felix zum Eingang, um der Besucherin zu öffnen.

»Anna!«, begrüßte Emil den Überraschungsgast. »Schön, dich wiederzusehen!«
Nach einer kurzen Umarmung und der ersten Freude gewann sein journalistischer Spürsinn wieder die Oberhand. »Was machst du schon wieder in Eichwald? Erst sieht man dich 20 Jahre

nicht mehr, und jetzt treffen wir uns jedes Mal, wenn ich zu Hause bin!« Anna schien überfordert mit der Frage.
»Ja, ich weiß auch nicht … Es muss eine Art Hassliebe sein«, seufzte sie verlegen. Nach einer kurzen Pause fing sie sich wieder und berief sich auf die offizielle Version ihres Besuches. »Ich bin ja auch nur zufällig hier. Der Hauptgrund ist beruflicher Natur: Ich leite kommissarisch unser Hotel in Luxemburg. Mein Mann muss in München anwesend sein, ich bin jetzt ein, zwei Wochen hier um die Ecke.«
Felix und Emil nickten anerkennend.
»Und als ich gestern gehört habe, dass du heute kommst, war das natürlich Grund genug, noch mal nach Eichwald zu kommen …«
»Das ehrt mich«, erwiderte Emil grinsend. Seine Gelassenheit wirkte ein wenig gespielt. Felix hatte das Gefühl, dass die beiden Freunde irgendetwas vor ihm verbargen. Und sein Gefühl sollte ihn nicht täuschen.
»Also, was machen wir mit dem angebrochenen Tag?«, versuchte Anna das Gespräch aufzulockern.
»Na, wir gehen gleich aufs Fest runter, oder?«, warf Emil den Vorschlag ein, den Anna direkt aufgriff.
»Auf jeden Fall!«, betonte sie mit erhobener Faust, so als ob sie sagen wollte: »*Auf in den Kampf!*«.
»Auf keinen Fall!«, bremste Felix die Euphorie seiner beiden Gäste. »Das ist jetzt wirklich zu viel Öffentlichkeit für einen Tag! Ich war seit gefühlten 100 Jahren nicht mehr auf dem Fest.«

Anna und Emil sahen sich an. Ihre Mission war klar: Sie wollten mit Felix gemeinsam zum Fest, obwohl ihnen bewusst war, was sie damit bei manchen im Ort auslösen würden.

Sophie

Sophie lief durch die Bergstraße, die wie kürzlich verlassen und ausgestorben wirkte. Die meisten Menschen waren wohl im Begriff, sich für die Eröffnung des Rebfeuerfestes fertig zu machen.

Im Bewusstsein, dass sie am Haus des alten Bürgermeisters vorbeijoggte, überkam sie ein Gefühl der Kälte. Das Gebäude hatte immer noch eine Aura des Schreckens, obwohl sie gar nicht sicher war, ob Heinrich Stollberg überhaupt noch lebte. Sie hatte ihn verachtet. Ein unglaublich großkotziger Mensch, der nur auf seinen Ruf aus war. Vielleicht gehörte das zum Standardrepertoire eines Politikers dieser Ebene – sie kannte es jedenfalls nicht anders. Die Rollläden an den beiden Fenstern zur Straße waren bereits heruntergelassen, während die Bürgersteige sprichwörtlich hochgeklappt waren. Als sie in die Scheitergass kam, nahm sie die Musik vom Rebfeuerfest wahr, das in hörbarer Nähe in Vorbereitung auf den Abend aufgebaut wurde. Ihr Ziel war das Haus mit der Nummer 13. Sie hatte während ihrer U-Haft über ihren Anwalt ein Couvert erhalten, in dem sich das Foto eines Hauses befand. Das Haus, das sie seit 20 Jahren suchte. Eine Suche, deren Erfolg mit den Jahren weiter sank und am Ende gewissermaßen nur noch eine Randnotiz ihres alten Lebens war. Ihr Verlobter Adam befand sich in einem Safehouse im Zeugenschutzprogramm, das Sophie nicht kannte. Sie wusste nur, dass es in

Eichwald war und traf ihren Verlobten heimlich in einer abgelegenen Waldhütte in der Nähe ihres jetzigen Heimatortes. Sie wollte ihm von ihrer Schwangerschaft erzählen. Doch aus dem schönsten Tag in ihrem Leben wurde ihr größter Albtraum: Die Hütte explodierte, Adam starb in den Flammen und Sophie verlor ihr gemeinsames Kind. Sie hatte mit Julian einen neuen Mann gefunden, jemanden, den sie mochte wie einen besten Freund. Aber geliebt hatte sie nur Adam. Und die kinderlose Ehe mit Julian war wie eine Narbe, die sie mit dem Tod von Adam mitbekommen hatte, und die nie wieder verschwinden sollte. Es würde kein Zurück mehr geben. Adam war tot und sie musste damit abschließen, das war ihr klar.

All die Jahre hatte sie bekannte Strategien angewandt und kam damit durch. Die psychischen Probleme von Julian waren da deutlich schlimmer und selten über einen längeren Zeitraum unter Kontrolle. Seit sie wusste, dass die Ursache dafür die gleiche Situation war wie ihr eigenes Schicksal, ließ sie der Gedanke nicht mehr los. Und der Wunsch nach Aufklärung wucherte wie ein Krebsgeschwür in ihr. Er war außer Kontrolle und nicht mehr – weder mit Medikamenten noch mit Bewältigungsstrategien – einzufangen. Sie musste jetzt wissen, was damals genau passiert war und wer bis heute geschwiegen hatte.

Sie stand vor dem Haus Nummer 13. Josef und Luisa Müller wohnten hier. Hinter der Hausfront verbarg sich eine zweite Fassade: Welches Geheimnis wurde hier all die Jahre versteckt? Man sagte, dass die Müllers früher oft Menschen beherbergten, sogar mehrere Jahre ein Pflegekind hatten, da beide keine eigenen Kinder bekommen konnten. Großzügig nahm man Bedürftige und Schutzsuchende auf, schließlich bot der alte Hof genügend Platz. Vor dem Hintergrund ihrer Vermutung, dass hier der Verfassungsschutz Kronzeugen verstecken konnte, war die Lage nahezu perfekt: Abgeschieden und nach hinten verschlossen lag der Hof in einer Sackgasse, in die sich niemand ohne Grund aus Versehen verlief. Aber konnte das sein? Lebte hier Adam die letzten Tage vor seinem Tod in der Waldhütte? Es waren Fragen, die in längst verschollenen Gegenden ihrer Erinnerung lagen, die sie nun präsent vor Augen hatte und geklärt haben musste.

Sie schritt auf das Haus zu, klingelte und wartete, ohne zu wissen, was genau sie fragen würde, wenn ihr gleich jemand öffnen würde.

Doch die Tür blieb verschlossen.

Sie betätigte die Türglocke erneut, jetzt doppelt so lange und so fest, dass der Knopf kurz hängen blieb, und sich erst nach einigen Sekunden löste. Das Geräusch hallte in ihrem Kopf, wie ein Tinnitus nach einem lauten Knall. Man konnte es im ganzen Haus hören, das war Sophie klar.

Aber niemand öffnete.

Sophie überlegte. Sie musste jetzt weiter machen. Eine ungehörte Klingel konnte nicht der Abbruch ihres Vorhabens sein. Sie ging weiter im Schatten der Kastanienbäume am Festplatz vorbei. Einige Menschen waren mit dem Aufbau des Rebfeuerfestes beschäftigt. Niemand schien sie zu bemerken.

»Sophie. Versprich mir, dass du keine schlafenden Hunde weckst«, erinnerte sie sich an die mahnenden Worte Ihres Anwaltes.

Es war ihr egal. Der Zeitpunkt war gekommen. Heute wollte sie Antworten!

3. TEIL: DAS FEST

FREITAG, 24. NOVEMBER 2023

Jürgen

Der aufklarende Himmel über Eichwald hob die Stimmung auf dem Festplatz – jedenfalls für eine kurze Zeit, bevor das Tal in der Dunkelheit der Nacht versinken würde. Der heftige Regenschauer am Nachmittag hatte seine Spuren hinterlassen. Die Freude über die trockenen Stunden am Abend wurden mit feuchtfröhlichem Trinkgelage an den Bier- und Weinständen zum Ausdruck gebracht. Es war so, als feiere man den Sieg über die Naturgewalt, die das Fest buchstäblich hätte ins Wasser fallen lassen.

Links neben der Bühne warteten etwa 30 Bierzeltgarnituren in Reih und Glied darauf, besetzt zu werden. Ein Statement über den Besucheransturm, den man für das Wochenende erwartete. Üblicherweise bildeten sich zunächst kleine Gruppen um die Bier- und Weinstände, bevor die ersten Bänke besetzt wurden.

Jürgen Heller hatte einen Hänger voll grobem Spahnabfall aus der Schreinerei auf der Wiese verteilen lassen, sodass von den Pfützen wenig übrigblieb. Die Stände waren ohnehin eng zusammengerückt, wodurch es trotz mäßigem Besuch nach einem kleinen, aber gemütlichen Festplatz aussah. Am Rand verbrannte eine überschaubare Gruppe von Jugendlichen alte Europaletten und sonstige brennbare Abfallprodukte und erinnerte damit an die alte Tradition des Rebholzverbrennens. Der Musikverein baute sich in vier Reihen mit Klappstühlen dort auf, wo früher einmal die große Bühne im Festzelt gestanden hatte. Ein trauriger Anblick für das ältere Publikum, das sich noch an die Zeit der großen Bühnen und Zelte erinnern konnte.

Doch heute war nicht der Tag der wehleidigen Erinnerungen. Heute war der Tag des Neuanfangs. Aus den Fesseln der Coronapandemie und der unaufgearbeiteten Schuld wollte man sich endgültig befreien und für ein Wochenende an alte Traditionen anknüpfen.

Jürgen war glücklich. Sein Talent, innere Konflikte zu verdrängen, gepaart mit dem Anblick des gelungenen Festaufbaus, ließ ihn fast euphorisch von Gruppe zu Gruppe ziehen, um einen kurzen Small Talk zu halten. Die Regeln der Politik in der Praxis: Er zeigte sich volksnah und mit jedem Freund. Kaum ein Besucher war ihm fremd, er kannte die meisten Menschen und die meisten kannten ihn. Die Frauen hatten einen Stand mit selbst gebackenen Kuchen und Torten vorbereitet. Der alte Metzger stand hinter den Grills und legte fleißig Fleisch- und Wurstwaren auf. Er war in seinem Element, obwohl er seit mindestens fünf Jahren Rentner war und mangels Nachfolger den Betrieb aufgegeben hatte. Bratwurst, Currywurst, Schwenkbraten, Pommes. Mehr war nicht nötig. Das Fett der Fritteuse sprudelte. Die ersten Besucher hatten die Ein-Promillegrenze erreicht.

Gefühlt waren alle alteingesessenen Eichwalder anwesend. Nur eine Person fehlte: Sonja Dostert-Heller. Man vermisste sie bei den Frauen am Kuchenstand und ihr Mann Volker war bemüht, die Situation herunterzuspielen. Man schob ihre Abwesenheit bei Nachfragen auf ihre Migräne, die bei den alt einheimischen Eichwäldern bekannt war. Diese Anfälle konnten schon mal mehrere Tage dauern. Sonja benötigte jetzt Ruhe und vor allem keine Menschen um sich herum. Volker könne jetzt auch nicht mehr tun, als sie in Ruhe zu lassen.

Je später der Abend wurde, desto mehr Gruppen aus den umliegenden Dörfern kamen dazu und mischten sich unter die Leute. Jürgens Anspannung wich der Erleichterung über die Bestätigung seines Lebensmottos: ›Ruhe bewahren. Alles wird gut!‹

Das Fleisch brutzelte. Bier und Wein flossen. Von plötzlichen Regenschauern keine Spur. Die Menschen amüsierten sich.

Als Jürgen gegen sieben das letzte Stück seiner roten Currywurst aus der klebrigen Ketchupsoße picken wollte, passierte allerdings etwas, das seine Stimmung trübte. Eine dicke Schmeißfliege landete auf dem Wurstabschnitt und versank binnen Sekunden in dem vorher zusammengeschoben Rest an Soße (üblicherweise nahm er den Soßenrest am Ende mit der übrig gebliebenen Brötchenhälfte zu sich). Der Befreiungskampf war zwecklos; bevor Jürgen Schlimmeres verhindern konnte, war sein Abendessen von der Fliege kontaminiert.

»Verdammte Scheiße!«, fluchte er bei dem Anblick der letzten Zuckungen des Insekts und unter amüsiertem Gelächter der Anwesenden.

Normalerweise nahm Jürgen solche Situationen mit Humor. Stinksauer und um sich dem Gespött zu entziehen, stiefelte er zum Mülleimer neben dem Bratwurststand. Er atmete tief durch, erkannte sich selbst kaum wieder. Warum wurde er nur so wütend? Im Nachhinein sollte die Fliege in seiner Currywurst eine gewisse Symbolkraft haben. Denn in diesem Moment war das nicht der einzige Fremdkörper, der zu einer unkontrollierten Reaktion an negativen Ereignissen führen sollte. Mit dem Wegwerfen der Pappschale in den Mülleimer nahm er ein seltsam gekleidetes Ehepaar wahr, das aus einem Taxi stieg und den Festplatz betrat. Jürgen hatte ein eigenartiges Gefühl beim Anblick der Fremden, die er mit großer Sicherheit noch nie zuvor in seinem Leben gesehen hatte.

Die Amerikaner

Jill und Joe waren bereit für den Abend, als sie gegen 19:00 Uhr aus dem Taxi stiegen, das sie zum Festplatz gebracht hatte. Ihre illegale Fracht hatten sie im Hotel gelassen und lediglich das Foto von dem Haus dabei, auf dessen Suche sie waren. Sie versprachen sich von dem Abend, Bekanntschaften zu machen, Beziehungen aufzubauen und das Leben in dem unbekannten kleinen Ort kennenzulernen. Joes Aufregung stieg, als er das bunte Treiben beobachtete. Das Fest war so anders als bei ihnen in den USA. Die Menschen waren offensichtlich in ihrer normalen, alltäglichen Kleidung dort; niemand schien sich besonders hübsch gemacht zu haben. Im Prinzip sahen für ihn irgendwie alle gleich aus. Doch er schob direkt alle Vorurteile beiseite, denn er hatte sich fest vorgenommen, unvoreingenommen und offenherzig aufzutreten. Natürlich hatte er immer im Hinterkopf, was an diesem Ort passiert war. Gefühle von Hass und Rache erstickte er im Keim, ließ sie nicht an die Oberfläche, aber sie waren da. Und sie waren bereit, das Feuer in ihm zu entfachen.

Jill strich ihm über das Jackett, das vom Sitzen einige Falten geschlagen hatte. ›Der erste Eindruck zählt. Dafür gibt es keine zweite Chance‹, so ihr Spruch, den sie morgens ihrem Mann mit auf den Weg gab, wenn sie noch einmal Hand an sein Outfit anlegen musste. Oft kam Joe seiner geliebten Frau damit zuvor, wenn er ihre kritischen Blicke bemerkte.

»Macht 23,50 €«, knurrte der übergewichtige Fahrer mit dem außer Kontrolle geratenen Oberlippenbart vom Fahrersitz. Jill bereute trotz des mürrischen Chauffeurs nicht, das Angebot von Klaus ausgeschlagen und ein Taxi vom Hotelpersonal ordern gelassen zu haben. Insgeheim hofften sie, heute nicht auf Klaus zu treffen. Er war ihnen zunehmend neugierig bis aufdringlich vorgekommen. Der Grad zwischen Informationen einholen und keine Aufmerksamkeit erregen war schmal. Für den Fall von genauen Nachfragen hatten sie sich eine rührende Geschichte überlegt und die ging so:

> *Jills Vater war amerikanischer Soldat der U.S. Air Force im Zweiten Weltkrieg. Ein junger Mann voller Hoffnung und Träume, die irgendwann gegen Ende 1944 zu platzen drohten, als die Nazis sein Flugzeug über der Region abschossen. Er war auf einem Erkundungsflug, als eine Panzerabwehrrakete den rechten Flügel seines einsitzigen Kampfflugzeuges ›Republic P-47 Thunderbolt‹ traf (Joe hatte zufällig eine MSNBC-Reportage über diese Maschine gesehen und würde somit bei Nachfragen über Hintergrundwissen verfügen). Nur in letzter Sekunde konnte er sich mit seinem Schleudersitz aus dem brennenden Wrack retten und landete mit dem Fallschirm schwer verletzt in Eichwald. Dort war man in Alarmbereitschaft und hoffte auf das Ende des Krieges. Der Ruf der Befreiermächte hallte bereits durch die Gassen.*

Und dann fiel plötzlich der amerikanische Soldat schwer verletzt vom Himmel. Man hätte ihn verbluten lassen können. Man hätte ihn töten können. Aber da war diese junge Frau, die ihn in ihrem Garten fand und vor den Nazis versteckt hielt, bis das Hitler-Regime kapitulierte und Deutschland befreit wurde.
Im Anschluss wurde ihr Vater logischerweise in die USA ausgeflogen, dort behandelt und erhielt als Kriegsveteran den höchsten Orden für seine tapfere Leistung. Er heiratete seine geliebte Frau, schenkte ihr acht Kinder – darunter Jill – und führte ein glückliches Leben. Er schlief vor drei Jahren friedlich ein und lebte seither im Herzen seiner Kinder und Enkel weiter. Zu Lebzeiten sagte er zu jeder Gelegenheit: »Die Deutschen, das sind die herzlichsten Menschen der Welt! Die wenigsten sind wie Hitler!«
Da man den Deutschen und insbesondere dieser Familie in Eichwald so unfassbar viel zu verdanken hatte, wären Jill und Joe nun auf der Suche nach dem Haus, in dem ihr Vater gesund gepflegt worden war. Man wolle den Nachkommen der Frau, deren Mutter oder Großmutter damals so viel herzliche Güte gezeigt hatte, ihren Respekt zollen und sie kennenlernen. Und man wolle einfach nur einmal dem Ort nahe sein, der so viel für sie bedeutete.

Zur glaubwürdigen Darstellung, hatten sie sich gegenseitig diese Story immer wieder erzählt und sie gemeinsam ausgebaut. Jill konnte sogar an einigen Stellen in Tränen ausbrechen, weil ihr dieses fiktive Schicksal so nahe ging. Bis auf den letzten Satz der Geschichte war jedoch alles frei erfunden.

Joe bezahlte den Taxifahrer und beide gingen mit gemischten Gefühlen auf den Festplatz. Die beiden zogen die Blicke der Anwesenden umgehend auf sich – wie ein Verkehrsunfall, bei dem man nicht wegsehen konnte. So kam sich Joe auch vom ersten Moment an vor: unfreiwillig im Mittelpunkt der Aufmerksamkeit. War das wirklich eine gute Idee, hier aufzukreuzen? War überhaupt jemand hier, der ihnen Informationen geben konnte? Oder war man hier in der Höhle des Löwen gelandet, im Begriff, alles zu verlieren? Joe zweifelte, während Jill ihre offenherzige und einladende Rolle aufsetzte.

Sie waren noch nicht in der Menge angekommen, als aus dieser ein bekanntes Gesicht hervortrat und die beiden mit offenen Armen in Empfang nahm.

»Hello!«, begrüßte sie Klaus in seiner einzigen, perfekt einstudierten englischen Begrüßungsfloskel. Jill lief umgehend zur Höchstform auf und umarmte Klaus in einer Weise, wie sie selbst für amerikanische Verhältnisse übertrieben wirkte. Die anwesenden Gäste des Festes mussten glauben, die beiden kennen sich seit Jahren.

Klaus zeigte ihnen mit einer Geste an, ihm zu folgen, was beide bereitwillig taten. Sie marschierten durch die Menge zu einer Gruppe von Menschen mittleren Alters. Für Joe war es der reinste Spießrutenlauf. Wenn Blicke Nadelstiche versetzen könnten, wäre er spätestens in der Mitte des Platzes blutüberströmt zusammengesackt. Er hielt sich wie üblich an seiner Frau fest, die freudestrahlend hinter ihrem Fremdenführer her hechtete.

Als sie bei Klaus' Bekannten ankamen – es waren zwei Männer und drei Frauen, alle augenscheinlich über 60 – wurden sie mit einem freundlichen Lächeln begrüßt. Klaus redete wie ein Wasserfall und schien von der gemeinsamen Tour und dem Vorhaben der Amerikaner zu berichten. Die Bekannten lauschten interessiert seinen Ausführungen, während Jill und Joe kein Wort verstanden. Joe musste an den Ausflug in den New Yorker Zoo denken, als der Guide vor dem Primatengehege einen ganzen Wikipediartikel über Menschenaffen vortrug, während das Schimpansenweibchen das Männchen lauste.

Nach minutenlangem Vortrag übergab Klaus das Wort an einen glatzköpfigen Mann mit grauem Vollbart, der zu ihrer Verwunderung einwandfreies Englisch sprach – mit einem seltsamen britischen Akzent, aber immerhin. Jill explodierte förmlich vor Freude und führte eine längere Unterhaltung ohne nennenswerten Informationsgehalt mit dem Bekannten von Klaus. Jetzt wirkten alle anderen wie Schimpansen im Zoo. Aber Jill war hocherfreut, einen neuen Gesprächspartner gefunden zu haben. Nachdem geklärt war, warum Hans-Dieter – ein auf Englisch kaum auszusprechender Name – so gut Englisch sprechen konnte (er lebte zehn Jahre in London, bevor seine Frau starb und er zurück in seine Heimat zog), kam man zum interessanten Punkt des Gespräches: die Suche nach dem Haus der beiden amerikanischen Besucher.

Während Jill die ausgedachte Geschichte ihres Vaters vortrug, übersetzte Hans-Dieter simultan. An der Stelle mit dem ›vom Himmel gefallenen Amerikaner‹ musste Jill vor Rührung kurz innehalten und auch Hans-Dieter kämpfe mit den Tränen. Die unglaubliche Geschichte ging den Anwesenden so nahe, dass alle heiß auf das Foto und voller Tatendrang waren, diese Sache aufzuklären.

Joe dachte schnell, dass die Erzählung vielleicht etwas zu dick aufgetragen war, aber immerhin war man nun zu acht auf der Suche nach dem Haus.

Lara

Lara hatte ihren Kollegen Lenny auf dem Weg vom Präsidium bei ihm zu Hause abgeholt. Als er in das Auto einstieg, trat nicht nur ein komplett aufgestylter junger Mann in den Wagen, sondern auch eine aufdringliche Duftwolke der Marke HUGO BOSS.

»›Zivil unauffällig‹ sieht aber anders aus …«, scherzte Lara trotz ihrer inneren Anspannung.

»Was denn? So geht man heute auf Partys!«, versuchte er sich zu rechtfertigen.

»Ja, in München im P1 vielleicht …«

Sein Blick sprach *»Du hast ja keine Ahnung!«*, was er sich jedoch verkniff, auszusprechen.

Lara blickte auf die Uhr am Armaturenbrett, als sie bemerkte, dass es bereits anfing zu dämmern. Sie hatte den Schreibtisch voller Papierkram, kam mit ihrer eigenen Arbeit und der von kranken Kollegen kaum hinterher. Außerdem sorgte der Personalmangel, gepaart mit den angesammelten Überstunden bei der Kripo, für zusätzlichen Druck im Kessel. Eine besorgte Mutter und ihr Instinkt, dass hier etwas nicht stimmte, reichten da einfach nicht aus, um sich ganz auf diese eine Ermittlung zu konzentrieren. Der Fall des toten Mountainbikers war offiziell eingestellt. Er war auf dem besten Wege, in den verstaubten Akten zu verschwinden, bis die ›Cold Case‹-Einheit irgendwann mit neuen Ansätzen einen zweiten Versuch starten würde. Der absolute Albtraum für einen Ermittler: Der eigene, unaufgeklärte Fall wird zehn Jahre später von einem jungen, engagierten Kommissar neu aufgerollt und aufgeklärt. Und dann kam auch noch die ernüchternde Erkenntnis aus Österreich: Die Wohnung von Henning Dostert war verlassen. Weder er noch sein Sohn Luca wurden dort angetroffen. Nichts sprach für ein Verbrechen, außer ihr vages Gefühl einer bevorstehenden Bedrohung.

Lara war sich dennoch sicher, dass sie dem Ziel nahe war, und war Lenny insgeheim dankbar für seine Unterstützung. Zusätzlich belastete sie selbst ihre familiäre Situation: Ihr Mann und ihre Kinder lebten in diesen Zeiten zusehends ein Parallelleben. Sie bekam kaum etwas von den Jungs mit, allerhöchstens am Rande gefilterte Informationen oder eine Nachricht über den Messenger.

Abendessen zu dritt. Vermissen dich ‹3
*Wir sind auf dem neuen Abenteuerspielplatz. Gibt keinen besseren, sagen die Jungs. :-**

Lara seufzte etwas zu offensichtlich.

»Was ist los? Alles klar bei dir?«, hakte Lenny nach.

»Was? Jaja, alles okay.«

Nichts war okay. Ihre Anspannung war unerträglich. Sie passierten die Ortsgrenze von Eichwald. Der Ort wirkte wie ausgestorben. Kaum zu glauben, dass hier heute ein Fest stattfinden sollte.

»Was erhoffst du dir von dem Besuch auf diesem Fest?«, fragte Lenny wie aus dem Nichts. Da war sie, die Frage aller Fragen, auf die Lara selbst keine Antwort wusste – jedenfalls keine, die sie zufriedenstellend formulieren konnte. Ihr war bewusst, dass ›Intuition‹ keine adäquate Antwort darstellen würde. Sie bogen in der Ortsmitte Richtung Dorfplatz ab. Die Flammen der traditionellen Rebholzverbrennung loderten wie ein Höllenfeuer und stießen glühende Funken in den Himmel. Normalerweise verbrannten die Jugendlichen die alten Reben aus den Weinbergen ohne den festlichen Rahmen.

Sie überlegte. Vielleicht etwas zu lange. Und bevor sie antworten konnte, platzte es aus ihm raus: »Ich muss dir noch etwas sagen. Ich weiß nicht, warum ich dir das bisher verschwiegen habe, vielleicht weil ich unbedingt mit dir im Team arbeiten wollte ...« Lara blickte ihn mit einem ›Jetzt komm zur Sache‹-Blick an.

»Ich habe eine ... Also, wie soll ich sagen? Eine gewisse Verbindung zu Eichwald. Also keine wirkliche. Ich war in meiner Kindheit gelegentlich hier. Also ... Meine Großeltern väterlicherseits kommen von hier und meine Tante lebt, soweit ich weiß, immer noch im Ort.«

Lara hielt auf dem Parkplatz des angrenzenden Sportplatzes an den Festplatz rechts an und war sprachlos. Bevor sie etwas sagen konnte, redete Lenny weiter: »Das habe ich nicht erwähnt, weil es nichts zur Sache tut. Ich kenne niemanden hier. Meine Großeltern sind beide seit fast 20 Jahren tot und das Elternhaus meines Vaters wurde verkauft. Ich weiß nicht, wer da jetzt lebt. Zu meiner Tante hatten wir nie eine wirkliche Verbindung. Es gibt irgendwelche Streitereien zwischen ihr und meiner Mutter. Unsere Familie hat, seit ich denken kann, nicht mehr mit ihr geredet.«

Lara war außerstande etwas zu sagen. Immerhin hatte sie selbst einen Hintergrund zu Eichwald, den sie ihrem Kollegen verschwiegen hatte. Warum war sie nicht offen zu ihm? Warum befand sich nur alles in einem diffusen Nebel aus Geheimnissen und Vertuschung, sobald es um ihren Heimatort ging?

Emil

Emil betrat mit Anna und Felix das Rebfeuerfest, als der Musikverein sein letztes Lied zum Besten gab. Ein trauriger Anblick von 15 Musikern und einem Dirigenten, den er nicht kannte. So änderten sich die Zeiten: Aus dem einstigen Großaufgebot an Musikern (man füllte die große Bühne bis auf den letzten Zentimeter), von denen Emil nahezu jeden mit Namen kannte, war ein spärlicher Rest aus unbekannten Gesichtern geworden. Aber immerhin: Eine Blaskapelle gehörte nun mal zum Standardrepertoire eines gelungenen Dorffestes.

Er hatte ein mulmiges Gefühl und spürte, dass seine beiden Begleiter ebenfalls eine gewisse Anspannung ausstrahlten. Es hatte noch einige Überzeugungsarbeit gekostet, Felix von Saarstein zum Mitkommen zu überreden.

Schlussendlich war das ausschlaggebende Argument, dass ja alle drei seit 20 Jahren kein Fest mehr in ihrem Heimatort besucht hatten und man zu dritt eine starke Gruppe bildete.

»O Mann. Ganz schön viele Menschen hier!«, seufzte Felix.

»Ach komm, wir holen uns mal ein Bier und setzen uns hinten an einen Tisch …«, schlug Emil vor, dem die Menschenmenge rund um die Wein- und Bierstände auf der einen, und die spärlich besetzten Klappholztische mit Bänken auf der anderen Seite des Festplatzes ins Auge fielen. Die Stimmung war dennoch ausgelassen, auch wenn für Emil eine Art Schatten über der Veranstaltung lag. Ein Schatten aus der Vergangenheit, der bei ihm das Bild der heilen Welt trübte – wie ein Instagram-Filter, der über ein alltägliches Bild eine bedrohliche Stimmung legte. War man wirklich in der Lage, nach allem was passiert war, so zu tun, als wäre die Welt in Eichwald wieder in Ordnung? Was ihm erst auf den zweiten Blick auffiel, war der Altersdurchschnitt der Besucher. Er sah niemanden unter 20 auf dem Fest. Gab es etwa keine Dorfjugend mehr in Eichwald? Feste wie diese waren in seiner Jugend ein fester Termin gewesen, den man nicht verpassen wollte. Auch wenn solche Feierlichkeiten nur einen Rahmen boten, so waren sie doch Treffpunkt und Start in das Wochenende. Er ertappte sich bei seinen nostalgischen Gedanken und fühlte sich schlagartig alt. Wäre er heute sechzehn, würde er sich sicher auch eher eine Netflix-Serie reinziehen, als zwischen Menschen jenseits der vierzig lediglich die Auswahl zwischen Wein und Bier zu haben.

»Was wollt ihr trinken? Ich besorge eine Runde. Ihr könnt schon mal einen Platz suchen«, schlug Anna vor. Das war beiden nur Recht, kamen sie so schließlich um den Kontakt vieler Menschen herum.

»Ich nehm ein Bier«, orderte Emil.

»Ich dann auch«, willigte Felix ein.

Anna machte sich in gelöster Stimmung auf den Weg zum Bierstand und ahnte nicht, wer sie von dort aus bereits mit Entsetzen von Weitem erblickt hatte. Ein Wiedersehen, das beider Leben ändern sollte.

Lara

Sie standen mit einem Glas jungem Riesling am Rand etwas abseits der Menge – genauso weit, dass es nicht auffällig wirkte. *Verrückt, genau hier stand ich das letzte Mal, als ich das Weinfest besucht hatte, vor 20 Jahren,* dachte Lara. Der Riesling schmeckte fürchterlich. Sie erinnerte sich noch an das Weingut. Der Wein war damals schon scheußlich gewesen. Einer der Winzer, der das Weingut und die Weinberge von seinen Eltern geerbt hatte und den Betrieb der Tradition wegen aufrechterhielt. Dabei hatte die Region so guten Wein.

Der Abend verlief bisher ernüchternd. Was hatte sie erwartet? Volker Heller war jedenfalls in ausgelassener Stimmung. Keine Spur von Sorge um seinen Stiefsohn Luca. Seine Frau Sonja konnte Lara allerdings nicht ausfindig machen. Sicher wartete sie krank vor Sorge zu Hause auf ein Lebenszeichen ihres Sohnes.

Der Musikverein hatte seine Instrumente zusammengepackt und machte dem Alleinunterhalter mit dem kreativen Namen ›Stephan Stimmung‹ platz, der nach eigenen Angaben »die besten Hits der 80er, 90er und von heute« mit im Gepäck hatte. Den Einstieg machte Bonny Tylers ›Total Eclipse of the Heart‹. Die Menge jubelte bei den ersten Akkorden, so als ob man damit auch das Ende des Musikvereins beklatschen wollte. Es war Partystimmung angesagt.

»Ich geh mal da hinten pinkeln …«, kündigte

Lenny sein dringliches Geschäft an und schob, scheinbar als Scherz gemeint, hinterher: »Mein Körper will den Wein schnellstmöglich wieder loswerden … Ich glaube, ich steige jetzt auf Wasser um!«

Lara grinste. Der Wein war wirklich eine Katastrophe: »Zu viel Säure, keine Tiefe«, hätte ihr Mann Theo jetzt gefachsimpelt.

»Gut, dann geh du mal pinkeln, ich werde mich mal unter die Leute mischen. Wir sollten uns ohnehin etwas aufteilen, sonst entstehen noch Gerüchte …«

Lenny sah sie mit fragendem Blick an. Erst jetzt realisierte Lara, dass sie Lenny noch nichts von ihrem Heimatort berichtet hatte. Er wusste nicht, dass sie aus Eichwald stammte.

»Ok, du bist nicht der Einzige mit einem Hintergrund in Eichwald«, gab sie zu.

Er grinste und antwortete: »Ich weiß … Das ist hier dein Heimatort. Ist keiner von deiner Familie hier?«

Erstaunt blickte sie ihn an.

»Woher …«

»Hallo? Ich bin Polizist. Hast du gedacht, ich wüsste das nicht?«

Er fing an, auf der Stelle zu tippeln. Eine Körpersprache, die eine Mutter instinktiv verstand.

»Geh du mal pinkeln, bevor hier ein Malheur passiert«, beendete sie das Gespräch mit einem Augenzwinkern, ohne seine Frage zu beantworten. Die Frage, die sie sich selbst nicht zu stellen brauchte. Es gab schließlich niemanden mehr in ihrer Familie, der dieses Fest besuchen konnte.

Zu den Klängen von ›Wind of Change‹ von den Scorpions machte sie sich auf zum Weinstand. Sie hatte jemanden im Auge, bei dem sie etwas Staub aufwirbeln wollte …

Anna

Anna war auf dem Weg zum Bierstand und kämpfte sich durch die Menge vor der Bühne. Einige Gesichter kamen ihr bekannt vor, aber niemand schien sie zu erkennen. Sie war im Anpassungsmodus und ging in der Menge der Menschen aus den umliegenden Dörfern unter. Man nickte sich höflich zu, kam sich bekannt vor, kannte sich aber nicht. Zu viel Zeit war vergangen, seit Anna Odenthal als Anna Schmidt das Dorf verlassen hatte. Niemand rechnete hier mit ihr. Kaum jemand erinnerte sich überhaupt noch an sie. Es hätte einer ausführlichen Erzählung mit vielen situativen Hinweisen bedurft, um im Gedächtnis des ein oder anderen Eichwalders irgendwann einen Aha-Effekt hervorzurufen. »Ahh, ja. Das war doch das Pflegekind der Müllers!«, wäre die erste Reaktion gewesen. Doch im flüchtigen Vorbeigehen nahm man sie lediglich als eine Frau um die vierzig wahr, die mit irgendjemandem das Fest besuchte. Man war schließlich offen für alle. Oder zumindest baute man auf Besucher der umliegenden Dörfer. Anna wunderte sich, als sie plötzlich das amerikanische Paar erkannte, das sie gestern vom Flughafen mitgenommen hatte. Was für ein Zufall! Die beiden standen in einer Gruppe von Gleichaltrigen und unterhielten sich.

Sie nahm sich vor, die beiden später noch zu begrüßen. Das Schicksal wollte es wohl so. *Man trifft sich immer zweimal im Leben.*

Als der Alleinunterhalter, der seinen Höhepunkt in den 90ern gehabt zu haben schien, ›Mr. Vain‹ von Culture Beat spielte, fand sie die einzige Lücke am Bierstand, der ansonsten umringt von angetrunkenen Menschen war.

»Drei Bier, bitte«, bestellte sie mit einem freundlichen Lächeln bei der betagten Frau mit der Föhnfrisur. Sie musste niemandem offenlegen, dass sie lieber vor als hinter dem Bierstand stehen würde – ihr eingefrorener Gesichtsausdruck sprach Bände.

»Null vier oder null drei?«

»Gerne groß, vielen Dank«, erwiderte Anna provokant freundlich. Die Föhnfrisur drehte sich kommentarlos um und fing an zu zapfen. Freudig nickte Anna zu den Klängen von Mr. Vain, die sie umgehend zurück in ihre frühe Jugend warfen. Ihr Blick schweifte durch die Menge der Menschen, die sich angeregt unterhielten und in kleinen Gruppen traubenförmig um den Bierstand standen. Ihr Atem stockte, als ihre Blicke sich trafen. Annas Herz schlug von einer auf die andere Sekunde schneller als der Beat des Eurodance-Klassikers. Und da war sie wieder: Die Atemnot, gepaart mit der Vorahnung, dass etwas Schlimmes bevorstand. Sie spürte, dass ihn ebenfalls, wie vom Schlag getroffen, ihre Anwesenheit aus der Bahn zu werfen drohte. Sie blickten sich mehrere Sekunden regungslos in die Augen. Die Musik verstummte schlagartig. Übergänge waren nicht so die Stärke des DJs; hier waren sie für Anna wie eine Pausetaste bei einem Horrorfilm, die sie aus der Szene befreite. Bevor das folgende Lied angespielt wurde, ertönte eine kurze Entschuldigung von Stephan Stimmung durchs Mikro, er habe den falschen Regler gezogen. Zum Glück durchbrach die Föhnfrisur die Schreckstarre von Anna.

»Drei große Bier. Macht fünfzehn Euro. Sechs Euro Pfand sind drauf.«

Anna legte einen Zwanzigeuroschein auf die Theke und sagte »Stimmt so.«

Sie entzog sich seines starren Blickes. Ein Wiedersehen hatte sie sich anders vorgestellt. Amy Winehouses ›Back to Black‹ ertönte von den Bühnenlautsprechern und repräsentierte ihre Stimmung wesentlich besser als Mr. Vain. Sie atmete tief ein und aus, während sie die drei Bier zu ihren Freunden balancierte.

Luisa

Luisa Müller räumte die letzten Kuchen hinter ihrem Stand in die Kühlung. Um diese Uhrzeit wollte niemand mehr trockenen Streuselkuchen. Die Zeit des Kuchenstandes würde morgen Nachmittag sein, was ihrer Meinung nach auch ausgereicht hätte, um diesen zu besetzen.

Parallel beobachtete sie die lauter werdende Festgesellschaft. Sie ließ sich Zeit beim Aufräumen, auf Small Talk hatte sie heute Abend ohnehin keine Lust. Sie fühlte sich am wohlsten im Hintergrund. Sie war eine Beobachterin, stand nur ungern im Mittelpunkt. Eine Eigenschaft, die Luisa seit über 40 Jahren verinnerlicht hatte. So war sie auf Festen immer gerne bereit, hinter Ständen zu helfen, war anwesend, aber nicht mittendrin. Für sie war der Abend vorbei. Sie würde sich nach dem Abräumen der Kuchen und der Utensilien heimlich aus dem Staub machen und zu Fuß nach Hause gehen, weit hatte sie es schließlich nicht. Ihr Vorhaben wurde durch den furchtbaren Eurodancesong Mr. Vain von ›Culture Beat‹ nur noch bestärkt. Das war nicht ihre Musik, es konnte nur schlimmer werden.

Luisa Müller lebte seit über 40 Jahren in Eichwald und hatte sich mit ihrem Mann gut integriert. Die beiden hatten damals einen alten Hof von der Gemeinde übernommen, der in früheren Zeiten als Waisenheim und vor etlichen Jahren auch einmal als Gasthof genutzt worden war.

Zimmer waren also mehr als genug vorhanden, doch blieb die Ehe bis heute kinderlos. Niemand fragte warum, ob es medizinische Gründe hatte oder das damals fremde Paar schlicht und einfach keine Kinder haben wollte. Man nahm es stillschweigend hin, es war eine Form der respektvollen Diskretion. Doch die Müllers waren selten allein. Sie hatten im Laufe der Jahre mehrere Menschen beherbergt, die sie offenherzig und liebevoll aufnahmen. Sogar ein Pflegekind nahm man für einige Jahre auf: Anna Schmidt. Anna kam Ende der 90er zu den Müllers und war im Dorf schnell integriert. Sie war zwar zeit ihres Aufenthalts eine Fremde, man hatte sich aber zumindest bemüht, ihr eine geborgene Kindheit in der Dorfgemeinschaft zu ermöglichen. Sie wurde sogar kurz vor der heiligen Kommunion getauft, um mit den Mitschülern das Sakrament zu erhalten. Nach außen gab es kaum Anzeichen, dass sich Anna nicht in ihrer Pflegefamilie wohlgefühlt hätte. Doch verschwand sie im Sommer 2003 spurlos. Sicher, ihr Freiheitsdrang war allgegenwärtig. Sie war als Pflegekind bei den Müllers zu Hause. Ihre Heimat war Eichwald aber nie. Anna hinterließ einen Abschiedsbrief und man ließ sie ziehen. Schließlich war sie damals über 18 Jahre und konnte selbst über ihr Leben bestimmen. Der Verlust schmerzte Josef die ersten Jahre besonders. Luisa erinnerte sich noch heute genau, dass sie ihren Mann nach dem Auffinden des Abschiedsbriefes zum ersten Mal herzzerreißend hatte weinen sehen. Für ihn brach eine Welt zusammen. Er hatte Anna geliebt wie seine eigene Tochter. Sie war das längste Pflegekind, das die Müllers bei sich wohnen gehabt hatten. Es stand zwischenzeitlich zur Debatte, ob man Anna adoptieren solle. Schließlich hätte sie dann seinen Namen annehmen können. Aber Annas Freiheitsliebe wurde auch hier schon in ihrer frühen Jugend deutlich: Sie lehnte selbstbestimmt ab, mit der Begründung, dass der Nachnahme ihre einzige Verbindung zu ihren verstorbenen Eltern sei. Und nach Anna kam kein neues Pflegekind. Josef war ein gebrochener Mann. Er lehnte es ab, weitere Kinder in Pflege zu nehmen. Noch so einen Verlust hätte er emotional nicht verkraftet. Fortan war Anna Schmidt kein Thema mehr in der Familie Müller. Man redete nicht mehr über sie. An ihren Geburtstagen herrschte in den ersten Jahren eine kühle Trauer, was sich aber fortlaufend löste und keine Rolle mehr spielte. Bis zum heutigen Tage.

Luisa hatte alles soweit fertig weggeräumt und wollte den Kuchenstand verlassen, als sie die Frau erblickte, die quer über den Festplatz Richtung Bierstand marschierte. Das konnte nicht sein. War das Anna? Sie erkannte ihr Pflegekind sofort. Kein Zweifel. Die Frau war Anna Schmidt. Panisch ließ sie ihre Blicke durch die Menschenmenge schweifen, auf der Suche nach ihrem Mann. Sie hatte Angst vor der Reaktion, wollte ihn vor der Begegnung schützen, oder zumindest dieser vorweggreifen. Als sie durch den Bierstand Josef an der gegenüberliegenden Theke erblickte, war es bereits zu spät. Auch er hatte Anna erkannt und fest im Blick. Sie spürte seine Aufregung auf die Distanz von 20 Metern wie ein Greifvogel, der seine

Beute witterte. Für eine Intervention war es zu spät. Josef verfolgte Anna, bis sich ihre Blicke am Bierstand trafen. Anna bestellte etwas und starrte Josef an. Luisa hoffte, dass keiner der beiden auf die Idee kam, den anderen zum Gespräch aufzufordern. Sie hatte Angst vor einer emotionalen Katastrophe. Sicher war, dass beide einander erkannt hatten, da gab es keinen Zweifel. Nachdem Anna drei Bier von der garstigen Gaby entgegengenommen hatte, ging sie scheinbar cool zurück zu ihrem Platz. *Das kann nicht sein, dass sie die Begegnung so kalt lässt,* dachte Luisa. Sie hatte große Lust, direkt zu Anna hinzugehen und sie zur Rede zu stellen. Aber sie musste sich zurückhalten. Anna konnte von ihrem Geheimnis wissen und ihr Leben zerstören. War das der Grund, warum sie jetzt wieder aufgetaucht war? Wollte sie ihr Leben und das von Josef zerstören? Sie benötigte einen Plan, und zwar schnell.

Lenny

Die Toiletten waren zum Sportgelände ausgeschildert – man musste einmal um den Sportplatz herum zu dem Sanitärhaus des SV Eichwald–, aber Lenny wählte die Abkürzung zum Bach, der keine 15 Meter hinter ihm vorbeilief. Vom Fest aus konnte man die Stelle nicht einsehen; als Pfadfinder war er mit schnellem Wasserlassen in der Natur vertraut. Im Hintergrund lief ›Mr. Vain‹ von Culture Beat – schlimmer konnte der Abend nicht werden.

Das Bußgeld für Urinieren außerhalb der dafür vorgesehenen Einrichtungen kann jede Gemeinde oder Stadt selbst festlegen. So liegt die Geldsanktion je nach Region zwischen 35 und 5.000 Euro.

Wo kein Kläger, da kein Richter, dachte Lenny, als er seine Hose am schmalen Bachlauf öffnete und seinen Körper vom sulfithaltigen Wein befreite. Er musste unbedingt gleich mit Wasser weitermachen, um den ohne Zweifel eintretenden Kopfschmerzen entgegenzuwirken. Das Plätschern des Baches hatte etwas Beruhigendes. Mit der Geräuschkulisse des Festes erinnerte ihn die Situation an seine Zeit der Festivals. ›Rock am Ring‹ gehörte in den Jahren 2010 bis 2015 zu den festen Terminen im Jahr. Die Nutzung der Dixiklos zum Pinkeln war für Männer dort so ausgeschlossen wie lautes Lachen in der Kirche. Man wählte

selbstverständlich einen Platz in der Natur. Seine Gedanken an die wilde Jugendzeit wurden durch eine unbekannte Stimme von hinten unterbrochen.
»›Zwei Dumme, ein Gedanke‹ hat meine Mutter immer gesagt«, sprach ihn ein unbekannter Junge Anfang zwanzig an, während dieser sich neben ihn stellte und in Rekordgeschwindigkeit anfing zu pinkeln.
»Das war dringend …«, kommentierte Lenny.
»Allerdings. Wir sind hinten am Feuer mit ein paar Kisten Bier, aber der Weg zum Klo da oben ist eindeutig zu weit«, berichtete er mit einer Kopfbewegung Richtung Sportgelände. »Ich bin Paul«, stellte sich der hagere Lockenkopf in Plauderlaune vor.
»Lenny«, erwiderte er mit einem Nicken. Ein Handschlag war in der Situation ausgeschlossen, was beide zum Schmunzeln brachte.
Sein angetrunkener neuer Bekannter ließ keine peinliche Stille zu und fragte umgehend weiter: »Was machst du hier? Ich hab dich noch nie in Eichwald gesehen …«
Lenny stockte, als er bemerkte, dass er für einen kurzen Moment vergessen hatte, dass er dienstlich hier war und nicht auf einem Festival in seinen frühen Zwanzigern.
»Ich … äh …« Bevor er eine erfundene Geschichte zum Besten geben konnte, redete Paul einfach weiter. »Ich frage mich auch, was ich hier mache. Richtig *cringe,* dieses Fest. Und die Leute gehn mir auch alle auf den Sack. Aber sonst ist ja hier nix los auf dem Dorf. Nächstes Jahr fange ich mein Studium in Heidelberg an. Da ist hoffentlich mehr los

als in Eichwald.«
»Mit Sicherheit!«, kommentierte Lenny, der bereits fertig mit Wasserlassen war. Paul musste anscheinend deutlich mehr Flüssigkeit loswerden – mutmaßlich alkoholhaltigen Ursprungs.
»Weißt du, ich wohne hier schon seit meiner Geburt. Aber meine Eltern haben sich letztes Jahr getrennt und jetzt ist meine Mutter die letzte, die hier noch lebt. Meine Oma ist vor Jahren gestorben. Unser Haus wird sicher auch bald verkauft, dann ist der Ort hier auch Geschichte für uns …«
Lenny bekam Gänsehaut. Er sah sich den jungen Mann genauer an und ihm stockte der Atem. Paul. Blonde Locken. Groß gewachsen. Anfang zwanzig. Er hatte ihn noch nie zuvor gesehen, aber die Ähnlichkeit zu seiner Mutter war nicht zu leugnen. Paul war sein Cousin. Der jüngste Sohn seiner Tante.

Lara

Lara traute der ausgelassenen Stimmung des Festes nicht. Die oberflächlich intakte, scheinbar friedlich-sorglose Fassade innerhalb der Dorfgemeinschaft verbarg tiefe Abgründe – so viel war für sie klar. Den Tod des Mountainbikers aufzuklären, war ihr primäres Ziel, das sie durch die vorgeschobenen Ermittlungen des verschwundenen Jungen im Hintergrund verfolgen konnte. Sie musste gehörig Staub aufwirbeln, und das ging am besten mit Anwesenheit der staatlichen Exekutiven in Form einer LKA-Beamtin.

Als sie aus der Dunkelheit am Weinstand auftauchte, um ihr Glas erneut füllen zu lassen, suchte sie nicht die größte Lücke in der Menge der Menschen, sondern die Nähe zentraler Figuren. Zu dem Beat von einem furchtbaren Eurodance-Klassiker stand sie tänzelnd hinter einem glatzköpfigen Mann, der nur mühsam imstande war, seinen Körper zu halten. Er war offensichtlich betrunken, obwohl Lara ihn nur von hinten wahrnahm. Der Glatzkopf versuchte verzweifelt eine Bestellung aufzugeben, wurde aber gekonnt von dem Thekenpersonal ignoriert. Das verschaffte Lara Zeit, denn sie wollte von einer Person der Gruppe an Männern neben ihr erkannt werden. Und tatsächlich: Nach wenigen Minuten sprach sie ein euphorisierter Mann lautstark von der Seite an. »Schön, dass auch die Polizei hier anwesend ist und für Recht und Ordnung sorgt. Dann kann ja nichts passieren …« Diese Ansprache galt nicht nur Lara, sie war auch hörbar an die Gruppe Männer gerichtet.

Lara reagierte überrascht, so als ob sie nicht damit gerechnet hätte, erkannt zu werden.

»Herr Bürgermeister. Was für eine Überraschung. Aber ich bin privat hier, sonst …« Sie wedelte mit ihrem leeren Weinglas. »… Sonst wäre das hier ja nicht möglich.«

Jürgen Heller rief mit einem unangenehm lauten Ton an dem betrunkenen Glatzkopf vorbei, der älteren Dame hinter dem Weinstand entgegen: »Marianne, mach mal noch ein Glas von dem trockenen Riesling vom Pitt. Das geht auf meinen Deckel …«. Marianne zog die Bestellung vor und Jürgen wandte sich an die Gruppe von Männern hinter sich. »Leute, darf ich euch Hauptkommissarin Lara Riedel vorstellen. Sie hat den schrecklichen Unfall des Mountainbikers aufgeklärt, und Sophie Burg in den Knast gebracht. Die meisten unter euch werden sie noch kennen. Die kleine Lara, die Enkeltochter vom Otto …«

Während die Älteren unter ihnen zustimmend nickten, dachte Lara an ihre Mutter und ihren Vater. Auch wenn ihr Großvater in Eichwald von besonderer Bedeutung gewesen war – Mitbegründer des Eichwalder Karnevalsvereins, Blechbläser im Musikverein und langjähriges Mitglied im Gemeinderat –, spielten ihre Eltern kaum eine Rolle. Ihr Vater war ein Außenseiter, das merkte Lara bereits früh in ihrer Kindheit. Und ihre Mutter war wie eine Statistin in ihrem eigenen Leben.

Jürgen wandte sich an Lara, um ihr seine Bekannten vorzustellen: »Das hier sind meine Jagdfreunde aus Eichwald, die heute eine erfolgreiche Treibjagd beendet haben. Kennen Sie meinen Bruder Volker schon?« Jürgen haute dem skeptisch blickenden Mann auf die Schulter, leicht übertrieben, wie all seine Gesten an diesem Abend.

Jetzt war für Lara der richtige Zeitpunkt, Öl ins Feuer zu gießen.

»Und die Herren. War die Jagd erfolgreich? Wir sind ja gewissermaßen auch noch auf der Jagd. Auf der Jagd nach der Person, die den Radfahrer im Sommer getötet hat. Der Mord ist nämlich immer noch nicht aufgeklärt …«

Das hatte eingeschlagen wie eine Bombe. Die anwesenden Jäger und der Bürgermeister verstummten. Für eine Sekunde schien die Zeit stehen geblieben zu sein. Fragende Gesichter in der Runde.

»Ich dachte, das wäre ein Unfall gewesen?«, brachte einer hervor. Die Frage klang wie eine Rechtfertigung.

»Wir gehen weiterhin von Fremdverschulden aus.«

»Aha. Also ermitteln Sie noch immer hier in Eichwald?«, fragte ein anderer.

»Nein, zurzeit bin ich aus anderen Gründen hier. Ich habe heute Ihre Frau kennengelernt …«, wandte sich Lara an Volker Heller.

»Ich habe schon gehört. Sie hat zurzeit starke Migräne und benötigt jetzt Ruhe. Sonst wäre sie natürlich heute Abend hier und würde helfen …«

»Ich hatte eher das Gefühl, sie sei besorgt. Besorgt um ihren Sohn Luca.«

»Ach, die übertreibt doch. Der ist mit seinem Vater unterwegs. Was sicher genauso schlimm ist, wie vermisst zu werden«, antwortete er unter lautstarkem Gelächter. Sorgen um ein vermisstes Kind klangen jedenfalls anders.

»Wir haben das Ferienhaus von Henning Dostert überprüft: komplett leer. Und auch die Aufenthaltsabfrage bei den österreichischen Kollegen war erfolglos. Ich bin ein wenig verwundert über Ihre Sorglosigkeit.«

Das hatte erneut gesessen. Volker war außerstande, zu antworten. Seine Gesichtszüge entglitten ihm völlig, was seinem Bruder aufzufallen schien.

»Nun mal halblang. Der Junge ist öfter mit seinem Vater unterwegs. Das ist zwar an sich schon bedenklich, aber immer noch kein Grund, die Polizei einzuschalten. Die sind auf einem ihrer Vater-Sohn-Trips …«

»Wie Sie meinen. Wir haben ja auch noch nicht die ganz großen Geschütze aufgefahren. Wir bleiben mal alle hellhörig und hoffen, der Junge wird bald unversehrt auftauchen. Ihr Sohn Ole schien aber auch besorgt heute Mittag. Wir haben kurz mit ihm gesprochen, man sagte uns, er wäre Lucas bester Freund.«

Jetzt kippte auch die Stimmung von Jürgen Heller. Kleinlaut sprach er Lara verärgert an: »Lass gefälligst meinen Sohn aus dem Spiel. Hast du ihn etwa ohne meine Erlaubnis verhört?«

»Das dürften wir doch gar nicht, Herr Bürgermeister. Wir haben lediglich ein informelles Gespräch mit ihm geführt. Aber keine Sorge: Noch muss niemand offiziell verhört werden.«

Marianne reichte Lara das Glas Wein über den betrunkenen Glatzkopf hinweg, der immer noch keine Bestellung aufgegeben hatte.

»Also dann. Danke für den Wein. Toller Jahrgang übrigens! Ich muss mal weiter, sonst werde ich auch noch vermisst …« Sie hob das volle Glas zum Toast und ließ die Jäger ratlos zurück. Lara war sich sicher, hier ausreichend Öl vergossen zu haben, um einen Flächenbrand auszulösen. Und sie sollte sich damit nicht täuschen.

Emil

Anna kam gegen Ende von Amy Winehouse' ›Back to Black‹ mit drei großen Bier zurück an den Tisch, den sich Emil und Felix mit maximaler Distanz zur Bühne ausgesucht hatten. Die Dämmerung tauchte den Ort im Seitental der Saar in eine herbstlich-kühle Stimmung. Es war zwar windstill, aber der Sommer hatte sich endgültig für dieses Jahr verabschiedet. Emil beobachtete das Treiben. Ihm kamen einige Personen vertraut vor, doch er wunderte sich darüber, wie wenig Menschen er tatsächlich erkannte. Von seiner Familie hatte er niemanden hier erwartet, obwohl er seiner Mutter von dem Plan, das Rebfeuerfest zu besuchen, erzählt hatte. Sie wollte am Folgetag ›nachmittags zum Kaffee und Kuchen‹ hier runterkommen. Der Teil des Festes für das ältere Publikum. Mit dem nächtlichen Treiben hatte sie seit dem Lockdown der Coronajahre endgültig abgeschlossen. *»Die laute Musik und die vielen Menschen brauche ich nicht mehr!«*, waren ihre Worte – eine passende Ausrede, wie Emil für sich feststellte.

Anna setzte sich wortlos mit Blick zur Bühne neben Felix, gegenüber von Emil

»Hast du einen Geist gesehen?«, fragte Emil, dem ihr kreidebleiches Gesicht auffiel.

»Kann man so sagen ...«, antwortete Anna und nahm einen großen Schluck von ihrem Bier. »Ich habe meinen Pflegevater getroffen. Josef Müller. Und er war genauso geschockt wie ich. Wir haben uns nicht gegrüßt, aber gegenseitig direkt erkannt.

Eine komische Situation. Ich meine, ich konnte natürlich damit rechnen, ihn hier anzutreffen. Aber ich hätte nicht gedacht, dass mich das so mitnimmt …«

»O Mann. Das sieht man dir an«, kommentierte Felix emphatisch. »Also wenn dir das zu viel ist, können wir auch direkt wieder gehen.«

Anna grinste. »Das könnte dir so passen! Jetzt habe ich das hinter mir. Vielleicht besuche ich meine Pflegeeltern demnächst mal. Mein Abgang hier vor 20 Jahren war auch nicht gerade die feine englische Art …«

Die drei prosteten sich zu und tranken von ihrem frisch gezapften Bier. Felix schien sich, trotz gegenteiliger Behauptung, am wohlsten zu fühlen. Emil beobachtete seine zufriedene Ausstrahlung. Er genoss die Gesellschaft seiner Schulfreunde sichtlich. Es war der Moment, den man im Nachhinein als ›Die Ruhe vor dem Sturm‹ hätte bezeichnen können.

Emil verschluckte sich, als er plötzlich eine andere Person, die er hier nicht erwartet hätte, über den Festplatz laufen sah. Er hustete laut auf und versuchte nicht völlig die Fassung zu verlieren – fing sich dann auch wieder schnell. Zurück blieben ein hochroter Kopf und ein erstauntes Gesicht.

»Jetzt siehst du aus, als ob du einen Geist gesehen hättest!«, kommentierte Anna.

»Das habe ich auch gerade gedacht. Dreht euch mal um. Da kommt ein bekanntes Gespenst auf uns zu …« Felix und Anna drehten sich umgehend um. »Ist das Lara? Lara Riedel?«, fragte Felix erstaunt.

Die Amerikaner

Klaus und Hans-Dieter hatten sich bisher gut um ihre neuen amerikanischen Freunde gekümmert. Das bedeutete konkret, sie hatten neben deutschem Bier auch die gesamte zur Verfügung stehende Palette an heimischen Weinen kennengelernt. Während Joe zunehmend stiller wurde, blühte Jill förmlich auf. Sie lachte auffallend häufig und lange, egal ob Hans-Dieter eine lustige Bemerkung machte, oder einfach nur etwas übersetzte. Man konnte sagen, beide waren ordentlich betrunken. Das war kein Wunder, denn außer einem gelegentlichen *Bud Ligh*t tranken Jill und Joe so gut wie keinen Alkohol.

In Deutschland gehörte das vermeintlich zum guten Ton und so hatte man sich dem Konsum der einheimischen Freunde angepasst.

Joe versuchte krampfhaft, sein Ziel nicht aus den Augen zu verlieren. Sie waren schließlich nicht zum Trinken hier, sondern um das Haus zu finden, das so viel Unheil über seine Familie gebracht hatte. Mit steigendem Promillepegel hatte er vermehrt Schwierigkeiten, die Fassade aufrechtzuerhalten. Er bekam schließlich nur noch Wortfetzen mit, hatte mehr und mehr das Gefühl, dass man über ihn und seine Frau lachte.

Währenddessen war Jill in ihrem Element. Sie unterhielt die Menge mit Anekdoten aus den USA und ließ Hans-Dieter ihre Geschichten übersetzen.

Immer, wenn jemand Neues (gebürtig aus Eichwald) zu der Gruppe stieß, oder auch nur

flüchtig grüßte, zeigte man der Person das alte Foto von dem Haus. Doch niemand wusste, wessen Heim es war, oder wo es stehen könnte.
»Ist es sicher, dass es ein Haus aus Eichwald ist?« – Ja, da sei man sich sicher.
»Man könnte das Foto auf Facebook veröffentlichen und nach Hinweisen fragen.« – Nein, man wolle keine so große Öffentlichkeit. Außerdem wolle man auch niemandem mit der privaten Sache auf die Nerven gehen.
»Es könnte auch sein, dass das Haus längst abgerissen wurde. Immerhin ist das Foto fast 90 Jahre alt.« – Ja, aber vielleicht finde man anhand der Historie die Nachkommen oder zumindest den Ort, dem man dann nahe sein könnte.

Es wurde diskutiert und erörtert, aber niemand konnte einen konkreten Hinweis liefern. Leider waren auch wenige der ganz alten Eichwalder an diesem Abend anwesend. Einige merkten an, man solle doch morgen Mittag zur Kaffee-und-Kuchen-Zeit noch einmal wieder kommen. Da würden sich auch die Senioren hier auf dem Platz einfinden und man erhöhe die Chance, dass jemand Auskunft geben könne. Je später der Abend, desto mehr trat ihr echtes Vorhaben in den Hintergrund. Joe verspürte eine anschwellende Übelkeit und den Drang, ins Hotel zurückzukehren. Ihm schlug der säurehaltige Riesling auf den Magen, sodass er dringend die Toilette aufsuchen musste. Außerdem stand das Taxi für die Rückfahrt zum Hotel um 23:00 Uhr am Sportgelände bereit. Für ihn war es okay, dass Jill das Angebot von Hans-Dieters Lebensgefährtin Gerlinde annahm, sie später mit dem Auto ins Hotel zu bringen (Gerlinde trank aus einem nicht näher erörterten Grund keinen Alkohol).

So verabschiedete man Joe und verabredete sich für den Folgetag auf dem Rebfeuerfest.

Während Joe zu den Klängen von ›Played-A-Live‹ von *Safri Duo* den sanitären Anlagen am Sportzentrum entgegen hechtete, übersah er die hagere Frau, die scheinbar aus dem Nichts auftauchte, und stieß unbeholfen mit ihr zusammen.

»Oh, sorry, Ma'me! That was my fault«, entschuldigte er sich, während es in seinem Magen unaufhörlich grummelte. Lange konnte er es nicht mehr zurückhalten. Die Unbekannte ließ ihn wortlos stehen, ohne auf seine Entschuldigung einzugehen. Irgendetwas irritierte ihn an dieser Frau. Joe hatte den Eindruck, sie habe ein dringenderes Vorhaben als er selbst.

Lara

D*as hat ordentlich Staub aufgewirbelt,* dachte Lara, als sie den Bürgermeister und seine Jagdfreunde am Weinstand verlassen hatte und ziellos über das Festgelände lief. Wo war Lenny bloß? Sie zog ihr Smartphone aus der Tasche und tippte eine Nachricht:

> *Lenny, wo steckst du? Lass uns am Sportplatz treffen. L*

Beim Versenden der Nachricht bemerkte sie, dass ihr Smartphone weder Netz noch Internet hatte. Frustriert steckte sie das Handy zurück in die Seitentasche.

Lara sah sich auf dem Festplatz um und stellte fest, dass sich mittlerweile viele Menschen dort tummelten und es schwierig werden würde, Lenny zu finden. Sie streifte durch die Menge, als sie plötzlich jemand ihren Namen rufen hörte.

»Laaaara. Hier drüben«, krakeelte eine bekannte Stimme. Sie benötigte ein paar Sekunden, bis sie den Sender des Ausrufs ausfindig machen konnte, der sie zu sich herüberwinkte.

»Das ist ja nicht wahr! Was machst du denn hier?«, begrüßte sie ihren Jugendfreund Emil, der mit Anna und Felix an einem der hinteren Bierzelttische saß. Zielstrebig ging sie zu ihren Freunden.

»Also ich hatte ja mit vielem gerechnet, aber nicht mit euch dreien an einem Tisch!«, stellte sie erfreut fest.

»Setz dich doch«, bot Felix ihr den Platz gegenüber an.

Felix schien in bester Laune, während Emil und Anna etwas mitgenommen dreinblickten. »Du bist also die Fraktion Wein, wir haben uns für Bier entschieden.«

»Der Wein schmeckt furchtbar, ich bestelle mir auch gleich ein Bier. Aber ich hatte gerade ein Wiedersehen mit dem Bürgermeister am Weinstand.«

Felix wurde hellhörig. Sicher war sein leiblicher Vater der letzte, dem er auf dem Fest begegnen wollte. Dafür war die Zeit noch nicht reif.

»Und was treibt dich hierher? Du bist doch nicht einfach so hier allein unterwegs«, bohrte Emil noch einmal bei Lara nach. Journalistischer Spürsinn oder Neugier? Lara kam jedenfalls nicht umhin, beim zweiten Anlauf auf die Frage einzugehen: »Also ich bin nicht allein da. Mein Kollege Lennard ist auch noch hier irgendwo. Aber ich habe ihn verloren … Wir sind gewissermaßen beruflich hier.«

»Aha. Erzähl! Hat es was mit unserem Fall zu tun?«, forderte Emil mehr Informationen ein. Lara war klar, dass alle Beteiligten am Tisch über die Ermittlungen des toten Radfahrers Bescheid wussten und mehr oder weniger involviert waren. Schließlich hatte sie Anna und Felix zu den Hintergründen des Brandes vor 20 Jahren befragt und Emil war Teil der Ermittlungen. Sie entschied sich, den vermissten Jungen außen vorzulassen.

»Wir haben keine wirklich neue Spur, aber ja:

Der Todesfall Jakob Wild ist immer noch nicht aufgeklärt. Wo ich mir mittlerweile sicher bin, ist, dass der nichts mit den Ereignissen von 2003 zu tun hat. Aber irgendjemand muss diesen Sturz verursacht und die Spuren beseitigt haben.«

»Die Sache stinkt zum Himmel, soviel ist klar«, stimmte Emil zu.

»Ok, lass uns über etwas Schöneres reden. Was macht ihr hier? Und wieso hat mich keiner informiert?«, versuchte Lara das Thema zu wechseln.

Wieder war es Emil, der antwortete. »Also ich bin wegen eines Interviews hier, also quasi auch beruflich«, erklärte er mit einem Augenzwinkern.

»Ich bin ebenfalls beruflich hier: Ich leite kommissarisch unser Hotel in Luxemburg. Ich denke, ich hätte es auch besser dabei belassen sollen, nicht die Landesgrenze zu wechseln …« Lara verstand nur Bahnhof. Bevor sie eine nähere Erklärung einforderte, meldete sich Felix zu Wort: »Ja, also ich wohne hier, wie ihr wisst«.

Alle lachten. Der trockene Humor von dem sonst so stillen Künstler zog die Gruppe aus dem melancholischen Stimmungstief. Während Emil die nächste Runde an Bier ordern wollte – dieses Mal vier statt drei –, zweifelte Lara an ihrem Verstand, als sie eine hagere Frau den Festplatz betreten sah.

Verdammte Scheiße. Das kann nicht wahr sein! Das ist nicht möglich …

Lenny

Lenny stand mit seinem neuen Freund Paul am Feuer. Er wusste selbst nicht so genau, was er hier tat. Er war als Polizist in Zivil im Einsatz und fand, ohne sich zu erkennen zu geben, zu seinem unbekannten Cousin. Er fühlte sich wie Walter Barthels, der Doppelspion – nur dass nicht der dritte Weltkrieg, sondern seine emotionale Verfassung auf dem Spiel stand.

Die Flammen loderten mehrere Meter in die Höhe und die Jugendlichen hatten einen Heidenspaß, immer mehr Holzpaletten und brennbaren Abfall darauf zu werfen. Das Fest fand mit einem Sicherheitsabstand zum Feuer im wahrsten Sinne des Wortes im Hintergrund statt. Man hatte sich eigene Biervorräte angelegt und selbst gedrehte Zigaretten, die herumgereicht wurden, rochen nach illegalen Substanzen. Wieder war Lenny gedanklich in seine Jugend zurückversetzt.

Paul wurde redseliger und hatte zu seinem neuen Bekannten eine besondere Verbindung. Sicherlich war er auch froh darüber, einen interessierten älteren Gesprächspartner gefunden zu haben, denn er schien nicht zum harten Kern der Gruppe zu gehören.

»Hier Lenny, nimm dir mal ein Bier oder willst du lieber drüben einen Wein haben?«

»Auf keinen Fall mehr Wein!«, platzte es aus Lenny heraus. »Ein Glas hat mir gereicht heute.« Er nahm das Angebot dankend an und stieß mit Paul an. Nachdem der junge Lockenkopf seine halbe Lebensgeschichte und weitere Anekdoten zum Besten gegeben hatte, kam irgendwann die Frage, auf die sich Lenny in Gedanken schon vorbereitet hatte, ohne eine passende Antwort gefunden zu haben: »Also Lenny, was zieht dich nach Eichwald? Der Ort hier ist ziemlich *lame* …«

»Ich habe Verwandte hier. Also Familienfeier, die war mindestens genause *lame* wie das Fest hier.«

Die Antwort kam reflexartig und intuitiv – sie überraschte ihn selbst. Spontan war er immer am kreativsten. Doch eine Sache hatte er nicht bedacht, und dazu kam auch umgehend die Nachfrage von Paul: »Ach echt. Wie witzig. Wer ist denn mit dir verwandt hier? Die kenne ich doch auf jeden Fall. Mal ehrlich: Ich kenne hier jeden aus dem verfluchten Kaff!«

Verdammt. Jetzt drohte seine Tarnung aufzufliegen. Dabei wäre die Antwort so leicht gewesen: *»Du, Paul. Du bist meine Verwandtschaft hier. Du und deine Mutter, ihr seid meine einzigen noch lebenden Verwandten und ihr wohnt hier in Eichwald!«*

Stattdessen verursachte der Druck eine andere Antwort, die er in dem Moment des Aufsprechens bereits bereute: »Sonja Dostert«, stammelte er den einzigen Namen, der ihm in den Sinn kam und den er aus Eichwald kannte. »Sie ist meine Tante, ich weiß nicht, ob du die kennst. Sie hat einen Sohn, Luca, der ist aber ein paar Jahre jünger als du …«

»Ja klar: Natürlich kenn ich Luca. Der ist doch verschwunden …«, erklärte Paul lapidar.

Der ist doch verschwunden? Als ob es eine Nebensächlichkeit wäre.

»Du weißt davon?«, hakte Lenny nach.

»Ja, meine Mutter hat es mir erzählt. Sonja hat doch schon das halbe Dorf abtelefoniert. Unsere Nachbarin hat eine Tochter in der Klasse von Luca.«

»Ach. Wir denken, er ist mit seinem Vater unterwegs. Er macht oft so Touren mit Henning, wenn der hier in seinem Ferienhaus ist.« Lenny spielte seine Rolle perfekt.

»Das Haus in Hangwald oben auf dem Berg? Geile Hütte. Ich weiß nur, dass Henning da immer seine Affären bumst. Jedenfalls erzählen das alle.«

Das ergab Sinn. Lenny dachte an den Besuch bei der Hütte mit Lara.

»Wer ist denn seine Affäre?«, fragte Lenny unverblümt nach.

»Kein Plan. Interessiert mich nicht wirklich …«, erwiderte Paul achselzuckend.

»Jaja, Henning … Ich mochte ihn irgendwie. Lieber als …« Lenny fiel der Name des neuen Mannes von Sonja nicht mehr ein. Verdammt, wie hieß noch der Bruder von Jürgen?

»Jaja, coolerer Typ als Volker. Der ist echt ein Arschloch. Aber seine Verwandtschaft kann man sich nicht aussuchen.«

»Er ist keine Verwandtschaft. Er ist nur der Neue von Sonja. Aber ich denke, Luca ist mit Henning unterwegs, also kein Grund zur Sorge.«

»Wenn du meinst! Mich würde es jedenfalls nicht wundern, wenn Luca abgehauen wäre …«, warf Paul ein.

»Wie meinst du das?«

»Naja, er war schon ziemlich durch in letzter Zeit. Er und Ole waren die Stars in der D-Jugend. Sturmspitze, ein Tor nach dem anderen. Seit dem Sommer spielt keiner von beiden mehr Fußball. Die sind voll down.«

Lenny dachte lange über die Einschätzung von Paul nach. Die Sorgen von Sonja konnte er immer mehr nachvollziehen. Und gleichzeitig wunderte ihn zunehmend, wie sorglos Volker mit der Situation umging.

Sophie

Sie war wie in einem Tunnel. Sophie hatte den Entschluss gefasst, heute das Fest zu besuchen, und Josef aufzusuchen. Es war der Tag der Abrechnung und die Konsequenzen waren ihr egal. Und wenn es alle mitbekommen würden, kümmerte sie das auch nicht. Am Eingang des Festgeländes wurde sie von einem Mann angerempelt, den sie noch nie zuvor gesehen hatte. Sie nahm kaum Notiz von seiner Entschuldigung, hatte ihren Vorsatz fest vor Augen. Das Fest war erstaunlich gut besucht, dafür, dass erst wenige Wochen zuvor zwei junge Menschen in Eichwald eines nicht natürlichen Todes gestorben waren. So schnell konnte man hier zur Tagesordnung zurückkehren. Alles ging seinen gewohnten Gang. *Business as usual*. Doch das sollte sich in den folgenden Stunden ändern …

Als sie durch die Menge streifte, auf der Suche nach dem Mann, den sie schon so lange versucht hatte aufzuspüren, nahm zunächst niemand von ihr Notiz – so kam es ihr vor. Doch in Wahrheit dauerte es keine zwei Minuten, dass man sie bemerkte und über sie redete.

»Ist das etwa …«
»Das kann ja wohl nicht wahr sein!«
»Wer hat die denn rausgelassen?«
»Vielleicht ist sie aus dem Gefängnis ausgebrochen …«
»Dass die sich nochmal hier nach Eichwald traut …«

Ihre Anwesenheit verbreitete sich wie ein Lauffeuer; genauer gesagt wie ein flammendes Inferno. Schlagartig schien die Stimmung zu kippen. Der euphorisierende Partyhit ›Played-A-Live‹ wirkte unzweifelhaft fehl am Platz. Die Titelmelodie von ›Spiel mir das Lied vom Tod‹ wäre mit Sicherheit passender gewesen.

Natürlich hatte jeder in Eichwald von der Verhaftung der ruhigen und zurückhaltenden Frau gehört, die seit fast 20 Jahren hier lebte und als Ärztin im Krankenhaus arbeitete. Dass diese nette und intelligente Person vor wenigen Wochen festgenommen und wegen Mordes angeklagt worden war, war Gesprächsthema Nummer Eins. Kaum einer kannte Sophie näher; sie hatte nie den Kontakt zu den Eichwaldern gesucht, sie war stets im Hintergrund, grüßte freundlich, aber ließ niemanden wirklich an sich heran. Aus diesem Grund konnte auch niemand etwas zu ihr sagen, als die Polizei infolge der Festnahme nach nahestehenden Personen gesucht hatte. Es gab abgesehen von ihrem toten Ehemann Julian – kaum jemanden, der mit ihr zu tun hatte. Sie war wie ein Phantom.

Keine Menschenseele hatte so schnell mit ihrer Entlassung gerechnet, sie war die letzte Person, die man heute hier erwartete. Und doch war sie da. Live und in Farbe. Sie war da und sie hatte etwas Entschlossenes in ihren Augen. Nicht einer wagte es, sie anzusprechen. Einige schienen Angst zu haben, aber alle waren gespannt, was ihre Intention war, sich unter diesen Umständen hier blicken zu lassen.

Und dann endlich erkannte Sophie ihn. Josef Müller. Er war im Begriff, sich vom Fest zu schleichen, in der Dunkelheit zu verschwinden. Er hatte noch keine Notiz von ihr genommen, aber sie erkannte ihn genau. Zielstrebig ging sie auf ihn zu und bemerkte nicht, dass sich jemand quer über den Festplatz schnellen Schrittes näherte.

Jürgen

Jürgen spielte das Spiel ›Gute Miene zum bösen Spiel‹. Die Anwesenheit von Lara Riedel und ihre Anspielungen hatten zweifelsohne die Stimmung getrübt. Aber Jürgen wollte sich den bisher gelungenen Abend nicht von einer ehrgeizigen Polizistin versauen lassen, die krampfhaft auf der Suche nach einem Mörder war, den es nicht gab. Er selbst hatte sich vom Dienststellenleiter der örtlichen Polizeiinspektion über den Stand der Ermittlungen informieren lassen. Sie hatten nichts. Der Radfahrer war ein Unfall – zugegeben, ein tragischer Unfall, aber nichts, was solche Auswirkungen haben sollte wie der Brand des alten Chalets vor 20 Jahren. Endlich hatte er das Gefühl, dass es bergauf ging. Das Dorf war wieder im Begriff, aus seiner Schockstarre zu erwachen, und dann kam diese Emanze und verbreitete ihr Gift. Innerlich kochte Jürgen vor Wut; äußerlich ließ er sich nichts anmerken. Er war sich bewusst, welche Wirkung von seiner Person ausging. Wenn er das Fest verlassen hätte oder sich von ihr hätte einschüchtern lassen, dann wäre die Stimmung endgültig hinüber. Er wusste genau, was in solchen Momenten für den nötigen Impuls sorgen würde, die Laune der Besucher zu heben.

»So Männer. Ich schmeiß noch eine Runde. Marianne, zieh mal noch zwei Flaschen von dem Feinherben auf …«

Und Marianne tat, wie ihr angewiesen wurde.

Während Volker von der zurückliegenden Treib-

jagd und deren Erfolgen prahlte – man rechnete mit einem Rekord an Wildbret, das man zum Ausnehmen dem Schlachthof übergeben hatte –, ließ Jürgen seinen Blick durch die Menge streifen. Er konnte mit der Jagd nichts anfangen, was er so nicht zum Ausdruck brachte. Jürgen war auf die Jäger und deren Einfluss angewiesen und immerhin gehörte selbst sein Bruder zu der *grünen Zunft*. Aber aus dem Gespräch, bei dem man ohnehin nur mitreden konnte, wenn man die Jägersprache verstand, wollte er sich ausklinken, sobald Marianne die von ihm georderten Flaschen Wein anreichen würde. Immer ein guter Zeitpunkt, um sich von einer Gruppe abzusondern und sich bei den übrigen Besuchern des Festes blicken zu lassen.
Doch sein Blick blieb an einer hageren Frau hängen, noch bevor Marianne so weit war, und den Wein entkorkt hatte. Er erkannte sie unmittelbar. Zweifelsfrei, das war Sophie Burg, die wegen Mordes angeklagte, seltsame Ärztin aus Eichwald. Ohne zu zögern, hastete er um den Weinstand und der apathisch wirkenden Frau hinterher. Wo wollte sie nur hin? Sie ging zielstrebig über den Platz, ohne dass Jürgen ihre Intention erkennen konnte. Er wusste nur eins: Das hier war schlimmer als die Begegnung mit der unsäglichen Hauptkommissarin Lara Riedel. Das war der unaufhaltsame Wendepunkt, die Kapitulation des Versuches, die Vergangenheit hinter sich zu lassen.

Lara

In dem Moment, als sie Sophie Burg erblickte, schossen ihr tausend Gedanken durch den Kopf: Warum wusste sie nichts von ihrer Entlassung? Wieso kam sie hier zu einem öffentlichen Fest? Was hatte sie vor? Ihre Gedanken wurden durch den hastig auf Sophie zustürzenden Bürgermeister unterbrochen. Die Situation schien zu eskalieren. Was sollte sie nur tun? Sie tastete nach ihrer Dienstwaffe. Alles an ihrem Platz. Sie hoffte inständig, nicht davon Gebrauch machen zu müssen. Aber wo nur war Lenny? Sie konnte keinen klaren Gedanken fassen. Felix, Anna und Emil hatten den unter Mordverdacht stehenden, ungebetenen Gast noch nicht bemerkt.

»Hallo?«, sprach Anna sie fragend an.

»Ja … äh … was?«, stammelte Lara, ohne die Szene aus den Augen zu lassen.

Jetzt rochen auch die Übrigen am Tisch den Braten, die so in ihr Gespräch über alte Zeiten vertieft gewesen waren, dass niemand die Szene bisher bemerkt zu haben schien.

»Ist das …?«, traute sich Anna kaum, den Namen auszusprechen.

»Sophie Burg!«, ergänzte Emil, ebenfalls fassungslos vor Verwunderung.

»Was geht denn da ab?«, kommentierte Felix das Zusammentreffen von Bürgermeister Jürgen Heller und Sophie Burg. Jürgen trat von der Seite an Sophie heran und versuchte sie aufzuhalten. Was war nur ihr Ziel?

Das Gespräch dauerte keine drei Sekunden. Sophie ließ sich von Jürgen nicht stoppen, der ratlos am Rand der Dunkelheit stehen blieb. Die Szene wurde von einigen Anwesenden beobachtet, während andere munter weiterfeierten.

Lara zog ihr Smartphone aus der Tasche. Sie musste Lenny dringend erreichen. »Verdammte Scheiße. Warum ist hier immer noch kein Netz?«, fluchte sie. »Könnt ihr das Ganze hier im Auge behalten? Ich muss Richtung Trier fahren und herausfinden, warum Sophie nicht in der JVA sitzt …«

Sie stand, ohne eine Antwort abzuwarten, auf und lief Richtung Parkplatz. Ihre einzige Chance auf Information war ein Telefonnetz.

Am Ende des Abends

Als Jürgen Heller Sophie von der Seite in Beschlag nahm, verlor sie für einen kurzen Moment ihr Ziel aus den Augen. Er packte sie mit einem stählernen Griff am Oberarm.
»Was ist hier los? Was machst du hier? Wir haben hier ein friedliches Fest und niemand, wirklich niemand …«
Er kam nicht dazu, seine Gedanken weiter auszuführen, denn Sophie riss sich mit einem gekonnten Seitenhieb los und marschierte weiter Josef Müller hinterher, der bereits in der Dunkelheit verschwunden war. Für eine Sekunde trafen sich ihre Blicke und Jürgen bekam Gänsehaut.
Sie ließ den Bürgermeister ratlos zurück, der keine Anstalten machte, einen zweiten Versuch zu starten. Es war sinnlos, sie weiter zu behelligen, sie würde ihm ohnehin weder eine Auskunft geben noch sich stoppen lassen.
Stattdessen trat sie aus dem Dunst der bunten Lichter des Festes, hinein in die Dunkelheit der Nacht – für viele ein kurzer Moment der Verwirrung, für Jürgen endgültig das Ende dieses Abends.

Während sich Felix, Anna und Emil fragten, was das für ein Auftritt von Sophie war, versuchte Lara Handyempfang zu bekommen. Als sie schließlich einige Kilometer außerhalb des Dorfes Netz hatte, kamen die Benachrichtigungen von Lenny: ›4 Anrufe in Abwesenheit‹. Das musste warten, zunächst wollte sie sich auf den Stand der Dinge im Fall ›Sophie Burg‹ bringen. Sie rief beim KDD an und bat um schnellstmögliche Information. Der zuständige Kollege tippte noch während ihrer Ausführungen mit und zitierte:

> *Entlassung aus der U-Haft – JVA Koblenz – vorgestern Morgen* mangels *Haftgrund, angeordnet von der zuständigen Richterin Pollenkow. Hauptverhandlung angesetzt für den 13. Dezember 2023.*

Lenny begleitete den Trupp der Jugendlichen zum ›Keller‹, einem leerstehenden, unterirdischen Tonnengewölbe, der noch bis tief in die Nacht zum Club mutierte. Es war wie eine Parallelwelt, ganz im krassen Gegenteil zu der biederen Feier auf dem Festplatz. Die Menge an Jugendlichen und jungen Erwachsenen tanzte zu elektronischer Musik ohne Text und ohne Übergänge. Wer der Veranstalter oder für die Organisation der Party zuständig war, konnte Lenny nicht herausfinden. Solche Feiern schien jedenfalls regelmäßig stattzufinden und boten Lenny eine deutlich angenehmere Atmosphäre, um an weitere Informationen von Paul zu gelangen, als vorher beim Rebfeuerfest. Der Abend schritt voran und Lenny vergaß die Zeit. Es musste inzwischen weit nach Mitternacht sein oder führte der ungewohnte Alkoholkonsum zu einer falschen Wahrnehmung seines sonst sehr guten Zeitgefühls? Als er auf sein Handy sah, bemerkte er, dass der Akku leer war. Es war ihm egal, er hatte ohnehin kein Netz in diesem Keller. Zum Glück hatte er zwischendurch Lara geschrieben. Ob sie seine Nachrichten gelesen hatte?

Jill war mittlerweile auf dem Weg ins Hotel und dankbar über den Fahrservice ihrer neuen Bekannten. Sie hatten sich für den darauffolgenden Tag verabredet, um weiter nach dem Haus zu suchen. Joe war sicher schon am Schlafen. Sie hatte eine leise Ahnung, wie sehr der Wein ihrem Mann auf den Magen geschlagen war.

Während Anna sich von ihren Freunden verabschiedete – sie hatte morgen früh, um Punkt Acht ihr erstes Meeting und immerhin noch eine Strecke bis Luxemburg zurückzulegen –, wollten Emil und Felix noch auf einen Absacker auf das Anwesen der Saarsteins.

Nach Laras Telefonat poppten zwei Nachrichten über ihren Messenger auf:

> *Nachricht Lenny: ›Bin an einer Quelle dran. Fahr ohne mich nach Hause, berichte morgen.‹*
> *Nachricht Emil: ›Wir machen uns auf den Weg. Treffen morgen bei Felix?‹*

Sie quittierte beide Nachrichten mit ›okay‹ und fuhr zurück zum Festplatz. Der letzte Rest trinkfreudiger Eichwalder Urgesteine versammelte sich um die Bier- und Weinstände. Das Bild erinnerte an eine elektronische Fliegenfalle, zu der alle strömten, weil von ihr die letzte Lichtquelle in der Dunkelheit der Nacht ausging. Scheinbar gab es nichts mehr, wofür es sich gelohnt hätte, dortzubleiben, also verließ Lara das Fest bereits nach wenigen Minuten.

Sophie erreichte Josef kurz vor dessen Haus am Ende der ›*Scheitergass*‹. Verblüfft drehte er sich um, als er die Anwesenheit einer Person hinter sich spürte.

»Ich weiß, wer du bist! Und ich will wissen, wer ihn verraten hat!«, rief sie ihm voller Zorn zu.

Josef wusste, dass es keinen Zweck mehr hatte. Er war bereit, ihr alles zu erzählen – reinen Tisch zu machen. Natürlich erkannte er sofort die Verlobte von Adam, der damals im Zeugenschutz bei ihm untergebracht war. All die Jahre hatte er Angst gehabt, aufzufliegen. Aber woher wusste sie Bescheid? Warum jetzt? Fast 20 Jahre hatte sie im selben Ort gelebt. Mehrmals waren sie sich begegnet. Es gab kein Anzeichen, dass sie ihn verdächtigt hatte. Warum jetzt?

»Nicht hier!«, versuchte er sie leise zu beruhigen. »Meine Frau schläft.«

»Das ist mir scheiß egal. Wir treffen uns in einer Stunde hinter der Bühne. Du bringst alle Unterlagen mit. Ich will alles wissen, sonst erfährt jeder die Wahrheit!«

Sie dreht sich um und ließ ihn einsam und allein stehen. Sophie war sich sicher, dass er kommen würde. Sie hatte es gespürt.

Die Stunde war verstrichen und Sophie trat aus der Dunkelheit der Bühne. Am Bierstand versammelte sich der Rest an einsamen Gestalten, die es verpasst hatten, rechtzeitig den Heimweg anzu-

treten. Der Weinstand hatte bereits geschlossen. Niemand schien Sophie zu bemerken, die den traurigen Haufen an betrunkenen Menschen verächtlich musterte. Sie empfand Abscheu und Hass für jeden Einzelnen von ihnen. So lange hatte sie in diesem Dorf gelebt und war auf der Suche nach der Wahrheit gewesen. So lange hatte sie die Lügen ertragen. Sie spürte eine innere Zufriedenheit, so als ob sich etwas lösen würde, das sich alle die Jahre in ihr festgesetzt und Besitz von ihr ergriffen hatte. Dieser Moment der Freude war nur von kurzer Dauer, denn während sie dort am Bühnenrand stand – innerlich frei und voller Zuversicht –, da durchdrang sie die Kugel mit einem präzisen Schuss durch den Hinterkopf.
Der ein oder andere am Bierstand schien sich zu fragen, ob da etwas war. Es war Treibjagd im Ort, das wussten die meisten. So verhallte der Schuss in der Nacht, ohne dass jemand von den Folgen Notiz nahm oder sich darüber gewundert hätte.

4. TEIL: DER TAG NACH DEM FEST

Samstag, 25. November 2023

Lara

Lara wurde vom schrillen Ton ihres Handys geweckt, der ausschließlich für Nummern ihrer Dienststelle vorgesehen waren. Alle anderen Anrufer hatten einen angenehmeren Ton . Sie sah auf die Anzeige. Die Durchwahl der Leitstelle. Was hatte das zu bedeuten?

»Riedel. Hallo?«, meldete sie sich, bemüht, wach und ausgeschlafen zu wirken.

»Habe ich dich geweckt?«, ertönte eine ihr bekannte Stimme in einem amüsierten Tonfall.

»Heinz! Ja, hast du. Vor dir kann man auch nichts verheimlichen.« Und vor ihrem alten Dienststellenleiter hatte sie auch keinen Grund, etwas zu verbergen. Sie sah auf die Uhr über ihrer Tür. Viertel vor neun.

»Ach du Scheiße. Schon so spät?«, stellte sie entsetzt fest und sprang augenblicklich aus ihrem Bett.

»Ich habe hier die Meldung, dass du gestern in Eichwald im Einsatz warst.«

»Richtig. Ich habe mich noch nicht ausgetragen. Es ging so bis Mitternacht.«

»Na, dann hoffe ich für dich, dass die Leiche nach deinem Abgang dort aufgetaucht ist«, entgegnete er nüchtern.

»Leiche? Wie bitte?«

Lara konnte ihm nicht folgen.

»Weiblich, circa vierzig Jahre. Kopfschuss. Die KTU ist ebenfalls unterwegs. Ich dachte, du könntest auch da vorbeifahren.«

»Alles klar, ich bin auf dem Weg. Kannst du versuchen, Lenny … äh, Lennard Stark, meinen neuen Kollegen, zu erreichen? Er soll ebenfalls direkt zum Tatort kommen. Apropos. Wo ist der Tatort genau?«

Lara klemmte sich das Smartphone zwischen Schulter und Ohr und versuchte sich nebenbei anzuziehen.

»Am Festgelände. Da findet gerade das Rebfeuerfest statt, irgendwo dort. Die PI hat den Tatort bereits abgesperrt.«

Lara musste sich setzen. Für einen kurzen Moment hielt sie inne. Das konnte nicht wahr sein. Und sie hatte auch eine leise Vorahnung, wer die vierzigjährige, weibliche Leiche sein würde.

Lara legte nach dem Telefonat einen Rekord im Sich-Fertigmachen hin und verließ keine zehn Minuten nach dem Aufstehen das Haus. Ihr Mann Theo hatte ebenfalls Schicht und die Kinder waren über das Wochenende bei seiner Mutter. Sie vermisste die Nähe ihrer Familie. Doch in diesem Augenblick war keine Zeit für private Sentimentalitäten, sie musste sich jetzt konzentrieren. Ab Montag hatte sie mit Theo gemeinsam Urlaub. Bis dahin musste sie noch einiges klären. Ein Aufschub der längst überfälligen Familienzeit kam nicht infrage.

Gegen zwanzig vor zehn kam sie am Festgelände an und fuhr über den leeren Platz auf die Bühne zu. Die Stände waren alle noch zugeklappt, vereinzelt hatten sich Schaulustige dort eingefunden und erledigten alibimäßig die Aufräumarbeiten. Der Rest des Ortes schien, vermutlich noch in Katerstimmung, nichts von der sich abspielenden Szenerie mitbekommen zu haben. Ein Kollege von der Schutzpolizei erkannte Lara und ließ sie mit dem Auto passieren. Unweigerlich dachte sie an den getöteten Mountainbiker, einige Wochen zuvor, der keine zwei Kilometer Luftlinie von hier gefunden worden war. In ihren weißen Overalls sahen die Beamten aus wie damals – vermutlich waren es auch dieselben Männer und Frauen.

Wolfgang, der Leiter der Rechtsmedizin, kniete neben der Leiche und sprach etwas in sein Diktiergerät. Er beendete die Aufnahme, als er seine junge Kollegin auf sich zukommen sah.

»Hallo Lara«, begrüßte er sie.

Lara brachte keinen Ton heraus. Sie erkannte umgehend, wer dort mit einem Kopfschuss niedergestreckt vor ihr lag, obwohl die Leiche mit dem Gesicht nach unten lag. Sophie Burg. Vor zwei Tagen aus der Untersuchungshaft entlassen. Heute hingerichtet.

»Ich habe es befürchtet …«, murmelte sie vor sich hin.

»Du kennst die Frau?«, hakte Wolfgang nach.

»Sophie Burg. Sie saß bis Donnerstag in Untersuchungshaft. Sie ist … Sie war die Frau von Julian Burg …«

Wolfgang riss die Augen weit auf. Die Leiche des jungen Mannes hatte er nicht nur am Tatort untersucht, er hatte auch das toxikologische Gutachten erstellt – seine Untersuchungsergebnisse waren das Hauptbelastungsmaterial im Prozess gegen Sophie.

»Na, das ist ja mal der Hammer!«, platzte es aus ihm heraus. »Ihren Mann kenne ich natürlich in- und auswendig, aber seine Frau habe ich bisher noch nie gesehen. Dann hat sich das mit dem Prozess ja auch erledigt …«

Rechtsmediziner-Witze. Lara ließ diesen Kommentar stehen; ihr war nicht zum Scherzen zumute. Diese Ermittlung nahm immer kuriosere Züge an.

»Also, was hast du bisher?«

»Ein gezielter Kopfschuss aus weiter Entfernung. Eine Jagdwaffe oder militärisches Geschütz. Das kann ich erst genau sagen, wenn wir das Projektil untersucht, oder die Patrone gefunden haben. Und da liegt schon der Hase im Pfeffer begraben.« Lara sah ihn fragend an. Seine Wortwahl konnte sie heute nur schwer ertragen, schätzte sie sonst doch seine humorvolle Art. Wolfgang schien zu erkennen, dass Lara keinen Nerv auf blumige Worthülsen hatte. »Also wir wissen noch nicht, von wo der Schuss kam. Die Leiche wurde von zwei Joggern gefunden, die eine Abkürzung über das Festgelände eingeschlagen hatten und den leblosen Körper hier entdeckt haben. Die beiden sind da hinten am Krankenwagen.« Lara sah den etwas abseits parkenden Krankenwagen vom Deutschen Roten Kreuz, auf dessen Pritsche zwei sportlich gekleidete Männer saßen und von zwei Einsatzkräften betreut wurden.

»Die Männer haben wohl versucht, die Frau zu reanimieren, obwohl die Leichenstarre bereits eingetreten war. Sicherlich der Schock. Auf jeden Fall können sie beide nicht mehr genau sagen, wie sie die Leiche exakt aufgefunden haben. Wir haben den widersprüchlichen Aussagen eine Gemeinsamkeit entnommen: Sie muss so, wie jetzt platziert, auf dem Bauch, mit dem Gesicht nach unten gelegen haben. Aber in welche Richtung, wissen beide nicht mehr.«

»Okay, und da es ein Distanzschuss war, könnte der Abschussort überall gewesen sein?«, hakte Lara nach.

»Nicht ganz. Die Bühne hat diesen Aufbau hinten, also muss der Schuss entweder von vorn, also irgendwo vom Festgelände gekommen sein. Oder von hinten …«

Lara sah sich um. Hinter der Bühne waren einige Bäume als Abgrenzung zum Dorf gepflanzt. Dahinter befanden sich auf der einen Seite eine Pferdekoppel mit zwei in die Jahre gekommenen Schuppen und die ersten Häuser.

»Theoretisch hätte aus jedem Haus da hinten geschossen werden können. Von den Schuppen aus, an den Bäumen … Meine Leute suchen das Gebiet weiträumig ab, aber Näheres kann ich erst nach der Rekonstruktion sagen. Am besten, wir finden die Patrone, wenn der Schütze diese nicht eingesammelt hat. Komm morgen in die Rechtsmedizin, dann kann ich dir mehr zum Einschusswinkel und zum Projektil sagen. Ach ja, hier ist noch der Geldbeutel des Opfers, das Telefon nehmen wir mit in die KTU, vielleicht bekommen wir Zugang über den IT-Spezialisten.« Er reichte Lara einen Asservatenbeutel mit einer Geldbörse.

Lara bedankte sich bei Wolfgang. Sie versuchte sich einen Überblick über den Tatort zu verschaffen. Mittlerweile trafen immer mehr Schaulustige ein. Und Lara hatte immer mehr Fragen: Wer war noch hier gewesen, als Sophie erschossen wurde? Welchen Grund hatte sie, hier aufzutauchen, nach allem, was passiert war? Ihr Auftritt gestern kam einigen doch recht sonderbar vor. Sie war plötzlich und unerwartet da und marschierte schnurstracks über das Gelände, nur um es sofort wieder zu verlassen. Als wollte sie sagen: »Ich bin wieder da!«

Dieser Mord hatte die ursprüngliche Suche nach dem verschwundenen Jungen in den Hintergrund gerückt. Luca hatte neben all den Fragen keinen Platz mehr in Laras Gedanken. Die Priorität lag jetzt auf der Mordermittlung. Und die Zeit drängte.

Gudrun

Der Anruf kam für die ranghohe Beamtin des Verfassungsschutzes überraschend. Ein direkter Anruf einer Kontaktperson über ihr Smartphone, das speziell für diese Zwecke abhörsicher immer bereitlag, war selten.

»Es gibt ein Problem. Sie ist wieder da!«, sprach die weibliche Stimme am anderen Ende, ohne sich vorzustellen. Das war die Abmachung. Keine Namen. Niemals.

Gudrun überlegte einen Moment.

»Ok, ich kümmere mich drum!«, versicherte sie glaubhaft.

Die Person am anderen Ende legte auf.

Gudruns Herz pochte. So kurz vor der Pensionierung sollte der Fall ihr nicht um die Ohren fliegen. Sie hatte bereits im Sommer so eine Ahnung, war sich aber sicher, dass sie alles unter Kontrolle hatte. Scheinbar waren noch ein paar Dinge zu regeln, die sie persönlich in Angriff nehmen musste. Es gab schließlich niemanden mehr im Dienst, der noch mit dem Fall ›Adam‹ betraut war und Bescheid wusste. Und trotzdem hatte die Sache die Sprengkraft einer Tretmine. Und sie hatte das Gefühl, dass irgendjemand auf dieser Miene stand. Es wussten nur wenige über die Verstrickungen von ihr Bescheid, und alle lebten in Eichwald. Wenn niemand seinen Mund aufgemacht hatte – und davon konnte sie ausgehen –, war das noch heute so. Schließlich hatte jeder, der davon wusste, seine eigene Schuld an der Sache.

Da sie niemandem Rechenschaft ablegen musste, suchte sie über eine Plattform im Internet nach einem Hotel in der Nähe von Eichwald. Die einzige Unterkunft mit genügend freien Kapazitäten fand sie in Altfelsen in der Nähe von Eichwald. Um keine Spuren zu hinterlassen, rief sie bei dem Hotel an und reservierte bei einer netten Frau namens Hauser ein Zimmer auf einen falschen Namen.

Sie machte sich umgehend auf den Weg, der in unter zwei Stunden kein langer sein würde. Sie kannte die Strecke, war sie doch vor zwanzig Jahren mehrfach von Mainz nach Eichwald unterwegs gewesen.

Luisa

Luisa war voll der Sorge. Ihr Mann Josef war heute Nacht nicht nach Hause gekommen, was ein Novum in ihrer Beziehung war. Josef war kein Partymensch, er liebte seine vier Wände und verkroch sich lieber stundenlang in Kriminalromanen. Sicherlich, ihre Ehe war eine besondere Art der Beziehung. Sie beruhte nicht auf Liebe, sondern auf einer Zweckgemeinschaft. Das war ihr Schicksal und das teilte sie mit ihrem Mann. Über die Jahre hatten sich die beiden damit abgefunden, man hatte sich arrangiert. Aber Liebe oder gar sexuelle Zweisamkeit blieben außen vor. Und doch war eine Beziehung zwischen den beiden entstanden, die man aufrechterhielt und als Tarnung nutzte. Die Zeit wäre sicher reif gewesen, die Maßnahmen zu lockern und in das alte Leben zurückzukehren, aber wo sollte sie hin? Luisa Müller, die in ihrem früheren Leben Margot Tiller hieß, hatte niemanden mehr. Ihre Eltern waren längst tot. Ihr früherer Lebensgefährte hatte eine Familie mit drei Kindern – sie googelte ihn noch manchmal – und lebte ein glückliches Leben in Klein-Winternheim in der Nähe von Mainz. Luisa hatte sich längst von Margot verabschiedet, so wie ein Auswanderer sich von seinem Heimatort verabschiedete. Und das hier war ihr Leben. Luisa und Josef Müller. Sie hatten alles, was man zum Leben benötigte: Genug Geld, ein Haus, eine Gemeinschaft, in der sie sich wohlfühlte, und das Wichtigste: Sicherheit. Eine Existenz in ständiger

Angst hätte sie nicht ertragen, genauso wenig wie ihr Mann. Also war dieses Leben die bessere Wahl. Vielen Menschen ging es schließlich schlechter als ihr, zumindest rechtfertigte sie so, nichts an diesem Zustand zu ändern. Doch was blieb, war die Sorge, die Luisa ein ständiger Begleiter war. Die Sorge, aufzufliegen. Die Sorge, als Lügnerin dazustehen.

Sie hatte zwar jene Furcht unter Kontrolle, vergaß sie in den Jahren sogar oftmals – doch in Momenten wie diesen kam sie wie ein Bumerang aus ihrem alten Leben zurück.

Josef war verschwunden. Und das, nachdem Anna Müller auf dem Fest aufgetaucht war. Anna, ihre Pflegetochter, die 2003 aus heiterem Himmel verschwand und nur einen Abschiedsbrief zurückgelassen hatte. Hatte er gestern noch das Gespräch mit ihr gesucht? Hatte er sich, untypischerweise, hemmungslos aufgrund des Wiedersehens von Anna betrunken? Lag er vielleicht irgendwo im Graben und schlief seinen Rausch aus? Man hatte sich schließlich darauf geeinigt, niemals zu viel Alkohol zu trinken. Zu groß wäre das Risiko, sich im betrunkenen Zustand zu verplappern. Je mehr sie über die Eventualitäten nachdachte, desto größer wurde ihre Sorge. Sie musste etwas unternehmen.

Als Luisa Müller sich auf den Weg zum Festplatz machte, schwenkte ihre Sorge in blanke Angst um, als sie den Krankenwagen und die Polizeiautos erblickte, die mit Blaulicht auf dem Festplatz parkten. Adrenalin schoss durch ihren Körper. Krank vor Sorge und mit Tränen in ihren Augen lief sie los. Als sie von einer Polizeibeamtin abgefangen wurde, entdeckte sie die Leiche einer Person am Bühnenrand. Schlagartig wurde ihr klar, dass dort nicht ihr Mann lag. Die Person war viel zu dünn und außerdem nicht gekleidet wie Josef gestern Abend.

»Alles in Ordnung mit Ihnen? Kann ich Ihnen helfen?«, beruhigte die junge Polizeibeamtin Luisa, die sich schnell wieder fing und versuchte die Fassung zu bewahren.

»Ja, danke. Alles in Ordnung. Ich hatte nur die Befürchtung … Was ist denn passiert?«

»Ein Tötungsdelikt. Mehr kann ich nicht darüber sagen. Bitte halten Sie Abstand.«

Luisa zog sich unauffällig aus der Szenerie zurück. Die anfängliche Erleichterung wich der Sorge, dass Josef verschwunden war, während jemand auf dem Fest ermordet wurde. Hatte Josef etwas damit zu tun?

Jürgen

Als Jürgen das Festgelände betrat, wusste er bereits vage, was ihn erwarten würde. Aus mehreren Anrufen besorgter Eichwälder hatte er sich ein Bild der Lage gemacht – wie ein Puzzle, das sich mit jedem Teil mehr zusammensetzte. Doch ein wesentliches Stück fehlte ihm: Niemand konnte sagen, um wen es sich bei der Leiche handelte, die man heute Morgen auf dem Festgelände gefunden hatte. Er musste also das letzte – das wichtigste – Puzzleteil selbst finden.

Er parkte mitten auf dem Gelände und ging zielstrebig auf einen jungen Beamten der Schutzpolizei zu, den er zu erkennen glaubte.

»Guten Morgen, Herr Bürgermeister. Der Tatort ist polizeilich …«, versuchte dieser den Amtsträger aufzuhalten, der ihm aber noch während der Erklärung ins Wort fiel: »Lassen Sie mich durch. Ich habe ein Recht auf Auskunft. Mir kam zu Ohren, dass auf meinem Gemeindegebiet eine Straftat verübt wurde. Ich habe das Recht auf Zugang zum Tatort und Auskunft!«

Sicheres Auftreten bei völliger Ahnungslosigkeit war Jürgens Stärke, die hier besonders zum Ausdruck kam. Bei einem lockeren Gespräch mit der Bundestagsabgeordneten aus dem Wahlkreis kam jüngst zutage, dass man sich mit einem Abgeordnetenausweis Zugang zu polizeilichen Absperrungen verschaffen konnte und sogar der Polizei gegenüber weisungsbefugt war. Die Adaption dieser Rechte auf sein kleines Amt als Ortsvorsteher war natürlich eine anmaßende Übertreibung, aber sie wirkte.

Der eingeschüchterte junge Polizist ließ ihn passieren, ohne sich über die Konsequenzen bewusst zu sein.

Jürgen trat an den Fundort der Leiche und bat den in seine Arbeit vertieften Gerichtsmediziner um Information. Wolfgang Weidig spielte dieses Spielchen aber nicht mit. »Wer sind Sie und was machen Sie hier? Sie haben nichts an diesem Tatort zu suchen!« Er winkte zwei Kollegen heran und deutete auf den Eindringling in seinem Revier. Die beiden älteren Polizisten verstanden und baten Jürgen freundlich, aber bestimmend, sich umgehend hinter die Absperrung zu begeben.

»Wissen Sie eigentlich, wer ich bin? Ich habe ein Recht auf Auskunft, ich bin hier der Bürgermeister«, versuchte sich Jürgen verbal zu wehren.

Aber es war zwecklos. Der junge Beamte beobachtete beschämt die Situation. Er war sich mittlerweile wohl im Klaren, dass er hier einen Fehler begangen hatte. Als Jürgen hinter der Absperrung seinem Ärger weiter Luft verschaffte, trat der nächste Aufreger neben ihn.

»Herr Bürgermeister, warum so nervös?«

»Frau Riedel. Was ist hier los? Ich habe ja wohl ein Recht zu erfahren, was hier abläuft.«

»Ein Recht darauf haben Sie sicher nicht!«, erklärte Lara in einem überlegenen Ton. »Wenn Sie sich aber kooperativer verhalten, bin ich gerne zu einem Gespräch bereit. Der Tatort ist allerdings Tabu, bis die Kriminaltechnik ihre Arbeit vollständig

beendet hat.«
»Aha. Und wann wird das sein?«
»Der Gerichtsmediziner hat den Abtransport der Leiche veranlasst. Ich denke, bis halb eins, eins sind wir fertig.«
»Halb eins? Um elf ist Messe aus und dann beginnt der Frühschoppen. Der Seniorenkreis kommt um 14 Uhr zu Kaffee und Kuchen.«
»Sie wollen wirklich das Fest fortsetzen? Bei allem, was passiert ist?«, erwiderte Lara entsetzt.
»Uns haben schon zu viele Ereignisse in der Vergangenheit die Stimmung versaut. Wir können nicht jedes Mal ein Fest abbrechen, wenn irgendwas …« Jürgen brach seinen Vortrag ab. Er merkte, wie pietätlos seine Meinung wirken musste. Er dachte nach. Seine Pause wirkte andächtig und Lara unterbrach ihn nicht.
»Ich denke, wir machen nach dem Kaffee Schluss. Die Frauen von der Pfarrgemeinde haben alle Kuchen gebacken, das können wir jetzt nicht absagen. Aber ich erkläre heute Abend das Fest für beendet. Okay?«
Lara nickte verständnisvoll.
Jürgen Heller ging gesenkten Hauptes zu seinem Auto zurück und verließ den Festplatz.
Bei der Leiche handelte es sich um Sophie Burg, da gab es keinen Zweifel, auch wenn er sie nur von hinten gesehen hatte. Das konnte doch alles nicht wahr sein. Hörte das denn nie auf? Wann kam man hier endlich zur Ruhe?

Henning

Henning Dostert erreichte das Hostel, das sich 25 Kilometer Luftlinie von seinem Ferienhaus befand. Über Teile des Jakobsweges an den Steigen des ›Pariser Beckens‹ entlang, war das Hostel ein idealer Ort, um einen Zwischenstopp zu machen. Kommende Woche wollte er mit seinem neuen Schreibprojekt anfangen, und sich zuvor eine Auszeit gönnen.

Mit einem seltsamen Gefühl, einer Art Vorahnung, schaltete er nach zwei Tagen ›offline‹ sein Smartphone ein und wunderte sich über die Abfolge an Nachrichten, die wie Eilmeldungen nach einem Terroranschlag auf dem Display aufpoppten. Er war allein in dem spärlich eingerichteten Zimmer, sein Begleiter war im Gemeinschaftsduschraum verschwunden. Er hatte keine Nachrichten erwartet, allerhöchstens ein oder zwei Anrufe in Abwesenheit, aber heute … Irgendwas musste passiert zu sein.

Henning entdeckte mehrere österreichische und deutsche Nummern, die versucht hatten, ihn zu erreichen. Einige Anrufe waren von seiner Ex-Frau Sonja.

Eine der Nummern aus Österreich erkannte er sofort. Es war die seiner Nachbarin Dorothea. Sicherlich hatte es etwas mit seiner Wohnung zu tun. Ein Brand? Ein Rohrbruch? Oder ein Einbruch?

Er drückte auf ›zurückrufen‹ und wartete.

»Henning, wo bist du denn?«, meldete sich eine

verrauchte Stimme nach dem ersten Klingeln.
»Doro, was ist passiert? Ich habe tausend Anrufe in Abwesenheit …«
»Die Kieberei sucht dich!«
Henning erstarrte vor Sorge. Er spürte, wie sein Puls stieg und sein Herz pochte.
»Wie, die Polizei sucht mich? Wieso?«
»Was i net, hobns net gsogt. Oba sie hobn olle im Haus gfrogt, wosd bist. Und sie hobn gsogt, i sui mi möldn, wannst wieder auftauchst. «
Henning blieb die Luft weg. Er war sprachlos und konnte keinen klaren Gedanken fassen.
»Henning, wo bist denn? Alles okay?«
»Jaja, alles okay. Ich melde mich bei dir.«
Er legte auf.
Was hatte das zu bedeuten? Warum suchte die Polizei in Österreich nach ihm? Sicher waren die anderen auch von der Behörde. Er googelte eine der Rufnummern. Tatsächlich. ›Bundespolizei Wien‹.
Während er überlegte, was er tun sollte, ging die Tür hinter ihm auf. Schnell schaltete er sein Smartphone aus. Er wollte seinen Begleiter nicht beunruhigen.

Die Amerikaner

Jill und Joe erreichten einige Minuten vor dem vereinbarten Termin mit dem Taxi erneut den Festplatz. Joe nahm sich vor, heute keinen einzigen Schluck Wein zu trinken. Die Säure bekam seinem Magen einfach nicht. Immer noch hatte er Sodbrennen. Jill dagegen schien den Abend genossen zu haben. Sie kam etwa zwei Stunden nach seinem frühen Abgang im Hotel an und war ziemlich betrunken. Joe war sich sicher, dass seine Frau mit starken Kopfschmerzen zu kämpfen hatte. Er hatte sie mehrfach am Morgen zu der Dose Aspirin greifen gesehen, die sie selbst vor Abflug noch im Supermarkt besorgt hatte. Joe fand das verrückt, immerhin war seines Wissens nach Aspirin ein deutsches Produkt. Aber da konnte er sich auch täuschen. Jedenfalls hatte sich Jill soweit unter Kontrolle und war bester Laune. Beide waren sich sicher: Heute würde man dem Ziel einen Schritt näherkommen. Das Foto war griffbereit, jetzt musste man nur noch einen ortskundigen Menschen finden.

Zeitgleich trafen ihre neuen Bekannten am Festgelände ein. Jill übernahm wieder den kommunikativen Part, immerhin hatte sie jetzt auch eine Art gemeinsame Historie, eine Geschichte, die sie miteinander verband. Als die Gruppe den Festplatz betrat, wunderten sich alle über die Polizisten, die sie dort überall antrafen. Wein- und Bierstand waren geschlossen und die Bühne war mit einer polizeilichen Absperrung umrundet. Jill erkundigte sich bei Hans-Dieter, was hier vor sich gehe. Der konnte jedoch auch keine Auskunft geben und entschied sich kurzerhand, zu einem der nahestehenden Polizisten zu gehen und um Aufklärung zu bitten.

Als er zur Gruppe zurückkam, berichtete er aufgelöst auf Deutsch, und übersetzte im Anschluss den amerikanischen Freunden, was in der Nacht wohl passiert sei. Nähere Informationen hätte man ihm nicht gegeben.

Man war entsetzt und wusste die Situation nicht so richtig einzuordnen. Die Bierbänke und Tische waren zum größten Teil bereits eingeräumt. Ein Mann, der etwas jünger war als sie selbst, trat zu ihnen und erzählte etwas in andächtiger Weise. Hans-Dieter übersetzte leise: Er sei der Bürgermeister des Ortes. Eine Frau sei heute Nacht hier zu Tode gekommen. Nach dem Seniorenkaffee wäre das Fest für beendet erklärt worden. Man solle aber ruhig die selbst gebackenen Kuchen verzehren und dem Kulturverein dafür eine Spende hinterlassen.

Jill war entsetzt. Mit solch einem Verlauf ihrer Reise hatte sie nicht gerechnet. Das klang alles ziemlich dramatisch und mysteriös. Und die vielen Polizisten bereiteten ihr ebenfalls Sorge. Wie sollten sie jetzt ihr Vorhaben durchziehen, wenn der ganze Ort vor Gesetzeshütern nur so wimmelte?

Emil

Emil übernachtete wie üblich bei seiner Mutter und hatte den Vormittag mit ihr verbracht. Sie hatte wie gewohnt ein üppiges Frühstück aufgetischt, noch bevor er aus seinem Zimmer nach unten gekommen war und sich müde auf seinem Platz niedergelassen hatte. Noch immer war unausgesprochen vorgegeben, wo er am Frühstückstisch saß: der Stuhl an dem Platz, den er bereits als Kind genutzt hatte. Und noch immer war der Sitz am Kopfende unbesetzt, an dem sein Vater stets gesessen hatte. Heute brannte eine Kerze auf dem Tisch, wo einst der Teller seines alten Herrn gestanden hatte. Es waren jetzt fast zehn Jahre vergangen, seit er bei einem Motorradunfall seinen schweren Verletzungen erlegen war. Plötzlich und unerwartet aus dem Leben gerissen. Er betrachtete die Kerze. Er schaute auf den Kalender am Küchenbrett. Emil wurde schlagartig klar, dass es nicht *fast* zehn Jahre waren – es waren exakt zehn Jahre. Heute war der Todestag seines Vaters. Wie konnte er das nur vergessen? Die Anspannung war seiner Mutter anzusehen. Noch immer trauerte sie um ihren Mann. Noch immer wusste niemand, wie es zu dem Unfall kommen konnte. Lackspuren an dem Motorrad hatten auf einen Auffahrunfall mit einem weißen PKW hingedeutet, aber man hatte schon früh die Ermittlungen eingestellt. Es gab weder Zeugen noch gesicherte Beweise, dass die Kollision mit einem Auto zu dem Unfall geführt hatte.

»Schön, dass du da bist!«, begrüßte ihn seine Mutter, die mit einer Kanne frisch gebrühtem Kaffee aus der Küche kam.

»Na klar. Guten Morgen«, antwortete er kleinlaut und schämte sich insgeheim dafür, nur zufällig den Todestag seines Vaters herausgefunden zu haben. Jetzt hatte sich auch der erneute Versuch erübrigt, seine Mutter für das Rebfeuerfest zu motivieren. Ihm war völlig klar, dass sie um den Todestag keine Feier, erst recht keine in dieser Größe, besuchen würde.

»Und, wie war das Fest gestern?«, fragte sie neugierig.

»Ziemlich öde«, log er. Sie wusste, dass er sich mit Felix und Anna dort verabredet hatte. »Stell dir vor: Wir haben Lara dort zufällig getroffen und uns für heute Mittag verabredet.«

»Lara? Wirklich? Dann wird das ja fast wie ein Klassentreffen …«

»Na ja, ein Grundschulklassentreffen vielleicht. Kann ich dich heute allein lassen?«

»Mach dir um mich keine Sorgen! Ich freu mich, dass du mit mir frühstückst. Du musst mir aber kein Händchen halten. Ich bin alt genug und komm gut allein klar.« Sie lächelte aufgesetzt und Emil fiel auf, dass sie heute Morgen geweint haben musste. Der Unfall seines Vaters war schon lange kein Thema mehr. Seine Mutter mied es, mit ihm darüber zu reden. Alle Versuche von Emil hatte sie nach spätestens zwei Sätzen mit einem Themenwechsel abgeblockt. So war das eben in der Tradition von Eichwald: Schweigen und Gras darüber wachsen lassen.

Anna

Langsam, aber sicher gingen Anna Odenthal die Ausreden aus. Sie hatte ihre Leute im Hotel zwar bestens im Griff und in effizienter Weise für Ordnung und Struktur gesorgt, aber ihre ständigen Ausflüge schienen ihrem Assistenten Erik aufzufallen.

»Soll ich Ihren Mann über die Umstrukturierung der Lobby informieren?«, fragte er in einem seltsam zweideutigen Ton.

»Nein, nicht nötig. Der hat genug zu tun. Ich denke, wir haben hier alles unter Kontrolle. Ich treffe mich gleich mit einer Investorin und heute Abend besprechen wir den Rest. Wann machen Sie frei heute?«

»Ich bleibe solange, wie nötig!«, antwortete er erwartungsgemäß.

Bei dem Gehalt war das die einzig akzeptable Antwort, dachte Anna. Aber nach all dem Desaster auf personeller Ebene war sie froh, einen fähigen Mitarbeiter zu haben. Sie suggerierte Erik seit ihrer Ankunft, dass er für den Posten des Hotelmanagers vorgesehen war. Wenn er sich gut anstellte, war das auch die einzig logische Konsequenz. Ihre Aufgabe war es, herauszufinden, ob Erik loyaler war als sein Vorgänger. Und aufgrund dieser Basis konnte sie auf sein Schweigen zählen.

Sie erreichte Eichwald und fuhr direkt zum Anwesen von Felix von Saarstein.

Vor dem Haus stand bereits das alte, mattrote Fahrrad von Emil. Das gleiche Rad, das er in seiner Jugend schon fuhr. Anna musste schmunzeln.

Das war der Unterschied zwischen München und Berlin: Sie hatte die Auswahl an mehreren SUVs der Luxusklasse; er kam mit dem alten, klapprigen Drahtesel. Sie seufzte und sehnte sich ein wenig mehr nach Berlin – und ein bisschen weniger nach München. Sie hatte sich durch die Ehe mit Roùl einen Status geschaffen, den sie in Berlin sicher nicht gehabt hätte. Und natürlich war da ihr wundervoller Sohn Jesse, den sie jetzt bereits 24 Stunden nicht mehr gesprochen hatte.

Aber so waren die Rollen nun mal verteilt, auch wenn die Wege aus früherer Perspektive sicher anders eingeschätzt worden wären. Dabei fiel keiner so sehr aus der Rolle wie Felix von Saarstein. Niemand hätte wohl je damit gerechnet, dass er einmal das Anwesen seiner Familie bewohnen würde. Nicht einmal seine Mutter. Er ging und sein Weg war vorbestimmt: Edeltrud von Saarstein wollte ihren Sprössling in Sicherheit bringen, bevor das sinkende Schiff endgültig unterging. Die einstige Dynastie war längst Geschichte und jetzt schrieb Felix seine eigene. Beim Anblick des erhabenen Gebäudes musste sie an die beiden Amerikaner denken. Sie hätte das skurrile Paar gestern gerne noch getroffen. Es war sicher die letzte Chance, noch einmal würde sie den beiden sicher nicht zufällig über den Weg laufen.

Anna stieg die Sandsteintreppe hinauf, die Tür stand einen Spalt weit offen. Felix und Emil saßen im großen Saal und hatten beide ein Weinglas in der Hand.

»Wie könnt ihr um die Uhrzeit schon wieder trinken?«, begrüßte sie ihre Freunde.

»Keine Sorge, das ist Sprudel. Ich habe nur keine normalen Gläser mehr im Schrank gehabt. Ich bin nicht wirklich auf Gäste eingestellt …«

Emil lachte. Er schien mit der Reaktion von Anna gerechnet zu haben.

»Ihr habt ja gestern sicher noch Gas gegeben«, spielte Anna auf den geplanten Absacker bei Felix an.

»Es ging, wir haben nur noch das ein oder andere Bier geleert«, kommentierte Felix.

»Ja genau, das glaube ich euch aufs Wort. Aber, was war das denn bitte gestern für eine Nummer?«

»Keine Ahnung. Taucht die einfach da auf dem Fest auf, läuft einmal quer über den Platz und verschwindet dann«, fasste Felix das Gesehene zusammen.

Anna schossen bei dem Gedanken an den gestrigen Abend mehrere Bilder durch den Kopf: Neben dem kurzen Auftritt von Sophie, hatte sie eine starke emotionale Reaktion bei sich bemerkt, als sie ihren Pflegevater Josef zum ersten Mal seit 20 Jahren wieder gesehen hatte. Sie wollte die Begegnung mit ihm zwar vermeiden, aber auch er war emotional aufgewühlt, das hatte sie unmissverständlich zur Kenntnis genommen. Ja, und dann waren noch die beiden Amerikaner, die ihr nicht aus dem Kopf gingen. Irgendetwas stimmte mit denen nicht.

»Fragen wir Lara, die wollte doch auch kommen, oder?«, unterbrach Felix ihre Gedanken.

»Ja, sie kommt gleich«, bestätigte Emil. »Ich habe mit ihr geschrieben …«

Die Amerikaner

Das Foto von dem Haus mit dem Paar auf der Bank machte die Runde. Die Geschichte der edlen Retter eines vom Himmel gefallenen Soldaten hatte sich bereits im Ort rumgesprochen. Sicherlich würde es nur noch wenige Tage dauern, bis die regionale Presse davon Wind bekommen und die rührende Geschichte aufgreifen würde. Das war genau der schmale Grat, den Jill und Joe eingingen, als sie das Bild öffentlich machten. Sie sahen ein, dass sie allein niemals das richtige Gebäude finden würden. Stand es denn überhaupt noch? Oder war es schon längst abgerissen? Sicherlich waren die Details auf dem Schwaz-Weiß-Foto nicht besonders aussagekräftig. Die Personen auf dem Bild kannte mit Sicherheit niemand mehr – sie waren beide seit Jahrzehnten tot.

Joe beobachtete einen alten Mann, der erst kurz zuvor mit seinem Rollator angeschlichen kam und das Bild intensiv betrachtete.

»Das ist das alte Waisenhaus. Ganz sicher!«, stieß er nach etwa einer Minute der intensiven Recherche hervor.

Eine mindestens genauso alte Dame neben ihm riss ihm das Foto aus der Hand.

»Niemals, Walter! Der Eingang ist doch viel größer, außerdem ist hier eine Treppe. Und wo soll der …«

Sie stockte.

Walter grinste sie schelmisch an.

»Walter, Walter. Alter Verwalter. Deine grauen Zellen funktionieren doch noch besser, als man denken mag.« Walter grinste voller Stolz. Er war sich wohl ziemlich sicher in seiner Aussage.

Anscheinend hatte die alte Dame erkannt, was Walter meinte, der den Rest der gespannt dreinblickenden Senioren aufzuklären versuchte: »Herrschaften. Es sieht zwar aus, als ob das junge Paar vor dem Haus neben dem Eingang sitzt – und deshalb stand die liebe Marianne hier auch auf dem Schlauch –, aber zu dieser Zeit war der Eingang auf der Seite des Hauses. Der Brunnen steht ja immer noch dort, aber eben nicht vor dem Eingang, sondern vor der Scheune. So wie das Haus jetzt aussieht, ist es ja erst nach dem Krieg umgebaut worden.«

»Jaja!«, pflichtete ein Herr am Ende des Tisches bei. »Nach dem Krieg stand das Gebäude leer. Dann wurde es so knapp 20 Jahre als Waisenheim genutzt, oder? So bis Ende der Sechzigerjahre?«

Die meisten am Tisch nickten zustimmend.

»Das ist doch nicht zu fassen!«, skandierte Klaus, der völlig aus dem Häuschen schien. »Hans-Dieter. Übersetz unseren amerikanischen Freunden doch mal, was hier gerade zutage gekommen ist. Das ist ja eine – ich möchte fast sagen – eine Geschichte von historisch einzigartiger Bedeutung!«

Die Stimmung der übrigen Anwesenden war nicht ganz so euphorisch wie die von Klaus, der an sich sehr begeisterungsfähig zu sein schien. Doch war zumindest die Neugier geweckt und das Thema interessant genug, dass jeder wissen wollte, wie es damit weiterging.

»Und was ist aus dem Haus geworden? Wenn es nur bis zu den Sechzigern als Waisenhaus genutzt wurde?« Eine schlaue Frage, die von dem jüngsten Mitglied der Runde kam. Jill schätzte den Mann auf Mitte 60. Wie sich herausstellte, war er erst vor knapp fünfzehn Jahren, nachdem er in Altersteilzeit gewechselt war, nach Eichwald gezogen. Aber er stellte die Frage, die Jill und Joe unter den Fingernägeln brannte.

»Moment mal, Leute, ich kann in dem Tempo nicht übersetzen«, meldete sich Hans-Dieter zu Wort. »Ich werde kurz die sanitären Anlagen aufsuchen. Meine Blase verzeiht kein Zurückhalten mehr.«

Während der Einzige aus der Runde, der beider Sprachen mächtig war, zur Toilettenanlage hechtete, unterhielt man sich angeregt über das Foto. Jill und Joe verstanden kein Wort. Doch was sie mitbekommen hatten, war, dass der Ort einigen bekannt war. Und damit bald auch ihnen.

Lara

Lara atmete tief ein. Und aus. Von der Anhöhe am Sportplatz hatte sie eine gute Übersicht über das Festgelände, den Überblick über die Ereignisse hatte sie nicht. Sophie war von der zuständigen Haftrichterin bis zur Hauptverhandlung entlassen worden. Lara vermutete, dass sie gestern hier auf dem Festplatz jemanden gesucht hatte, und derjenige hatte sie allem Anschein nach erschossen. Was wusste sie? Hatte es mit dem Fall Adam aus dem Jahr 2003 zu tun? Oder mit dem Unfall des Mountainbikers im Sommer? Oder hatte es einen ganz anderen Hintergrund? Was war hier los?

Sie wählte Lennys Nummer, trotz des schwachen Mobilfunkempfangs kam sie endlich durch.

»Hallo, Lenny, wo steckst du?«

»Hallo, Lara. Ich war die ganze Nacht verdeckt unterwegs. In Eichwald gab es noch eine zweite Party. Die für die jüngeren Dorfbewohner. Und ich habe mit jemandem gesprochen, der Interessantes über unseren verschwundenen Jungen berichtet hat …«

»Okay, wann können wir uns treffen?«

»Ich kann in einer halben Stunde im Präsidium sein.«

»Kannst du auch nach Eichwald kommen? Die Prioritäten haben sich verschoben.«

»Eichwald? In einer Stunde bin ich da.«

»Okay, ich schick dir die Adresse auf dein Handy.«

Sie legte auf.

In diesem Moment fiel ihr ein, dass ihre Freunde sich auf dem Anwesen der von Saarsteins treffen wollten. Sie hatte jetzt Wichtigeres zu tun, soviel stand fest. Aber eine Sache wollte sie dennoch klären.

Als sie am Anwesen ankam, saßen ihre Freunde bei bester Laune im großen Saal. Ihre heitere Stimmung kippte, als sie den Raum betrat.

»Mensch Lara, du siehst ja scheiße aus! Warst du noch auf einer anderen Party gestern?«, stellte Emil fest.

»Ihr habt es also noch nicht gehört?«

»Was gehört?«

»Sophie Burg ist heute Nacht erschossen worden. Am Festgelände unten.«

»Bitte was?«

»Ja, ein Distanzschuss, direkt in den Kopf. Sie wurde heute Morgen gefunden. Mehr wissen wir noch nicht. Ihr wart alle länger da als ich gestern. Ist euch irgendwas aufgefallen? Kam Sophie noch mal zurück? Ist irgendjemand hinter ihr her? Hat sich jemand auffällig verhalten?«

»Moment mal. Stopp«, griff Emil ein.« Beruhig dich und setz dich erst mal.« Lara war außer Atem. Felix brachte ihr ein Glas Wasser.

»Also, wir sind kurz nach dir aufgebrochen und hier hoch, haben noch einen Absacker getrunken, dann bin ich zu Fuß nach Hause«, erklärte Emil. Er sah zu Anna. »Ich bin nach Luxemburg. Ich hatte heute Morgen ein Meeting. Mir ist nichts aufgefallen. Alles, was wir gesehen haben, hast du auch mitbekommen.«

»Irgendwas stimmt hier nicht! Das muss irgendeinen Zusammenhang zu damals haben …«, überlegte Lara laut.

»Du meinst … zum Brand in der Hütte? 2003?«, fragte Felix vorsichtig nach.

Lara nickte.

Die vier saßen sich schweigend gegenüber. Erst Julian, jetzt Sophie.

Der kurze Moment der Stille wurde von dem schrillen Klingelton ihres Handys unterbrochen.

Lara ging ran, es war die Nummer der Rechtsmedizin.

»Wolfgang?«

»Hallo, Lara. Hier hat eine Nummer mehrfach auf dem Handy der Toten angerufen. Ich dachte, es könnte dich interessieren …«

»Ja, schickst du mir die Nummer per Mail?«

»Mach ich. Also zuletzt hat die Nummer vor zehn Minuten angerufen. Das scheint etwas Dringendes zu sein.«

»Okay, danke Wolfgang.«

Sie legte auf und richtete das Wort an ihre Freunde.

»Ich muss leider los. Ich schau mir mal das Haus von Sophie an. Emil, du weißt doch sicher, wo ein Ersatzschlüssel liegt, oder?«

»Also wenn sie das nicht geändert hat, dann hinten im Garten, neben der Tür steht eine kleine rote Figur von Karl Marx – sieht aus wie ein Gartenzwerg – im Blumenbeet. Darunter.«

»Danke, wir sehen uns!«

Sie machte auf dem Absatz kehrt und ließ ihre

Freunde zurück.

Auf dem Weg zu ihrem Wagen wählte sie die Nummer, die Wolfgang ihr per Mail geschickt hatte.

Nach nicht mal einem Klingelton meldete sich eine männliche Stimme.

Die Amerikaner

Als Hans-Dieter von der Toilette zurückkam, platzen Jill und Joe fast vor Aufregung. Es war die Suche ihres Lebens. Einer der wichtigsten Orte, die sie jemals hatten finden müssen. Und besonders für Joe bedeutete es, das Ende einer Geschichte zu schreiben, die vor 90 Jahren begonnen hatte und endlich zu einem Finale kommen musste. So grausam sie auch begann, sie sollte versöhnlich enden. Und jetzt stand der wichtigste Augenblick bevor: »*Und was ist aus dem Haus geworden, wenn es nur bis zu den Sechzigern als Waisenhaus genutzt wurde?*«

»Tja, die Frage ist ganz einfach beantwortet: Das Waisenhaus wurde geschlossen und das Haus verkauft.«

»Und an wen?«, hakte der jüngere Zugezogene nach.

»Da wohnen seither Josef und Luisa Müller drin!«

»Ach. Die Müllers?«

»Ja genau, gleich da drüben, keine 300 Meter von hier. In der *Scheitergass*.«

»Jaja, die Müllers …«, meldete sich eine schläfrig und abwesend wirkende alte Dame. »Das sind gute Leute!«

»Da hast du recht, Lisbeth. Da hast du recht«, pflichtete eine andere bei.

»Die haben immer allen geholfen, wo es nur ging. Die haben so vielen Leuten ein Dach über dem Kopf geschenkt … Die hätten ihr letztes

Hemd für die hergegeben. Und die wurden immer enttäuscht … Das sind gute Leute.« Der letzte Satz wirkte wie kurz vor dem Wegdösen.

»Was sie meint, waren die Pflegekinder oder auch Reisende, die die Müllers bei sich aufgenommen hatten. Die haben gewissermaßen das Waisenhaus privat weitergeführt, wenn man das so lapidar sagen darf …«, ergänzte eine sehr vornehm angezogene Frau, die sich bisher noch nicht zu Wort gemeldet hatte.

Hans-Dieter kam ins Schwitzen. Er hatte allerhand zu übersetzen. Das Wichtigste für Jill und Joe war allerdings, dass man das Haus identifiziert und lokalisiert hatte. Jetzt wollten sie es wissen. Jill und Joe fragten, ob man ihnen das Gebäude zeigen könne, sie würden so gerne dem Ort nahe sein, auch wenn dort nicht mehr die Nachkommen der Personen lebten, die damals Jills Vater das Leben gerettet hatten. Niemand schien zu bemerken, dass Joes Gesicht kreidebleich wurde. Bis hierher war alles so weit entfernt gewesen. Ihr Plan stand fest, alles hatte reibungslos funktioniert. Aber jetzt gab es endgültig kein Zurück mehr. Und Joe wurde schlagartig bewusst, was das für ihn bedeuten würde. Würde er in Kürze einer Person gegenüberstehen, deren Vorfahren Mörder waren? Wie würde er reagieren? Jill bemerkte die Gefühlsregung ihres Mannes und übernahm das Ruder. Jetzt war Joe wieder auf Autopilot und Jill der Captain.

»Let's go!«, sprang sie voller Freude von ihrem Stuhl und motivierte zum Aufbruch.

Klaus wusste, wo es langging, und führte die

Gruppe an. Ein Trupp aus rüstigen Rentnern machte sich auf den Weg in die Scheitergass – der Großteil der Gruppe verabschiedete sich in der Hoffnung, den Ausgang der Geschichte bald erzählt zu bekommen.

Maik

Der Rastplatz auf der A1 kurz vor Trier war einer der wenigen Möglichkeiten vor der Stadtgrenze, eine Pinkelpause einzulegen. Maik rückte seit einigen Kilometern mit einer drückend vollen Blase auf seinem Fahrersitz hin und her. Es war immer das Gleiche: Wenn er pinkeln musste, war keine verdammte Raststätte in Sicht. Bereits als Kind hatte er eine schwache Blase und wurde vor jeder Fahrt mit dem Auto gezwungen, noch einmal zur Toilette zu gehen.

Als er sich am Waldrand erleichtert hatte, öffnete er sich eine Dose Cola und zündete sich eine Kippe an. Er schloss die Augen und genoss für einen Moment die völlige Entspannung: Jeglicher Druck fiel von ihm ab; die Kombination aus Nikotin, Zucker und Koffein war der pure Luxus. Neben seinen eigenen Problemen hatte er gerade wieder genug Klienten, um sein finanzielles Loch zu stopfen. Man konnte sagen, die Geschäfte liefen gut. Meistens war er zwar nur als Pflichtanwalt tätig – nach allem, was er sich geleistet hatte, war das auch kein Wunder –, aber ein Fall lag ihm besonders am Herzen, der auch den Großteil seiner Zeit in Anspruch nahm. Und in diesem Fall hatte er in diesem Moment ein komisches Gefühl. Seit Stunden versuchte er Sophie Burg zu erreichen. Doch sie ging nicht ran. Nachdem er sie zu Hause abgeliefert hatte, wurde er das Gefühl nicht los, dass etwas nicht stimmte. Er hatte sie gewarnt. *»Sophie. Versprich mir, dass du keine schlafenden*

Hunde weckst.«

Sein Telefon riss ihn aus seinen Gedanken. Eine unbekannte Nummer.

»Maik Biesdorf«, meldete er sich hektisch und drückte seine Zigarette auf dem Mülleimerdeckel am Parkplatz aus.

»Lara Riedel. LKA. Mit wem spreche ich?«

»Maik Biesdorf. Rechtsanwalt.«

»Ahh. Sie sind der Anwalt von Sophie Burg?«

»Korrekt. Wie kann ich helfen?«

»Ich muss Ihnen leider mitteilen, dass Ihre Mandantin heute Nacht einem Gewaltverbrechen zum Opfer gefallen ist.«

»Wie bitte? Bitte was?«

»Es tut mir leid. Sie haben mehrfach versucht, Ihre Mandantin anzurufen?«

»Ja … Äh … Richtig.«

»Warum, wenn ich fragen darf?«

»Ja, also das hatte keinen dringenden Grund, ich wollte mit ihr die Strategie für den Prozess im Dezember durchgehen. Das hat sich dann wohl erledigt.«

Maik versuchte die Fassung zu bewahren und ruhig zu bleiben. Innerlich war er das Gegenteil.

»Hat Ihre Mandantin irgendetwas vorgehabt? Wollte sie jemanden treffen?«

»Sie war generell nicht besonders … redselig. Sie hielt es immer knapp mit Informationen. Also nein, ich weiß nicht, was sie vorhatte. Aber sagen Sie, was ist denn genau passiert?«

»Dazu kann ich noch keine konkreten Angaben machen. Wir müssen erst das Gutachten der Rechtsmedizin abwarten und den Bericht der

KTU. Es war aber sicher Fremdverschulden. Wir gehen von Mord aus.«

Mord. Das hatte gesessen. Mord. So lautete die erste Anklage von Sophie. Und jetzt war es ihre Todesursache.

Maik war sprachlos.

»Wenn Ihnen noch etwas einfällt, rufen Sie mich bitte an. Sie erreichen mich jederzeit auf diesem Handy.«

Maik legt auf.

Der helle Wahnsinn. Er hatte es fast geahnt, aber auf sein Bauchgefühl zu hören, war meistens eine dumme Idee. Er hätte Sophie nicht allein lassen dürfen, das hatte er gespürt, doch nun war es zu spät, unwiderruflich zu spät.

Er zog eine weitere Kippe aus der Schachtel und zündete sich diese an. Jetzt brauchte er erst mal eine Auszeit. Und er musste nachdenken. Was hatte Sophie nur vorgehabt?

Heinrich

Heinrich saß müde in seinem Sessel auf der Terrasse hinter seinem Haus und blickte auf die Felder und Berganhöhen in der Ferne. Die Zeit war eine Dimension, die jetzt erst so richtig für ihn wahrnehmbar war. Wie viele Körner waren noch in seiner Sanduhr? Unaufhörlich sackten die kleinen Teilchen durch die Engstelle des Stundenglases seines Lebens. Physikalisch gesehen lief stets die gleiche Menge durch die Engstellen – doch er hatte das Gefühl, dass gegen Ende die Zeit schneller lief; der Berg im unteren Teil schneller stieg; der letzte Rest im oberen Teil schneller dem Ende zuging. Wenn das letzte Sandkorn fallen würde, war er bereit zu gehen.

Er hatte alles so weit erledigt, was zu tun war. Jetzt konnte er nur noch warten.

Er war im Begriff, wegzudösen, als die Türklingel ihn wieder zurückholte. Beim zweiten Läuten war er hellwach. Doch er öffnete nicht. Er erwartete niemanden. Wer hätte überhaupt Lust, ihn zu besuchen? Ohne Vorankündigung … Seine Frau Cecilia war vor einigen Jahren an den Folgen ihrer chronischen Lungenkrankheit gestorben. Nachdem alle Kinder aus dem Haus waren (böse Zungen behaupteten: seit Heinrich alle vertrieben hatte), besaß Cecilia nur noch die Funktion einer Reinigungskraft. Gespräche zwischen dem alten Ehepaar beschränkten sich auf das Nötigste. Jeder hatte seinen Fernseher, jeder seine tägliche Routine. Ihre Wege hatten sich vor langer Zeit zufällig gekreuzt und drei Kinder hervorgebracht. Hinter der Fassade der heilen Familie lag schon früh einiges im Argen. Die letzten Jahre ging er auf seinem eigenen Pfad bis zum Ende.

Ein drittes Läuten der Türklingel machte ihn wütend.

»Es ist niemand zu Hause«, knurrte er vor sich hin.

Ein weiteres blieb aus und die Ruhe war zurückgekehrt. Hier hinter dem Haus lag einer der ruhigsten Plätze des Ortes. Die weite, unbebaute Landschaft vor ihm strahlte die Stille der Natur aus und das auch schon bevor die Umgehung den Ort von der Außenwelt abgeschnitten hatte.

Lange sollte Heinrich die Ruhe der Einsamkeit aber nicht gegönnt sein, denn wenige Augenblicke nach dem dritten Läuten hörte er das Gartentor an der Hausseite aufgehen. Noch bevor er sich über das immer noch ungeölte Türscharnier aufregen konnte, wurde selbiges mit einem lauten Rumms wieder geschlossen.

»Wer, verdammt noch mal, schafft es denn nicht, ein Tor so zu schließen, dass es nicht halb aus den Angeln fliegt?«, knurrte er wütend. Hatte der Pflegedienst etwas vergessen? Die hatten jedoch für alle Fälle einen Schlüssel von der Haustür. Noch bevor er näher über die Umstände nachdenken konnte, wer und aus welchem Grund hier unangekündigt auftauchen würde, stand sie plötzlich neben ihm. Ein Gesicht wie in Beton gemeißelt. Kühler, starrer Blick.

»Luisa. Was …«

»Josef ist verschwunden. Und unten am Fest liegt eine Leiche!«

Heinrich war mit einem Mal hellwach und richtete sich auf. Die Nachricht traf ihn ins Mark. Er versuchte, dennoch kühl und abgeklärt zu wirken.

»Und was hab ich damit zu tun?«

»Das weißt du ganz genau …«

»Gar nichts weiß ich, Luisa. Überhaupt. Nichts.«

»Aber weißt du, was ich weiß?«

Er sah in ihre stahlblauen Augen. Sie wirkten wie von einer jungen, entschlossenen Frau im Körper einer alten. Er antwortete nicht auf ihre Frage. Er war zu müde. Das alles ging ihn nichts mehr an. Er hatte abgeschlossen und wollte einfach nur seine Ruhe.

»Alles!«, gab sie selbst die Antwort, die er bereits befürchtet hatte. »Ich weiß alles!«

Lara

Lara fuhr mit dem Wagen in die Einfahrt des kleinen Reihenhäuschens im alten Ortsteil von Eichwald, in dem Julian und Sophie Burg vor wenigen Wochen ein bürgerliches Leben lebten. Ein scheinbar bürgerliches Leben, denn hinter der Fassade war ihr Dasein geprägt von Angstzuständen, innerer Zerrissenheit und dem jeweiligen Geheimnis über die Ereignisse aus der Nacht im Jahr 2003.

Lara spürte die Aura, die das Haus ausstrahlte. Sie war zuletzt bei der Festnahme von Sophie im Sommer hier gewesen sowie wenige Tage zuvor, als Julian an einer CO-Vergiftung erstickt im Wohnzimmer aufgefunden wurde. Bis heute waren die Umstände ungeklärt. War es ein Unfall oder hatte Sophie nachgeholfen? Oder hatte sie zumindest billigend in Kauf genommen, dass ihr Ehemann den gleichen Tod fand wie ihr damaliger Freund Adam, der 2003 nach der Explosion entweder in der Hütte erstickt oder an den Folgen seiner Verbrennung gestorben war? Die Ergebnisse der Obduktion kannte sie nicht. Das Resultat war das Gleiche: Sie hatte die Liebe ihres Lebens verloren. Und mit ihr das gemeinsame, ungeborene Kind und damit auch ihre Fruchtbarkeit.

Seit ihrer Festnahme stand das Haus leer. Das hieß bis vorgestern, als Sophie aus dem Gefängnis entlassen wurde.

Lara hoffte, dass hier ein Hinweis auf ihr Vorhaben zu finden sei, der letzte Nacht zu ihrem Tod geführt hatte.

Als sie aus dem Wagen stieg, fiel ihr ein, dass sie Lenny noch keinen Standort geschickt hatte. Sie zog ihr Smartphone aus der Tasche, das in diesem Moment anfing zu klingeln.

Lenny. Das war Gedankenübertragung!

»Hallo, Lenny, sorry …«

»Ich habe gehört, was passiert ist. Wo bist du?«

»Ich bin bei Sophie Burg am Haus.«

»Okay, ich komm dahin.«

Er legte auf.

Woher wusste Lenny, wo Sophie wohnte? Lara hatte keine Zeit, darüber nachzudenken. Sie ging den mit Schieferplatten ausgelegten Weg am Haus entlang und suchte auf der Rückseite nach dem Gartenzwerg, unter dem mutmaßlich der Schlüssel zur Hintertür liegen sollte. Hoffentlich stimmte Emils Erinnerung an diesen Ort und hoffentlich hatte Sophie ihn nicht bereits einkassiert. Der Garten sah verwildert und ausgetrocknet aus. Der Sommer war heiß und ohne nennenswerten Niederschlag gewesen. Die Natur war gnadenlos, da reichten wenige Wochen, um ein kleines Gartenparadies in eine Wüste zu verwandeln. Die einzigen prachtvollen Gewächse waren die Disteln, die aus der Rasenfläche emporschossen.

In der Tristesse der grau-braunen Umgebung leuchtete ihr die kleine rote Figur entgegen, die tatsächlich kein Gartenzwerg, sondern eine Miniaturversion von Karl Marx war. Sie erinnerte sich an die zahlreichen knallroten Marx-Figuren in Trier anlässlich dessen zweihundertsten Geburtstag im Jahr 2018.

Lara hob den kleinen Karl hoch und tatsächlich: Ein einzelner Schlüssel lag darunter.
»Vielen Dank, Genosse!«, zwinkerte sie dem Zwerg zu.
Der Schlüssel musste zur Tür der Rückseite passen, sonst hätte der Standort keinen Sinn ergeben. An dieser hing noch das durchbrochene Siegel der Kripo. Sophie war also auf jeden Fall schon im Haus gewesen. Die Tür war verschlossen und ließ sich mit dem Schlüssel öffnen.
Doch bevor sie eintreten konnte, klingelte ihr Handy erneut.
Was wollte Lenny denn jetzt noch? Oder war er etwa da?
»Ja, hallo?«
»Revierinspektor Gruber hier, aus Wien. Griaß Sie, Frau Riedel.«
»Ach, hallo, Herr Revierinspektor. Damit hab ich ja gar nicht gerechnet, jetzt …«
»I wollt Sie net belästigen, aber wir ham den Herrn Dostert gfundn.«
»Bitte, was haben Sie?«
»Ah, sorry, Frau Kommissarin. Noch mal in Ihrem Deutsch: Wir haben den Henning Dostert ausfindig gemacht.«
»Ach! Ist er in seiner Wohnung aufgetaucht?«
»Nein, Frau Kollegin. Er ist in Deutschland. In einer Jugendherberge oder einer Art Hostel, Moment …«
»Ist sein Sohn dabei? Luca Dostert?«
»Negativ. Der Herr Dostert ist mit einer männlichen Person Mitte 30 unterwegs. Er hat sich bei uns gemeldet, nachdem ihm seine Nachbarin von

der Suche nach ihm erzählt hat. Irgendein Selbstfindungstrip, ohne Handy. *Midlifecrisis,* wenn Sie mich fragen …«

Ich habe sie aber nicht gefragt, dachte Lara.

»Er ist aber jetzt erreichbar, sagt er.«

Lara bedankte sich für die Amtshilfe bei ihrem österreichischen Kollegen und legte auf.

Gestern hatte sie einen Vermisstenfall auf Verdacht. Seit heute Morgen den Mordfall. Und jetzt einen Mord und einen Vermisstenfall. Na toll.

Sie betrat das Haus durch die Hintertür. Eine seltsame Kühle durchdrang ihren Körper. Vielleicht lag das aber auch am Charakter der Bewohnerin. Lara bekam eine Gänsehaut. Es war, als ob Sophie noch anwesend wäre. Lara rüttelte sich und schüttelte damit auch die unsinnigen Gedanken an die Anwesenheit einer Frau, die bereits tot war, ab. An Geister glaubte sie schließlich nicht und auch nicht daran, dass irgendetwas Übernatürliches hier noch lebte. Sie stand im Flur, der an der Vordertür endete. Hatte sich da etwas vor dem Haus bewegt? *Jetzt reiß dich zusammen. Hier ist niemand, außer dir selbst.* Lara atmete zweimal tief ein und aus und dennoch schreckte sie mit einem kurzen Schrei zusammen, als sie ein Geräusch aus Richtung der Haustür wahrnahm. Blitzschnell zog sie ihre Waffe und stürmte zum Eingang.

Maik

Maik saß jetzt bereits seit zwanzig Minuten auf dem Fahrersitz in seinem parkenden Auto. Vor der Wagentür waren bereits fünf ausgetretene Zigarettenstummel. Zum Glück war die Schachtel jetzt leer, sonst hätte er sich direkt noch eine angesteckt. Er spülte seine Emotion mit dem letzten Schluck Cola herunter und drückte die Dose mit einem festen Griff zusammen. Ab und an brauchte er eine Dose Cola. Auch wenn das nicht dem aktuellen Stand ökologischer Trinkkultur entsprach. Manchmal gab es Wichtigeres.

Plötzlich hatte er einen Einfall. Er war noch einmal den Tag in Gedanken durchgegangen, an dem er Sophie aus dem Gefängnis abgeholt hatte.

Sie wirkte befreit, ja geradezu freudig. Das war in der JVA selten der Fall. Meist hatte sie starren Blickes Maiks Ausführungen gelauscht und allerhöchstens auf Nachfrage ein »Ja« oder »Nein« herausgebracht. Aber bei einem Termin, zwei Tage vor ihrer Entlassung, war etwas Sonderbares passiert. Maik hatte ihr den Umschlag übergeben, der an sie adressiert zu ihm geschickt worden war. Darin befand sich lediglich das Foto eines Hauses.

»Will dir jemand seine Hütte anbieten, oder was ist das für eine Information?«

Das Foto hatte ihre Augen zum Leuchten gebracht. Sie hatte etwas in ihrem Blick, das Maik so zuvor noch nie bemerkt hatte. So als ob in ihrem dunklen Inneren ein Licht aufgegangen wäre.

Ganz sicher wollte Sophie kein zweites Haus kaufen. Es war etwas anderes, das ihr dieses Foto mitteilte. Doch neben der Information selbst blieb auch der Adressat für Maik unbekannt. Er nicht einmal eine Ahnung, ob Sophie bekannt war, von wem das Foto kam.

Bevor er weitere Theorien diesbezüglich durchdenken konnte, klingelte erneut sein Smartphone. Wieder eine unbekannte Nummer.

»Ja, bitte?«, meldete er sich dieses Mal etwas zaghafter. Noch eine Nachricht jener Tragweite, wie er sie zuvor erhalten hatte, würde er jetzt nicht verkraften.

»Emil Eichwald hier. Hallo, Herr Biesdorf.«

Der Journalist. Na toll, der hatte ihm jetzt noch gefehlt.

»Ja?«

»Sie wissen, was passiert ist?«

»Ja. Ich habe es eben erfahren.«

Pause. Was wollte der Journalist von ihm? Maik wusste nicht, was er sagen sollte. Er verspürte das Bedürfnis, mit jemandem zu sprechen. Aber mit dem Journalisten, der seine Mandantin ins Gefängnis gebracht hatte? Er war sicher der Letzte, mit dem er über den Tod von Sophie reden wollte.

»Ich habe Sophie gestern gesehen, kurz vor ihrem Tod.«

Stille. Maik war außerstande, etwas zu sagen. Er überlegte. Konnte er ihm glauben?

»Wir müssen herausfinden, was passiert ist. Sie hatte gestern ein Ziel. Irgendeinen Ort oder eine Person, die sie aufsuchen wollte.«

»Können wir uns treffen?«, fragte Maik, ohne über seine Frage vorher nachgedacht zu haben.

»Äh … ja, natürlich. Jetzt?«

»Ja. Ich habe einen Hinweis, den ich nur noch nicht einordnen kann.«

»Okay. Wie lange brauchen Sie bis nach Eichwald?

Maik sah auf seine Armbanduhr.

»Zwanzig Minuten.«

»Okay. Dann treffen wir uns an einem sicheren Ort. Ich schicke Ihnen einen Standort.«

Pause. War das wirklich sein Ernst? Die Stimme dieses Journalisten klang auf einmal viel vertrauter als bei den vorherigen Anfragen. Er hatte einige Artikel und Beiträge von ihm gelesen und sich ein Bild seiner Arbeit gemacht. Die normale Hintergrundrecherche. Wenn er ehrlich war, hatte er die meisten Informationen zu dem Hintergrund des Brandes 2003 und der Zusammenhänge, die zum Motiv seiner Mandantin führten, aus Beiträgen dieses Journalisten.

»Und Maik? Sie können mir vertrauen. Ich werde nichts veröffentlichen, was nicht mit Ihnen abgestimmt ist. Mein primäres Ziel liegt bei der Aufklärung des Mordes von Sophie. Mein bester Freund Julian ist gestorben. Der Tod des Mountainbikers ist nicht aufgeklärt. Wir müssen jetzt Licht ins Dunkel bringen, bevor noch mehr Menschen sterben.«

Maik atmete tief ein. »Ich bin in zwanzig Minuten da!«

Er legte auf.

Kurz darauf kam per SMS ein Standort. Maik

klickte darauf und wartete, bis Google Maps geladen wurde. Das Netz hier war fürchterlich. Oder lag es vielleicht an seinem Galaxy A7, Baujahr 2018? Der alte Knochen war langsam reif fürs Museum. Außerdem war der Bildschirm an mehreren Stellen brüchig. Maik nahm sich vor, bei nächster Gelegenheit ein neues Smartphone zu besorgen. Er hatte jetzt lange genug seine ›Damit kann man noch telefonieren, das ist noch gut‹-Einstellung durchgezogen. Hauptsache kein iPhone. Er hasste den Apple-Konzern, ebenso wie den FC Bayern. Wenn Unternehmen Personen wären, dann wären Apple und der FC Bayern zwei schmierige, arrogante Typen, die vom unfassbar hohen Vermögen von Papi lebten und Leute wie ihn von oben herab verurteilen würden. So kam es ihm vor. Und wie gerne steigerte er sich in solche Fantasiekonstrukte hinein, wenn er gezwungen war, auf etwas zu warten. Endlich wurde aus dem verpixelten Bild ein klares. Der Standort, an dem sich Emil mit ihm treffen wollte, lag am Rand von Eichwald. Es schien eine Art Schloss oder Gut zu sein. Einige Serpentinen führten zu dem Anwesen, das demnach etwas erhöht im Berg liegen musste.

Es war bereits das fünfte Mal, dass er dieses Jahr nach Eichwald fuhr. Bis vor einem Monat hatte er noch nie von diesem Ort gehört. Und er ahnte, dass es möglicherweise auch besser gewesen wäre, niemals mit dem Dorf in Berührung gekommen zu sein.

Maik fuhr die Serpentinen hoch zum Anwesen der von Saarsteins. Der gepflasterte Privatweg strahlte das aus, was er glaubte, am Ende des Weges zu erwarten: Die bonzige Hütte eines versnobten Adelsgeschlechts. Also das Gegenteil von ihm selbst. Leute wie er lebten in Hochhäusern irgendwelcher Vororte, deren Namen sich nach Kevin oder Chantal anhörten. Hochhäuser mit zweihundert Wohneinheiten. *Wohneinheit,* wie das klang. Viele seiner Freunde mit kleinem Einfamilienhaus wussten früher schon nicht zu schätzen, in welchem Luxus sie im Gegensatz zur *Platte* lebten. Aber wenn ein eigener Weg in Serpentinen zu deinem Anwesen führte, dann warst du vollkommen aus einer anderen Welt. Maik kam endlich an dem Gut an und war erstaunt über den Zustand des Hauses. Es sah eher nach einem Hippiedomizil aus als nach einem Schloss. Eigentlich richtig gemütlich. Das Anwesen hatte jedenfalls seine besten Jahre hinter sich. Er schob seine Haare zusammen und knotete diese schnell zu einem Dutt am Hinterkopf. Seine Vor-Gericht-Frisur, nur ohne Anzug. Das sollte reichen.

Lenny

Lenny fing an zu zittern, als Lara mit gezogener Waffe die Haustür aufriss.

Er wollte etwas sagen, doch brachte er in Situationen wie diesen keinen Ton raus. Er stand wie angewurzelt da und merkte, dass er sein Zittern nicht unter Kontrolle hatte.

»Mensch, Lenny. Warum schleichst du dich so an?«

Lara senkte die Waffe, als sie erkannte, wen sie da zu spät erkannt hatte.

»Lenny? Was ist los?«

Er atmete tief durch und merkte, dass die Kontrolle langsam, aber sicher wieder zurückkam.

»Ich … Ich habe mich nicht angeschlichen. Wie bist du ins Haus gekommen?«

»Karl Marx hat mich hereingelassen«, versuchte sie die verhaltene Stimmung zu lockern. »Hinten ist eine kleine Karl-Marx-Statue, unter der ein Ersatzschlüssel liegt.«

Lenny nickte. Lara nahm ihn mit ins Haus und suchte in der Küche nach einem Glas Wasser.

»Okay, setz dich erst mal.«

Wortlos ließ er sich auf den vorgeschobenen Stuhl fallen. Lara berichtete von dem Mord an Sophie, dem Stand, den Wolfgang ihr mitgeteilt hatte, und dem Anruf aus Wien. Sie fand schließlich ein Glas, füllte es mit kaltem Wasser aus dem Wasserhahn der Spüle und drückte es Lenny in die Hand.

»Na toll. Dann haben wir ja jetzt genug zu

tun!«, kommentierte er.

»Was war das denn eben?«

»Was meinst du?«

»Dein Zittern. Hast du das öfter?«

»Ich arbeite daran …«

»Was heißt, *ich arbeite daran*? Ich muss mich auf meinen Partner verlassen können, wenn es ernst wird!«

»Kannst du, Lara!«

Sie sah ihn an und wusste, dass ihm die Situation unangenehm war. Aber das Problem musste warten. Erst hatten sie einen Mord aufzuklären und einen Jungen zu finden.

»Okay, was hast du herausgefunden, gestern Abend?«

Lenny trank einen Schluck von dem Wasser und stellte das Glas auf den Tisch.

»Ich habe einen jungen Mann kennengelernt, Paul, der die Familie kennt, und auch Luca und Ole. Er hat seit einigen Wochen eine Veränderung bei den beiden festgestellt: Sie waren wohl gute und engagierte Fußballer; aber sind seit dem Sommer nicht mehr im Training oder bei Spielen aufgetaucht. Beide haben sich zurückgezogen und sind irgendwie … verändert. Und er meinte, dass er sich nicht wundern würde, wenn Luca abgehauen wäre.«

Lara seufzte. »Das erklärt auch die Sorge der Mutter. Sicher hat sie auch festgestellt, dass irgendwas nicht stimmt.«

»Ich war dann noch mit zu dieser Party. Das ist ein alter Gewölbekeller, und da finden anscheinend öfter Partys statt. Ich hatte das Gefühl, dass sich da eine Parallelwelt gebildet hat. Wie eine Unterwelt, in die die Jugendlichen abtauchen. Auf dem Fest war ja kaum jemand jünger als 50.«

»Das ist mir gar nicht aufgefallen. Früher waren bei so Festen immer Kinder und Jugendliche …«

»Ja, die waren alle im ›Keller‹. Okay, Kinder waren da keine, aber die jüngsten habe ich auf zwölf, dreizehn geschätzt. Der Rest Mitte zwanzig und bis dreißig vielleicht.«

»Na, da bist du ja dann gar nicht aufgefallen«, scherzte Lara.

»Haha. Bis vor drei Jahren wurde ich beim Alkoholkauf an der Supermarktkasse noch nach meinem Ausweis gefragt.«

»Das glaube ich dir aufs Wort.«

Beide grinsten. Ob der Bürgermeister von der Gegenparty zu seinem großen Fest wusste? Lara bezweifelte es. Aber andererseits hatte eine solche Veranstaltung auch keinen Reiz für Jugendliche. Trinken unter den Augen der Eltern und Großeltern war damals schon kein Spaß. Aber wo alle waren, da war man eben auch.

»Okay, dann lass uns mal hier anfangen!«, schlug Lara vor.

Lenny hatte sich bisher hinter Lara eingereiht und ihr das Kommando überlassen. Sicher, sie war die Erfahrenere, die Dienstältere und die ranghöhere Kommissarin, aber bei allem Respekt hatte er das Gefühl, Lara ließ sich nicht nur von den objektiven Fakten leiten. Sie war vielmehr noch mit dem alten Fall beschäftigt, nicht nur aus beruflicher Sicht, sondern – und das waren sicherlich die primären Gründe – aus privater Befangenheit.

Lenny durchblickte nur noch nicht ganz, was Lara hier so persönlich beschäftigte. Aber jetzt, wo der Hinweis auf den Verbleib des Jungen sich in Luft aufgelöst hatte, schien sie diesen Teil der Ermittlungen zu vernachlässigen. Er überlegte, etwas zu sagen, seine Sicht der Dinge zu schildern. So was wie »Die Leiche läuft uns nicht davon, der Junge sollte jetzt oberste Priorität haben«, war sicher keine gute Wortwahl. Er entschied sich frei raus, es so zu formulieren, wie es ihm in den Sinn kam:

»Hör mal, Lara. Wäre es nicht sinnvoll, ich würde noch einmal zu Sonja Dostert-Heller fahren und mit ihr den Stand der Dinge besprechen? Wenn der Junge wirklich verschwunden ist, sollten wir so bald wie möglich die Fahndung einleiten und keine Zeit verlieren. Sicherlich hat der Mord Priorität für uns. Aber es war deine Vermutung, dass hier alles irgendwie miteinander zusammenhängt.«

So, jetzt war es raus. Lenny wartete gespannt auf eine Reaktion. Er kannte seine Kollegin noch nicht lange genug, um einschätzen zu können, wie sie auf Vorschläge eines Frischlings reagieren würde. Lara überlegte ein paar Sekunden; sie schien seine Worte abzuwägen. Dann fiel ihre Antwort kurz und knapp aus und überraschte ihn doch sehr: »Okay, so machen wir's!«

Emil

»Maik Biesdorf. Du kannst mich gerne Maik nennen«, grüßte der Mann Mitte vierzig, als Emil die Tür öffnete.

»Emil. Hallo, Maik«, nahm Emil das Du selbstverständlich an. Ein ›Sie‹ verursachte ohnehin nur eine unnötige Distanz. Maik schien Wurzeln im Osten zu haben, das bildete sich Emil ein, sofort zu erkennen, seit er in Berlin seine zweite Heimat gefunden hatte. Jedenfalls war der Anwalt von Sophie auf Anhieb sympathisch, was mit Sicherheit am ungewöhnlichen optischen Erscheinungsbild lag – zumindest hatte Emil mit einem anderen Typ Mensch gerechnet. *Wieder einmal ein Beispiel für überholte Vorurteile,* dachte er. »Danke, dass du gekommen bist. Komm rein.«

Maik folgte Emil in den großen Saal, wo Felix und Anna in alten Ohrensesseln vor einem halb fertigen Gemälde von Felix Platz genommen hatten.

»Was ist das hier? Eine Kommune?«, fragte Maik verwirrt.

Emil musste grinsen. Es sah ein wenig nach Künstlerkollektiv aus.

»Wir sind alle drei alte Bekannte. Hier lebt nur Felix, der das Haus von seinen Eltern übernommen hat. Er nutzt es als Atelier und Rückzugsort. Ich arbeite als Journalist in Berlin, Anna leitet ein Hotel in Luxemburg«, erklärte Emil in knappen Worten. Maik nickte. Er wirkte verwirrt, verstand aber, wie die Konstellation war.

»Hallo zusammen. Ich bin Maik. Der Anwalt von Sophie. Ich war … der Anwalt von Sophie«, stellte er sich vor. Felix bot ihm Kaffee an, den Maik dankend annahm.

Emil hatte so viele Fragen im Kopf, die er dringend beantwortet haben musste, und kam direkt zur Sache. »Wie war Sophie bei der Entlassung drauf? Hat sie irgendwas angedeutet?«

»Naja, angedeutet hat sie nichts. Sie war schon etwas seltsam drauf. Aber das kann auch Einbildung gewesen sein. Ich kenne sie ja nicht wirklich, nur aus dem Gefängnis. Das erste Mal habe ich sie am Tag ihrer Festnahme gesehen; ›kennengelernt‹ wäre übertrieben. Damals hat sie kaum mit mir geredet. Außer »ja«, »nein« und Achselzucken war kein Gespräch möglich. Aber sie ist dann aufgetaut. Wir haben eine Ebene gefunden, auf der wir uns gut verstanden haben. Ich habe mich manchmal wie ihr Bruder gefühlt, den sie nie hatte.«

Die drei hörten gespannt Maiks Ausführungen zu. Emil wurde immer nervöser. Maik hatte am Telefon eine Andeutung gemacht, es gäbe einen Hinweis. Er ließ ihn reden. Emil wusste, dass beim Gespräch mit Informanten ›reden lassen‹ häufig der Schlüssel war. Viele Menschen, die etwas zu erzählen hatten, hatten lange nach dem richtigen Gesprächspartner gesucht. Schon oft hatte Emil spannende Storys aufgrund von reinem Zuhören aus Leuten herausbekommen.

»Jedenfalls hatte ich das Gefühl, dass sie von Mal zu Mal aufgeschlossener wurde und mir letztlich auch vertraut hat. Sie schien gespürt zu haben, dass ich mich richtig in den Fall reingehangen habe. Und dann gab es diese eine Situation, letzte Woche, glaube ich. Ich hatte einen Umschlag mit einem Foto erhalten, anonym. Auf dem Umschlag stand ›Für Sophie Burg‹. Ich habe mir das Foto angesehen und nach einer versteckten Botschaft gesucht, aber nichts. Keine Inschrift, keine Markierung und auch keine Ortsangabe, nur das Foto.«

»Und was war auf dem Foto zu sehen?«, fragte Anna gespannt.

»Es war ein Bild eines Hauses darauf, eine ältere Aufnahme, ich schätze so 90er-Jahre. Einfach nur ein Haus. Daran war auch nichts Besonderes zu erkennen, ich vermute, dass es in Eichwald steht.«

»Hast du zufällig eine Kopie davon?«, hakte Emil nach.

Maik hob die offenen Handflächen und zuckte mit den Schultern. »Das wäre es gewesen. Aber sorry. Leider nein. Hätte ich gewusst, dass Sophie ermordet wird, keine 24 Stunden nachdem sie aus der U-Haft kommt, hätte ich dem Detail auch mehr Bedeutung beigemessen. Was mir auf jeden Fall in Erinnerung ist: Sie wusste direkt, was es mit dem Foto auf sich hatte. Es war nicht, dass sie das Haus auf dem Foto als solches gewundert hätte, sondern so, als ob das Haus die Antwort auf eine Frage wäre.«

Anna runzelte die Stirn. Auch Felix starrte ihn mit weit geöffneten Augen an.

Emil hatte einen Einfall. Er überlegt kurz und war sich dann sicher, dass das funktionieren könnte: »Ich habe eine Idee. Wie wäre es, wenn du versuchst, Felix zu beschreiben, wie das Haus aussieht? Du, Felix, zeichnest das Gebäude, gewissermaßen ein Phantombild, und wir sind immerhin drei Personen, die in Eichwald aufgewachsen sind und alle Häuser hier kennen.«

»Naja, ich bin wohl am wenigsten geeignet«, stellte Anna fest.

»Das könnte klappen«, stimmte Felix dem Vorschlag zu und auch Maik nickte.

Der Hausherr verschwand im Nebenraum, der einst als üppige Garderobe, nun als Materiallager für Leinwände und Farben fungierte. Er kam mit einem Block in DIN-A3-Größe in der einen und einem Bleistift und Radiergummi in der anderen Hand zurück. »So, wir können loslegen.«

Während Maik zunächst die Grundform und dann verschiedene Details beschrieb, die er noch in Erinnerung hatte, schaute Emil gespannt dem Entstehen des Phantombildes zu. Es sah zunächst wie jedes gewöhnliche Haus aus – mit den ersten Strichen musste Emil an das seiner Eltern denken. Mit jeder Linie und jeder Beschreibung wurde deutlicher, dass es eher ein größeres Gebäude war, vielleicht ein Bauernhof oder ein altes Weingut. Emil war erstaunt, einerseits über die detailreiche Beschreibung, die Maik ablieferte – andererseits über die außerordentlichen zeichnerischen Fähigkeiten von Felix. Seine Bilder waren eher großflächig und farbenfrohe Gemälde, aber selbst mit einem Bleistift war er talentiert und geübt. Doch Emil hatte, auch nachdem die Tür und das Dach gezeichnet waren, keinen Schimmer, um welches Haus es sich handeln könnte. Die Rollen waren klar verteilt: Maik beschrieb, Felix zeichnete und Emil war der

Ortskundige. Umso mehr überraschte es alle Anwesenden, als Anna aus dem Hintergrund anmerkte: »Ich kenne das Haus. Ich weiß genau, wo es steht!«

Die Amerikaner

Die Gruppe kam wenige Minuten später am besagten Haus in der Scheitergass an. Jill äußerte sich zunächst skeptisch, aber ein älterer Herr beteuerte nochmals: »Das ist das Haus von dem Foto. Ganz sicher!«

Man begutachtete das Objekt, das im heutigen Zustand von vorn so gar nicht nach dem Abbild aussah, das Joe sich so oft in den letzten Tagen angesehen hatte. Unvermittelt schritt Jill voran und ging auf die Eingangstür zu. Sie betätigte zweimal die Klingel, die lautstark bis vor das Haus schepperte. Die Umgebung war nahezu geräuschlos. Niemand öffnete.

Plötzlich kam ein schwarzer Passat mit Mainzer Nummernschild die Straße entlanggefahren. Die Gruppe schenkte dem Wagen nur wenig Beachtung, alle waren gespannt, ob jemand die Türe öffnen würde. Es sah nicht danach aus. Hans-Dieter ging zu Jill an die Tür und erklärte ihr, dass man es gerne zu einem späteren Zeitpunkt noch einmal probieren könne. Doch Jill ließ sich nicht beirren. Sie betätigte noch einmal die Klingel. Keine Reaktion.

Während bei Joe langsam die Hoffnung dem Frust wich, fingen die übrigen Herrschaften an zu tuscheln. Eine Frau, die die Straße hinab auf sie zugelaufen kam, wirkte aufgelöst und bemerkte den Auflauf an Personen zunächst nicht. Sie schien innerlich aufgewühlt und sah bereits von Weitem besorgt aus.

Jill verstand erst kurz vor dem Eintreffen der älteren Dame, um wen es sich dabei handelte: Es musste Luisa Müller sein, die Frau von Josef, die gemeinsam dieses Haus bewohnten.
Luisa lief mit Tränen in den Augen an den älteren Herrschaften vorbei um das Gebäude herum und verschwand an der Seite. Jill sah zu ihrem Mann. Ihre Blicke trafen sich und beide hatten dieselbe Idee. Sie liefen der Frau hinterher und Hans-Dieter folgte beiden. Der Rest blieb wie angewurzelt vor dem Haus stehen.
Niemand schien die Frau in dem schwarzen Auto zu bemerken, die mit sicherem Abstand zu dem Geschehen am Rand des Schotterwegs stehen geblieben war und die sich abspielende Szenerie aus ihrem Wagen mit einem kleinen Fernglas beobachtete.
Ein leichter Windstoß zog durch die Gasse; die ersten Vorboten des Winters. Es wurde kühler in Eichwald.
Erst im Garten angekommen, drehte sich Luisa Müller zu ihren Verfolgern um. Die Situation musste etwas Bedrohliches für sie gehabt haben, denn ihr Ton war rau und aggressiv: »Was wollt ihr von mir? Was ist hier los?«
Jill blieb abrupt stehen. Sie brauchte keinen Übersetzer, um zu verstehen, was Luisa Müller in dem Moment für Fragen hatte. Sie machte eine beruhigende Geste und hielt ihren Mann zurück, der am liebsten an ihr vorbei in den Garten gestürmt wäre.
»Beruhig dich, Luisa«, antwortete Hans-Dieter. »Wir müssen mit dir reden. Mehr nicht!«

»Warum? Ich habe keinen Nerv, mit euch zu reden!«
»Das hier sind Jill und Joe«, stellte er die beiden Amerikaner vor. »Sie haben den weiten Weg aus den USA auf sich genommen, um dieses Haus zu finden.«
Luisas Augen wurden größer. Etwas Bedrohliches lag in ihrem Gesicht, und Hans-Dieter, der lediglich aufklären wollte, schien mit seinen Erklärungsversuchen alles nur noch schlimmer zu machen: »In diesem Haus wurde Jills Vater im Zweiten Weltkrieg gesund gepflegt. Sie haben gehofft, hier auf Nachkommen der Bewohner zu stoßen. Wir haben ihnen schon erklärt, dass du und Josef das Haus erst Ende der Sechzigerjahre gekauft habt. Sie wollten trotzdem dem Ort einmal nahe sein, mehr nicht!«
Luisa überlegte einen kurzen Moment. »Macht, dass ihr wegkommt!«, rief sie, den Tränen nahe. Sie schlug den dreien das Gartentor vor der Nase zu und verschwand im Gebäude.
Hans-Dieter blickte ihr verwirrt hinterher. So hatte er die sonst freundliche Frau wohl noch nicht angetroffen.

Lenny

Er parkte in der Einfahrt des kleinen Einfamilienhauses. Die dahinterliegende Garage stand offen und jemand lehnte mit geöffneter Motorhaube über dem Kühler.

Lenny vermutete Volker Heller, was sich kurz darauf durch einen kritischen Blick des Mannes am Auto vorbei bestätigte.

»Guten Tag, ich bin Lennard Stark vom LKA.«

»Was wollen Sie schon wieder hier?«, knurrte der griesgrämig dreinblickende Mann.

»Ist Ihre Frau zu Hause?«

Volker deutete mit einem Nicken auf die Tür in der Garage, die zum Wohnhaus führte.

Ohne eine weitere Konversation zu starten, betrat Lenny das Haus durch die schwere Feuerschutztür in der Garage.

»Hallo?«, rief er vorsichtig. Die Wohnung war gespenstisch still und nachdem sich die Tür geschlossen hatte, wirkte sie wie verlassen. Er ging durch den Flur und sah Sonja durch die offene Küche am Esstisch sitzen. Sie starrte aus dem Fenster und schien Lenny noch nicht bemerkt zu haben. Sie wirkte apathisch und geistesabwesend, wie ein Roboter, der im Stand-by darauf wartete, aktiviert zu werden.

»Frau Dostert-Heller?«, rief er noch einmal vorsichtig, als er das Esszimmer betrat.

Sonja schreckte auf.

»Ja? Hallo? Wie sind Sie …?«

»Ihr Mann hat mich durch die Garage hereingelas-

sen.«
Sonja nickte, blieb aber weiterhin auf ihrem Stuhl sitzen. Sie wirkte müde und entkräftet – zu erschöpft, um aufzustehen. Es war so tadellos aufgeräumt und sauber, man hätte problemlos einem Makler in diesem Zustand das Haus zur Vermarktung übergeben können. Die Oberflächen der Küche blinkten und das Esszimmer strahlte, wie neu eingerichtet. Selbst die Obstschale war unberührt und voll mit frischem Obst. Ein Bild, wie aus einem IKEA-Katalog: Alles schien passend und mit Bedacht platziert. Lenny setzte sich Sonja gegenüber auf einen Stuhl.
»Frau Dostert-Heller, wir haben Ihren Mann ausfindig gemacht.«
Sie sah ihn emotionslos an. Das war nicht die Reaktion, die Lenny erhofft hatte, auch wenn er keine guten Nachrichten hatte, aber zumindest hätte er eine Antwort erwartet, die auf Neugier oder Hoffnung schließen ließ. Sie starrte aus dem Fenster und antwortete nach einigen Sekunden, ohne Lenny anzusehen. »Ich weiß, mein Ex-Mann hat mich eben angerufen. Er war wandern, aber nicht mit Luca.«
»Wir haben eine Streife zu dem Ferienhaus Ihres Ex-Mannes geschickt, wenn Luca dort immer noch nicht anzutreffen ist, leiten wir eine Suchaktion ein, wenn Sie einverstanden sind.«
Sonja nickte. Tränen liefen über ihre Wange. Ihr Gesicht entbehrte jegliche Hoffnung. Da war nur noch Kummer und Sorge, während ihr Mann in der Garage am Motor des Wagens schraubte. Lenny verspürte Mitleid mit der Frau, die, obwohl

familiär und im Ort umgeben von Menschen, doch irgendwie allein war.
»Wir werden alles tun, um Luca zu finden. Das verspreche ich Ihnen«, versuchte Lenny die Frau aufzumuntern. Mit einem kurzen Lächeln erkannte sie die aufrichtige Bemühung des jungen Polizisten an.
»Können Sie ein paar Fotos von Luca zusammensuchen? Ein Passfoto vielleicht und ein Foto, wo er komplett zu sehen ist. Und uns kurz aufschreiben, was Luca anhatte, als Sie ihn zum letzten Mal gesehen haben.«
Sonja nickte und erhob sich vom Stuhl.
Als Lenny alle Informationen zusammen hatte, wollte er so schnell wie möglich los, um alles in die Wege zu leiten.
»Frau Dostert-Heller …«
»Nennen Sie mich Sonja.«
»Okay, Sonja. Sie helfen uns am meisten, wenn Sie hier zu Hause und erreichbar bleiben. Wenn sich Ihr Sohn meldet, rufen Sie mich sofort an. Wir starten noch heute mit der Suche, die Hundestaffel ist schon informiert.«
Er verließ das Haus durch den Garageneingang und wollte wortlos an dem unsympathischen Idioten vorbeigehen, doch er blieb hinter seinem Auto stehen und ging noch einmal zurück in die Garage.
»Wir starten in den kommenden Stunden die Suche nach Luca. Er ist jetzt offiziell vermisst. Vielleicht kümmern Sie sich in der Zwischenzeit um Ihre Frau, oder setzen die Priorität auf Leib und Leben, statt auf den Motor …«

Volker starrte ihn mit offenem Mund an. »Ich … äh … Er ist doch mit Henning …«
»Nein, Henning Dostert ist ohne Ihren Stiefsohn unterwegs. Niemand weiß, wo Luca sich seit Mittwoch aufhält.«
Lenny stieg in sein Auto und ließ den fassungslosen, dümmlichen Bruder des Bürgermeisters in seiner Garage zurück. Beim Ausparken sah er, wie Volker hektisch seine Hände an einem alten Lappen abwischte und ins Haus hechtete.
Wie kann man nur so empathielos sein?, dachte Lenny. *Und warum müssen so nette Frauen immer an die größten Arschlöcher geraten?*

Lara

Die Wohnung wirkte aufgeräumt und unberührt, doch auf dem Küchentisch lag ein Umschlag, in dem ein Foto steckte, welches zunächst unscheinbar gewirkt hatte, dann aber doch ihre Aufmerksamkeit erregte. Sie kannte das Haus, es stand unweit vom Festgelände in der Scheitergass. Als Lara das Bild einige Sekunden betrachtet hatte, wurde ihr klar: In genau diese Richtung war Sophie gestern gelaufen, bevor sie verschwunden war. Das konnte kein Zufall sein. Ihr Tod musste irgendetwas mit dem Gebäude oder den Bewohnern zu tun haben. Lara fuhr mit quietschenden Reifen rückwärts aus der Einfahrt von Sophies Haus. Sie spürte ihren Herzschlag und ihre Aufregung, die der Hinweis in Form eines Fotos in ihr ausgelöst hatten. Sie wählte die Nummer der Leitstelle und wieder meldete sich ihr alter Chef, Heinz Meier.

»Lara. Die Hundestaffel ist unterwegs, ich …«

»Hallo Heinz«, unterbrach sie ihren Kollegen am anderen Ende der Leitung. »Der Kollege Lennard Stark ist da dran. Ich gehe noch parallel einem Hinweis zu dem Mord an Sophie Burg nach.«

Stille.

»Heinz?«

»Ja.«

»Ich benötige eine Eigentümerermittlung für ein Haus. Laut Google Maps müsste es Scheitergass 13 in Eichwald sein.«

»Okay. Wofür …«

»Ich erkläre es dir später. Kannst du das beim Grundbuchamt für mich herausfinden und dann direkt eine Abfrage im Strafregister über die Eigentümer machen? Ich brauche alles, was du herausfinden kannst.«

Lara legte auf und fuhr mit leicht überhöhter Geschwindigkeit durch ihren Heimatort Richtung Scheitergass 13.

Sie drosselte das Tempo, als sie durch die menschenleere Bergstraße fuhr, die in die Scheitergass mündete. Früher einmal war das eine Straße gewesen, auf der die Kinder spielten. Selbstgemalte Schilder mit ›Vorsicht Kinder‹ wurden von den zahlreichen Eltern am Wegrand aufgehängt, um Autofahrer darauf hinzuweisen, langsam zu fahren. Wie so oft in Dörfern dieser Größe vergreisten die Straßenzüge, sobald die Kinder aus dem Haus waren. Wenn überhaupt, dann zog man als junge Familie heutzutage in ein Neubaugebiet.

Lara war sich sicher, dass hier noch die gleichen Menschen lebten, wie vor 20 Jahren, nur ohne ihre Kinder.

Als sie die lang gezogene Linkskurve am Ende der Straße entlangfuhr und in die Scheitergass einmündete, bemerkte sie den Auflauf an Menschen, der sich vor dem Haus gebildet hatte, dessen Ziel auch ihres war. Sie hielt am Bordsteinrand an und stieg aus dem Wagen.

»Lara Riedel. LKA«, begrüßte sie die Anwesenden, von denen ihr nur zwei Männer bekannt vorkamen. »Darf ich fragen, was Sie hier machen?«

Ein Mann trat aus der Gruppe hervor. Lara

glaubte, einen alten Bekannten ihres Großvaters in ihm zu erkennen.

»Mein Name ist Werner. Wir wollten gerade gehen. Wir haben lediglich unseren amerikanischen Touristen die Gegend gezeigt und eine kleine Tour durch den Ort gemacht. Das Fest ist ja abgesagt …«

Lara beäugte den Herrn kritisch. Amerikanische Touristen in Eichwald? Das kam ihr zwar höchst seltsam vor, aber das schien alles nicht mehr als ein Zufall. Die anwesenden älteren Herrschaften schlichen den Schotterweg entlang davon. Sie sah sich auf der Straße um. In sicherer Entfernung lag der Festplatz, von dem lediglich die Bühne und der abgesperrte Bereich des Leichenfundes zu sehen waren. Ihr Handy vibrierte. Eine Nachricht von Heinz. Das ging schnell.

Eigentümer Scheitergass 13: Luisa und Josef Müller. Verheiratet, keine Kinder. Keine Vorstrafen. Keine Verkehrsdelikte. Beide pensioniert mit staatlichen Bezügen.

Lara las sich die Nachricht ein zweites Mal durch, bis ihr plötzlich einfiel, um wen es sich bei den Eigentümern des Hauses handelte: Luisa und Josef Müller waren die Pflegeeltern von Anna Odenthal.

Lenny

Lenny saß im Auto und war auf dem Weg zum Haus des Bürgermeisters. Gerade war er am Haus seiner Tante vorbeigefahren, was ihn innerlich zusätzlich aufwühlte. Er befand sich in einer emotionalen Ausnahmesituation, die er nur schwer selbst einzuordnen wusste. Der verschwundene Junge – sein erster Vermisstenfall. Die Leiche von Sophie Burg – sein erster Mord. Und alles im Ort, aus dem seine Familie stammte. Der Ort, an dem er einen großen Teil seiner Kindheit verbracht und den er seit mehr als 20 Jahren nicht mehr betreten hatte. Ihm wurde bewusst, was er alles verdrängt hatte und wie präsent dieser Ort doch auf einmal wieder für ihn war. Sicherlich, das Leben war für alle weitergegangen. Jedoch passte hier nichts mehr zu dem idyllischen Dorf, das er aus den vielen Besuchen seiner Kindheit kannte.

War er bereit, sich seiner Vergangenheit zu stellen und seinen Verwandten gegenüberzutreten? Er hatte es jedenfalls fest vor, obwohl er sich seinem Cousin am Abend nicht zu erkennen gegeben hatte. Paul und er hatten sich noch nie gesehen, fraglich, ob der Junge überhaupt von ihm wusste. Er hingegen wusste genau, warum er solche Angst vor der Konfrontation mit seiner Familie hatte; mit der Familie seines Vaters …

Doch als er an dem Haus seiner Großeltern vorbeifuhr, merkte er, dass er niemals dort klingeln könnte. Würde seine Tante ihn überhaupt erkennen? Olaf, der Vater von Paul, war offensichtlich ausgezogen. Paul hatte berichtet, dass seine Eltern sich getrennt hatten und auch seine Mutter überlegt hatte, das Haus zu verkaufen. Dann wäre Eichwald endgültig Geschichte. Nur noch eine Randnotiz im Stammbaum der Familie, wenn überhaupt jemand bei *dieser* Familie einen Stammbaum führen würde. Er merkte, dass er es in diesem Moment sowieso nicht wagen würde, seiner Vergangenheit ins Auge zu blicken. Selbst wenn er jetzt Zeit dafür hätte. Doch im Moment hatte er Wichtigeres zu tun. Und noch ein Fass aufzumachen, hätte ihn in dieser Situation ohnehin emotional überfordert.

Plötzlich wurde er aus seinen Gedankengängen gerissen, als er am Haus von Jürgen Heller vorfuhr. Er parkte vor der leeren, offenstehenden Garage. Es sah verlassen aus; Lenny rechnete damit, niemanden anzutreffen. Überhaupt kam ihm alles in Eichwald zu ruhig vor. Er hatte den Ort lebhaft und mit der ständigen Präsenz von Kindergeschrei, Fahrradklingeln und Schaukelgequietsche in Erinnerung. Hier wirkte alles wie ausgestorben. Allerdings war er zum letzten Mal im Alter von acht Jahren hier gewesen. Vielleicht wohnten auch weniger Kinder hier als in den Neunzigerjahren. Oder alle saßen vor ihren Tablets und Konsolen. Die Zeit der überfüllten Spielplätze war scheinbar auch in Eichwald längst vorbei.

Keine fünf Sekunden, nachdem Lenny die Klingel betätigt hatte, riss Lisa Heller, die Mutter von Ole, die Tür auf. Ihrer Reaktion nach zu urteilen, hatte sie jemand anderes erwartet. Ihr Gesichtsausdruck verriet Lenny, dass *er* dies nicht war. Sie erkannte den jungen Polizisten nach wenigen Sekunden.

»Haben Sie Luca gefunden?«

»Nein, Frau Heller. Leider noch nicht. Die Suchmaßnahmen sind aber in die Wege geleitet.«

»Ich weiß Bescheid. Die Männer sind schon unterwegs.«

»Ich verstehe nicht …«

»Jürgen hat umgehend einen Suchtrupp zusammengestellt. Alle helfen mit: Die Jäger treffen sich gleich am Sportplatz und wollen mit allen Freiwilligen den Wald durchkämmen.«

Lenny war sprachlos. Auch wenn sich hier einiges geändert hatte, die Buschtrommel funktionierte anscheinend noch. Gestern noch hatte das Verschwinden des Jungen niemanden interessiert, heute startete man innerhalb kürzester Zeit eine chaotische Suche, bevor die professionellen Suchtrupps der Polizei vor Ort waren. Lenny wusste selbstverständlich davon, dass vermisste Kinder eine ganz besondere Herausforderung waren und viele Menschen emotional überforderten und zu überstürzten Handlungen trieben.

»Ist denn Ihr Sohn da? Ich müsste dringend mit ihm sprechen.«

»Der ist oben in seinem Zimmer, gehen Sie einfach durch.«

Lenny ging die lange Treppe nach oben und überlegte, wie er an den Jungen herankommen sollte, der beim letzten Gespräch verstört und verschlossen gewirkt hatte. Er war sich sicher, dass

Ole mehr wusste und entscheidende Hinweise liefern konnte. Aber irgendetwas hemmte den Jungen, genau wie Lenny etwas zurückhielt, sich seiner Vergangenheit zu stellen. Es gab viele Parallelen in Eichwald. Der Ort, der ihm so fremd geworden war, war auf einmal wieder präsent. Und noch ahnte Lenny nicht, dass sich das Schicksal von Ole und sein eigenes näher waren, als er zu diesem Zeitpunkt auch nur ansatzweise erfassen konnte.

»Kann ich Ihnen etwas anbieten? Kaffee? Oder Wasser?«, rief Lisa Heller ihm hinterher. Lenny war so in Gedanken, dass er kurz zusammenzuckte.

»Nein, danke, Frau Heller. Ich unterhalte mich nur kurz mit Ihrem Sohn und muss dann auch direkt wieder weiter.« Sie nickte und verschwand in der Küche.

Lenny klopfte vorsichtig an der geschlossenen Zimmertür mit den bunten Buchstaben ›O‹, ›L‹ und ›E‹. Er hörte ein leises Wispern, das er als ein »Herein« deutete und betrat langsam und vorsichtig das Zimmer. Ole saß in der gleichen Pose wie vorgestern auf seinem Bett und hatte Kopfhörer auf, die zu einem Tablet führten. Er nahm die Stöpsel aus den Ohren und legte sie vor sich aufs Bett.

»Was hörst du da? Ich habe in deinem Alter immer ›Drei Fragezeichen‹ gehört, oder ›TKKG‹ … Allerdings auf Kassette.« Die Zeiten hatten sich geändert. Er war sich nicht sicher, ob ›TKKG‹ überhaupt noch produziert wurde. Oder ob es vielleicht eine modernere Form von Figuren gab, die als Privatdetektive virtuelle Verbrecher im Darknet jagten …

Ole zog die Augenbraue hoch. »Ich höre nur Musik. Auf YouTube«, erklärte er knapp. Ein peinlicher Versuch, das Gespräch auf Augenhöhe zu eröffnen. Der Junge schien es ihm aber nicht übel zu nehmen.

»Darf ich mich zu dir setzen?«

Ole nickte kurz und zog seine Füße an sich heran, um dem jungen Polizisten Platz zu machen.

»Ich wollte mich einfach noch mal mit dir unterhalten. Wir suchen jetzt offiziell nach deinem Freund Luca. Und dein Vater organisiert wohl auch gerade eine Suche.«

Ole nickte abermals. Er schien davon in Kenntnis gesetzt worden zu sein.

»Gibt es nicht irgendeinen Ort, an dem er sich aufhalten könnte? Hast du vielleicht eine Idee? Ein Versteck, das ihr euch mal gebaut habt oder ein verlassener Ort?«

Ole wollte ansetzen, etwas zu sagen, stockte aber wieder. Lenny ließ ihm die Zeit. Er spürte, dass Ole etwas wusste und bereit war, damit herauszurücken. Er musste ihm nur vertrauen.

»Ich will dir helfen. Ich merke doch, dass dich was bedrückt. Was es auch ist, du bist nicht allein … Das verspreche ich dir.«

Dem Jungen liefen Tränen über die Wange. Er weinte, ohne einen Mucks von sich zu geben. Dann fing er auf einmal an zu reden: »Luca und ich … Wir haben im Sommer etwas ganz Schlimmes gemacht …«

Ole berichtete von der Falle, die sie gebaut hatten, und dem Drahtseil, das sich zwischen dem Baum und einem Stein so gespannt hatte, dass der Radfahrer darüber gestürzt war und sich das Genick gebrochen hatte.

Lenny spürte, wie sehr ihn Ole mit seiner Offenheit berührte. Der Junge hatte ihm soeben sein Herz ausgeschüttet und eine Last abgeworfen, die unerträglich gewesen sein musste. Er wusste nur zu gut, wie schwer solch ein Erlebnis auf einem lasten konnte. Lenny hätte am liebsten mit ihm geweint, so sehr war die Schuld, die in dem Jungen steckte, für den Polizisten greifbar. Und Luca musste die gleiche Schuld in sich tragen. Ein Motiv, das stark genug war, zu erklären, warum der Junge verschwunden war. Die Theorie, dass er mutmaßlich entführt wurde, wich der viel wahrscheinlicheren These, dass er sich etwas angetan haben könnte.

»Danke, dass du mir das erzählt hast. Wir werden deinen Freund finden und dann kümmern wir uns um den Unfall. Jetzt, wo du es erzählt hast, können wir dir helfen und du wirst sehen, dass es ab jetzt besser wird.«

Ole weinte, aber wirkte erleichtert. Er umarmte Lenny, der seine Tränen nicht mehr unter Kontrolle halten konnte. Beide lagen sich weinend in den Armen, bis Lenny sich wieder gefasst hatte.

»Also, ich werde jetzt weiter nach Luca suchen. Du hast meine Nummer. Ruf mich sofort an, wenn du eine Idee hast, wo dein Freund sich versteckt halten könnte!«

Ole nickte.

Anna

Ihre Anspannung stieg schlagartig, als der BMW in die Straße einbog, in der sie ihre Jugend verbracht hatte. Anna saß auf der Rückbank ihres Wagens neben Maik, dem sympathischen, aber verwegenen Anwalt von Sophie. Er schien ebenfalls nervös zu sein, rückte immer wieder von rechts nach links, wie ein kleines Kind, das dringend auf Toilette musste, jedoch unbedingt noch aushalten wollte. Anna merkte, dass sie schwitzige Hände hatte, und wischte unaufhörlich ihre Handinnenflächen über das Polster. Es dämmerte bereits in Eichwald und ein Windstoß wirbelte die gefallenen Blätter auf. Anna wurde kalt, obwohl sie wusste, dass es für die Jahreszeit noch ungewöhnlich warm war. Anna hatte Emil das Steuer mit einer vorgeschobenen Begründung überlassen, sie müsse noch einen wichtigen Termin per Messenger absagen und eine E-Mail schreiben. In Wirklichkeit hatte sie Angst vor ihrer sich andeutenden Atemnot. Felix saß wie üblich ruhig und wortlos auf dem Beifahrersitz.

Als sie kurz vor dem Ziel in die Scheitergass einbogen, war es Felix, der das Auto erkannte, das mitten auf der Straße parkte. Die Fahrertür stand halb offen, doch der Innenraum war leer.

»Das ist Laras Dienstwagen.«

Emil parkte neben dem Auto. Keine Spur von Lara. Felix, Emil und Maik stiegen aus. Die Straße war wie ausgestorben. Eine verdächtige Ruhe lag bedrückend über dem Ort, dessen Festlichkeiten heute Abend ursprünglich ihren Höhepunkt haben sollten. Die drei bemerkten nicht, dass Anna auf der Rückbank nach Luft rang. Schon wieder diese Eingebung, dass etwas passieren könnte, schon wieder diese Schockstarre, die sie an ihrem Handeln hinderte. Sie versuchte sich zu konzentrieren und unbemerkt zur Ruhe zu kommen. Gut, dass die hinteren Scheiben getönt waren und ihre Freunde nichts von ihrer Panikattacke mitbekamen.

Sie benötigte einige Minuten, um sich zu fangen und stieg dann aus dem Wagen aus.

»Lara?«, rief Emil, der vor dem Haus ihrer Pflegeeltern stand.

Stille.

»Lara!«, rief er abermals in die entgegengesetzte Richtung.

Keine Spur der Kommissarin, die irgendwo in der Nähe sein musste. Felix sah Emil fragend an.

»Niemand verlässt *so* seinen Wagen. Erst recht nicht Lara Riedel.«

Diese Feststellung leuchtete allen ein und bekräftigte die Vermutung, dass etwas nicht stimmte. Doch bevor Emil ansetzen konnte, erneut nach ihr zu rufen, tauchte Lara hinter der Hauswand auf und deutete Emil mit dem Zeigefinger auf ihren Lippen an, leise zu sein. Irritiert verharrten die vier und Lara ging auf die Gruppe zu. Man versammelte sich stillschweigend zwischen den Autos.

»Was macht ihr denn hier?«, flüsterte sie.

»Das ist Maik Biesdorf«, stellte Emil den Anwalt von Sophie vor.

»Wir kennen uns. Hallo, Herr Biesdorf!«

»Sie können mich Maik nennen«, begrüßte er die Kommissarin, die er aus zwei Verhören mit seiner Mandantin kannte.

Emil fuhr fort mit seiner Erklärung. »Maik hatte einen Umschlag für Sophie erhalten, in dem ein Foto mit dem Haus der Müllers war. Felix konnte aus den Berichten von Maik das Haus skizzieren, das Anna als das Haus ihrer Pflegeeltern identifiziert hatte. Wir glauben, dass dies ein versteckter Hinweis an Sophie war, der zu ihrem Tode geführt hatte. Wir wissen nur nicht, warum und was passiert ist.«

Lara drehte sich zu ihrem Wagen um, griff nach etwas auf dem Beifahrersitz und hielt den Anwesenden das Foto entgegen, das sie bei der Hausdurchsuchung gefunden hatte. »Dann sind wir wohl jetzt auf demselben Informationsstand«, stellte sie nüchtern fest.

Anna staunte nicht schlecht. »Was hat das zu bedeuten?«

»Keine Ahnung, aber irgendetwas muss hier passiert sein, nach dem Sophie gesucht hatte oder das für sie von besonderer Bedeutung gewesen war …«

»Und zu ihrer Ermordung geführt hat!«, ergänzte Maik.

Lara sah sich das Gebäude und dann das Foto genauer an. »Ich habe das Gefühl, dass jemand im Haus ist. Es macht aber keiner auf. Auch von hinten ist nichts zu sehen. Die Rollladen sind heruntergelassen. Ohne Durchsuchungsbeschluss kann ich jetzt nicht mehr machen. Ich beantrage direkt einen Beschluss für morgen, dann sehen wir weiter!«

Annas Gedanken drehten sich im Kreis. Sie konnte nicht fassen, was hier los war. Was hatte das alles zu bedeuten? Warum machte keiner ihrer Pflegeeltern die Tür auf? Josef hatte sie gestern auf dem Fest getroffen. Sollte sie Lara und den anderen davon erzählen? Sie entschloss sich, erst einmal nichts dazu zu sagen. Schließlich hatte sie noch nicht einmal mit Josef geredet. Aber war sie der Grund dafür, dass Josef das Fest verlassen hatte? Zu viele Fragen, auf die sie keine Antwort wusste.

»Zeig mir mal das Foto«, sagte Felix mit einer seltsamen Stimmlage. Ihm schien etwas aufgefallen zu sein. Lara reichte es ihm und er hielt es so vor sich, dass Original und Abbild nebeneinander zu sehen waren.

»Das Foto ist auf jeden Fall kein aktuelles. Das muss schon ein paar Jahre her sein!«, stellte er fest. Jetzt sah auch Lara, dass es einige Unterschiede gab, wenn auch nur in Details auf den zweiten Blick zu erkennen. »Stimmt. Hier oben am Giebel sind mehrere Dachziegel abgebrochen. Auf dem Foto ist das alles noch in einem besseren Zustand. Und an der Seite ist fast kein Putz mehr auf der Ecke. Auf dem Bild wiederum ist da noch alles verputzt.«

Auch Anna fiel ein Detail auf. Sie deutete auf die Treppe neben dem Hauseingang. »An den Blumenkübel vor dem Haus kann ich mich noch gut erinnern. Heute steht hier nichts mehr, aber auf dem Bild und in meiner Erinnerung stand da immer dieser rote Kübel voll mit Erde und wechselnden Pflanzen. Darauf hatte Luisa geachtet. Der war ihr heilig!«

Maik fasste zusammen: »Also das Bild scheint deutlich älter zu sein, soviel steht fest. Aber die Frage ist doch: Wer hat Sophie, über mich als Boten, dieses Bild zukommen lassen? Und welche Information steckt dahinter?«

»Das werden wir morgen sehen. Ich beantrage noch heute einen Durchsuchungsbeschluss und morgen werde ich die beiden befragen. Und ihr haltet so lange die Füße still.« Diese Anordnung galt hauptsächlich Emil, das begriffen alle Anwesenden. Als Journalist war es sicher schwer, keine weiteren Nachforschungen anstellen zu dürfen, aber ohne offizielle Befragung kam man hier nicht weiter, das sah auch Emil ein.

Sie verabschiedeten sich voneinander und verabredeten sich für morgen erneut bei Felix. Das Gut auf der Anhöhe von Eichwald schien die inoffizielle Einsatzzentrale zu werden. Jedenfalls für die privaten Ermittlungen an der Sache. Alle taten gut dran, den heutigen Tag sacken zu lassen und morgen geordnet neu zu starten. Felix, Anna und Emil tauschten mit Maik Nummern aus. Eine Gruppe im Messenger mit dem Namen ›Treffpunkt Eichwald‹ wurde von Emil gegründet.

Jürgen

Es fing bereits an zu dämmern in Eichwald und ein rauer Wind wehte über den Festplatz, als sich Jürgen vor die versammelte Menge von etwa 60 Bürgerinnen und Bürgern stellte und eine kurze Ansprache hielt.

»Liebe Eichwalder Gemeinde. Liebe Freunde aus den umliegenden Ortschaften. Ich danke euch allen für euer Kommen! Unser schöner Ort kommt dieses Jahr einfach nicht zur Ruhe.« Er machte eine andächtige Pause und ließ seine Worte wirken, was angesichts der Lage für den ein oder anderen befremdlich wirken musste. »Zuerst der Unfall des Mountainbikers und jetzt der Tod einer jungen Frau, der unser Fest so jäh beendet hat. Aber eine Sache, die lassen wir uns nicht nehmen. Und das sind unsere Kinder! Luca Dostert ist seit Mittwoch verschwunden und wird nun seit heute offiziell vermisst. Wie ihr alle wisst, ist er der Stiefsohn meines Bruders Volker. Unsere Kinder sind unsere Zukunft und deshalb danke ich euch allen, dass ihr euch an der Suche nach dem Jungen beteiligt. Wir können nicht warten, bis die Suche der Polizei endlich beginnt. Wir müssen den Jungen finden. Ihr wisst alle noch, was damals in Wiltingsweiler passiert ist, als sich eine junge Familie auf die Polizei verlassen hatte …«

Ein andächtiges Schweigen erfüllte den Platz. Jeder der Anwesenden wusste, worauf Jürgen anspielte: Vor vielen Jahren war ein Junge in Wiltingsweiler verschwunden, als dessen Eltern auf dem Weinfest in Eichwald gefeiert hatten. Monate später fand ein Bauer nur zufällig die Leiche des Jungen. Und zwar an einem Ort, den am Tag nach dessen Verschwinden eine Hundertschaft der Polizei mit Spürhunden abgelaufen war. Dass der Junge zu diesem Zeitpunkt bereits tot und das Ganze ein Unfall war, hatte schnell keine Rolle mehr gespielt. Die Schuld gab man der Polizei. Und mit der Anspielung auf den Tod dieses Jungen hatte Jürgen endgültig die Menschen für den heutigen Abend und die Nacht sensibilisiert.

»Ich möchte niemandem Angst machen. ›Die Hoffnung stirbt zuletzt‹, heißt es. Und ich bin mir sicher, wenn wir alle zusammenhalten und unser Bestes geben, dann finden wir den Jungen bis Sonnenaufgang! Ich will niemanden erleben, der heute Nacht aufgibt. Ich will, dass alle verfügbaren Leute bei der Suche helfen. Ich danke ganz besonders den Eichwalder Jagdfreunden, die im südlichen Waldgebiet besonders ortskundig sind und dort die Suche starten. Die übrigen von euch kommen bitte zum Sportplatz, wir durchkämmen den Ort in Gruppen, straßenweise. Danke auch an den Kulturverein und den Frauen von der Kirchengemeinde, die sich bereiterklärt haben, den Bierstand und den Kuchenstand so lange offenzuhalten, bis Luca gefunden wurde. Jeder kann sich hier stärken und kostenlos was zu trinken bekommen. Das zeigt mir, liebe Freunde: Wir Eichwälder, wir halten zusammen!«

Unter tosendem Applaus und anerkennendem Klatschen schritt Jürgen zielstrebig Richtung Sportplatz, an dem sich bereits einige Gruppenleiter aufgestellt und die Straßen in Eichwald untereinander aufgeteilt hatten.

Die Suche begann umgehend. Die Stille des Ortes wurde durch die Rufe der Suchenden durchbrochen. Der Name ›Luca‹ hallte die ganze Nacht durch den Ort, wie die Sirene der Feuerwehr. Handzettel mit dem Bild des Jungen wurden überall verteilt und fast in jeder Straße schlossen sich im Laufe der Nacht Mitbürger, die zuvor nichts von dem Verschwinden mitbekommen hatten, den Gruppen an. Die Suche lenkte nicht nur von dem Mord am Vortag ab, er stärkte auch die Dorfgemeinschaft, wie es der klägliche Versuch eines wiederauflebenden Dorffestes niemals geschafft hätte. Jürgen hatte den ganzen Tag eine Ernsthaftigkeit im Gesicht, die man selten bei ihm beobachtet hatte. Man konnte den Eindruck gewinnen, er wäre besorgt und hoch konzentriert. Doch innerlich war er freudig erregt – über den Aufbruch und den Geist der Gemeinschaft, den solch eine Suchaktion hervorrief. Jetzt mussten sie nur den Jungen finden. Am besten erschöpft und verletzt, aber lebendig. So würde man von Eichwald fortan von dem Ort sprechen, in dem man durch geschlossenes Handeln und Verbundenheit das Leben eines Kindes gerettet hatte. Zumindest war das die Hoffnung von Jürgen Heller.

5. TEIL: DER SONNTAG NACH DEM FEST

Sonntag, 26. November 2023

Jürgen

Die Sonne stieg langsam über dem östlichen Berg auf, den alle in Eichwald ›Hundsbuckel‹ nannten, was er seiner Ähnlichkeit mit einem schlafenden Hund zu verdanken hatte. Der Rest vom Ort lag wie üblich im dichten Nebel. Doch mit jedem Zentimeter, mit dem die Sonne mehr hervorkam, stieg der Frust, den die Suche in der Nacht mit sich gebracht hatte. Es gab auch nach über zehn Stunden intensiver Ermittlung kein Lebenszeichen von Luca Dostert.

Jürgen saß völlig übermüdet mit seinem dritten Kaffee auf einer Bierbank am Festplatz, als ein Hubschrauber der Polizei über ihn hinweg flog. Die Hoffnung, die Suche unter seiner Regie erfolgreich zu beenden, schwand mit jeder Minute. Seine Rede von gestern Abend wurde mehr und mehr zum traurigen Symbol seines kläglichen Scheiterns. Ein Versagen auf ganzer Linie, das ihm selbst immer mehr bewusst wurde. Zumindest hatte er alles gegeben. Er hatte nicht tatenlos zugesehen und wertvolle Stunden verstreichen lassen. Aber wenn jetzt die Polizei die Lorbeeren einheimsen sollte, kam ihm das unfair vor. Er akzeptierte noch nicht, dass er gescheitert war, auch wenn alles darauf hindeutete.

»Kopf hoch, Jürgen. Jetzt haben wir Unterstützung von den Bullen. Wir finden den Jungen schon noch«, versuchte ein Mann in Jägeruniform das niedergeschlagene Ortsoberhaupt zu motivieren.

Er dachte an Ole, seinen Sohn, zu dem sich schleichend eine Distanz aufgebaut hatte. Er kam einfach nicht an ihn heran, verbrachte auch immer weniger Zeit mit ihm. Was hätte er getan, wenn Ole statt Luca verschwunden wäre? Er spürte, wie er Gänsehaut am ganzen Körper bekam. All die Lügen, all die Entscheidungen, die sich im Nachhinein als falsch herausgestellt hatten. Es musste Schluss sein damit. Ein für alle Mal. Er hatte im Sommer den Anfang gemacht, als er sich seinem leiblichen Sohn Felix offenbart hatte, hatte aber immer noch nicht den Mut gehabt, es seiner Frau und seiner Familie zu erzählen, geschweige denn ganz öffentlich zu machen. Er war einfach zu feige, wenn es drauf ankam. Sein Ruf war ihm wichtiger als der aufrichtige Umgang mit seinem Leben. Das alles wurde ihm an diesem Morgen, in diesem Moment bewusst, an dem er abermals zu scheitern drohte.

Zu diesem Zeitpunkt fasste er einen Entschluss: Wenn der Junge nicht gefunden würde oder – Gott bewahre – man nur noch seine Leiche finden sollte, dann würde Jürgen sein Amt als Bürgermeister mit sofortiger Wirkung niederlegen. Das war er Luca schuldig, immerhin wusste er genau: Er hatte seinen Anteil an der Geschichte und vielleicht war er sogar der Hauptschuldige für das Verschwinden des Jungen … Schließlich war er es, der die Spuren des Unfalls im Sommer beseitig hatte, um Luca und Ole zu schützen. Wie konnte er nur unterschätzen, was die fehlende Aufarbeitung der Tragödie mit den beiden gemacht hatte?

Gudrun

Gudrun saß an einem Ecktisch im hinteren Teil des Frühstückssaals in ihrem Hotel in Altfelsen. Den Titel Hotel hatte diese Absteige ihrer Meinung nach nicht verdient, aber auf die Schnelle hatte sie keine andere Unterkunft gefunden. Das Brötchen vor ihr auf dem Teller hatte die beste Zeit bereits hinter sich. Außen bröselte es langsam auseinander, innen war es trocken wie Heu. Immerhin war der Kaffee nicht aus einem billigen Vollautomaten, sondern frisch gebrüht und stark – ein schwacher Trost.

In Gedanken war Gudrun bei dem gestrigen Tag und ihren verdeckten Beobachtungen in Eichwald, die sie nur schwer einzuordnen wusste. Sophie Burg war tot, mutmaßlich ermordet durch einen Schuss aus sicherer Distanz. Sie hatte Akteneinsicht und informierte sich über den Stand der gerichtsmedizinischen Untersuchung, die ihr bisher aber keine aussagekräftigen Hinweise liefern konnte.

Vor dem Haus der Müllers hatte sie zunächst einen Auflauf älterer Herrschaften beobachtet. Als Luisa aufgetaucht war, war die Situation beinahe eskaliert. Nur wenig später kam eine Gruppe jüngerer Menschen, die sich ebenfalls am Haus der Müllers umsahen. Eine Person in der Gruppe erkannte Gudrun sofort. Es war Anna Schmidt, die heute Anna Odenthal hieß und in München lebte. Annas Leben hatte die erfahrene Verfassungsschützerin fortlaufend beobachtet. Sie kannte das

Pflegekind der Müllers besser als Anna sich selbst, obwohl diese nichts von Gudruns Existenz wusste. Gudruns Karriere beim Verfassungsschutz neigte sich dem Ende zu und sie hatte das Bedürfnis, Schlimmeres zu verhindern. Schon einmal war der Fall ›Adam‹ aus dem Ruder gelaufen und jetzt drohte er erneut, sich zu einem Desaster zu wandeln.

Als ein auffällig gekleidetes Paar den Frühstückssaal betrat, wurde Gudrun misstrauisch. Irgendwoher kannte sie diese beiden. Nur woher? Sie kramte in ihrem Gedächtnis, bis es ihr plötzlich einfiel: Die zwei waren gestern in der Gruppe der älteren Herrschaften vor dem Haus gewesen. Die Frau hatte an der Tür der Müllers geklingelt und der Mann apathisch vor dem Haus gestanden. Wer waren die beiden nur? Sie nahmen an einem Tisch im vorderen Bereich Platz und warteten auf eine junge Frau, die sie offenbar nach Kaffee oder Tee fragte. Sie verstand auf die Distanz kein Wort. Als die beiden aufstanden und zum Buffet gingen, erhob sich auch Gudrun, die zuvor unauffällig ihre trockene Brötchenhälfte in ihrer Handtasche verschwinden gelassen hatte. Sie ging ebenfalls zum Buffet und stellte sich neben die Herrschaften. Jetzt fiel Gudrun erst auf, dass die beiden anders wirkten als gestern Abend. Irgendetwas stimmte mit ihnen nicht, das spürte sie sofort. Und wenn Gudrun sich auf etwas verlassen konnte, dann auf ihre Menschenkenntnis, ihr besonderes Gespür für Angst, die tief in anderen ruhte, und die oftmals hinter einer Fassade versteckt gehalten wurde. Ihr stockte der Atem, als die Frau zu dem

Herrn in kühlen Worten sprach: »You need to eat something. Please.«

Zweifelsohne, die beiden waren Amerikaner, möglicherweise Südstaaten. Gudrun schnappte sich ein Brötchen aus dem Korb und ging zurück zu ihrem Platz. Sie nahm ihr Smartphone in die Hand und tat so, als ob sie eine Nachricht tippte. In Wahrheit wartete sie auf den Moment, als die beiden Amerikaner sich vom Buffet abwandten, um zu ihrem Tisch zurückzukehren. Sie nutzte diesen Augenblick und schoss zwei Fotos, die sie umgehend an eine sichere Nummer weiterleitete.

»Personenabfrage. Amerikanische Staatsbürger. Möglicherweise CIA oder NSA. ASAP.«

Die Bilderkennungssoftware des Inlandsgeheimdienstes war mittlerweile so ausgereift, dass ein Handyfoto reichte, um eine weltweite Personenabfrage zu starten. Gudrun versuchte sich zu konzentrieren. Was war hier los? Dass zwei Amerikaner vor dem Haus der Müllers auftauchten, konnte kein Zufall sein! Von dem Fall ›Adam‹ hatten schließlich auch die Amerikaner mitbekommen und er betraf nicht nur die nationale Sicherheit Deutschlands. Aber warum wurden die Agenten gerade jetzt nach Deutschland geschickt? Und warum war sie nicht darüber informiert worden? Das war ein höchst unübliches Vorgehen, obwohl die Amerikaner nicht dafür bekannt waren, alle Auslandsoperationen vorher mit ihren deutschen Kollegen zu besprechen. Während sie die beiden unauffällig beobachtete, vibrierte ihr Smartphone. Sie schreckte kurz auf. Es war allerdings keine Nachricht aus der Behörde. Sie kannte die Nummer und ahnte, was jetzt folgen sollte.

»Hallo. Ich bin's. Josef ist verschwunden. Und Sophie ist tot. Bitte, ich brauche deine Hilfe!«

»Verstanden. Ich komme in einer Stunde vorbei.«

Gudrun legte auf. In ihrem Kopf herrschte Chaos. Und sie hasste Chaos. Sie musste schleunigst für Ordnung in dem Durcheinander sorgen. In Eichwald und in ihrem Kopf.

Lara

Nach einer kurzen Nacht trafen sich Lenny und Lara im Polizeipräsidium im neuen Besprechungsraum. Lara hatte ihren Laptop aufgeklappt und wartete auf den Durchsuchungsbeschluss für das Haus der Müllers.

»Warum dauert das so lange? Ich habe dem Staatsanwalt deutlich gemacht, wie dringend die Angelegenheit ist«, fluchte Lara.

»Der frühstückt sicher noch in Ruhe mit seinen Kindern …«

Lara sah auf die Uhr.

»Was hast du als Tatgrund angegeben? Bisher haben wir nur Vermutungen? Ohne Tatgrund kein Durchsuchungsbeschluss. Paragraf 102 StPO.«

Lara sah ihn mit hochgezogenen Augenbrauen an.

»Jaja, Klugscheißer. ›Gefahr im Verzug‹. Immerhin ist gestern ein Mord keine hundert Meter Luftlinie von dem Haus passiert.«

»Okay, dann hoffen wir mal, dass der Staatsanwalt das mit dem Richter geklärt bekommt.«

Lenny hatte leider recht, so einfach war es nicht, aber Lara war auch bereit, ohne richterliche Anordnung bei den Müllers aufzutauchen und eine Befragung durchzuführen. Sie war sich sicher, dass hier etwas nicht stimmte.

»So, was hast du Neues vom Vermisstenfall?«

»Ich habe deinen Fall gelöst.«

»Welchen Fall?«

»Den des toten Mountainbikers.«

»Bitte? Und das sagst du erst jetzt?«

»Oberste Priorität hat ja wohl der vermisste Junge und der Mord.«

»Aber das hängt doch alles miteinander zusammen! Also, was hat Ole Heller gesagt?«

Lenny atmete tief durch.

»Er hatte im Sommer mit seinem Freund Luca zusammen nach einer Anleitung eines Abenteuer-YouTubers eine Falle bauen wollen. Ich habe mir das Anleitungsvideo gestern Nacht noch angesehen. Das hat weit über zwei Millionen Klicks. Dort zeigt dieser Survival-Futzi Schritt für Schritt, wie man eine Fuchsfalle baut. Die zwei haben einen Draht einer alten Koppel gefunden und wollten diesen nutzen.«

»Bis der Mountainbiker unverhofft auftauchte …«

»Ja richtig, sie haben den Draht hinter sich hergezogen, bis zu dem Ort, wo die Falle aufgebaut werden sollte. Der Draht hatte sich verkantet, dabei über den Radweg gespannt und der Radfahrer ist gestützt. Die zwei leben also seitdem mit der Schuld, jemanden getötet zu haben.«

Lara war fassungslos. Ein Unfall. Von der Spurenlage war das möglich. Sie musste dringend mit Wolfgang diese Version durchgehen.

»Aber wie haben sie alle Spuren so beseitigt, dass selbst die KTU nur durch Zufall diese Drahtseiltheorie entwickeln konnte?«

»Sie haben nichts beseitigt. Laut Ole haben sie über den Felsvorsprung geschaut und gesehen, dass der Mann tot war, und sind dann direkt mit den Fahrrädern zurück in den Ort.«

Lara überlegte.

»Dann muss jemand anderes das Ganze beobachtet und die Spuren beseitigt haben.«

»Richtig«, stimmte Lenny zu. »Ich habe eine Bitte. Lass mich das mit dem Jungen klären. Ich habe sein Vertrauen und das sollten wir nicht verspielen. Ihm ist ein Stein vom Herzen gefallen, als er mir die Geschichte erzählt hat. Der Druck muss enorm gewesen sein und den gleichen Druck hat Luca. Wir müssen den Jungen finden. Es ist nicht auszuschließen, dass er suizidale Gedanken hat.«

Lara nickte. Sie sah ein, dass Lenny in der richtigen Reihenfolge vorging.

»Also Lenny. Wir haben keine Zeit zu warten. Wir fahren jetzt nach Eichwald und fühlen den Müllers auf den Zahn. Ich habe das Gefühl, wir kommen hier nur mit Druck weiter!«

»Und was ist mit dem richterlichen …«

»Der ist ja unterwegs. Bei Gefahr in Verzug haben wir ja noch eine Möglichkeit: Paragraf 105, Absatz 2.«

Lenny überlegte. Nach wenigen Augenblicken merkte Lara, dass er verstand, worauf sie hinauswollte.

Paragraf 105 StPO, Verfahren bei der Durchsuchung

(2) Wenn eine Durchsuchung der Wohnung, der Geschäftsräume oder des befriedeten Besitztums ohne Beisein des Richters oder des Staatsanwalts stattfindet, so sind, wenn möglich, ein Gemeindebeamter oder zwei Mitglieder der Gemeinde, in deren Bezirk die Durchsuchung erfolgt, zuzuziehen. Die als Gemeindemit-

glieder zugezogenen Personen dürfen nicht Polizeibeamte oder Ermittlungspersonen der Staatsanwaltschaft sein.

»Und wen willst du da dazuholen?«

»Lass das mal meine Sorge sein, ich kenne genug Leute aus Eichwald …«

Lenny zeigte auf den Asservatenbeutel, der vor Lara auf dem Tisch lag. »Und was ist das noch?«

»Das ist der Geldbeutel von Sophie Burg, den sie bei sich getragen hat. 14,50 Euro, ihr Personalausweis und ein Foto.«

»Ein Foto?«

Lara wischte auf ihrem Handy und zeigte Lenny das Bild, das sie abfotografiert hatte.

»Ja, ein Mann ohne weiteren Hinweis. Ich habe eine Vermutung, wer das sein könnte … Die Erkennungssoftware hat keinen Hinweis ergeben, aber ich denke, ich weiß, wen wir da fragen könnten.«

Lara und Lenny machten sich auf den Weg. Mit dem Wagen hatten sie am Sonntagmorgen freie Bahn. Als sie die Stadtgrenze von Trier passierten, klingelte Lennys Telefon.

»Hauptkommissar Lennard Stark.«

Die Person am anderen Ende redete aufgeregt. Lara konnte nicht erkennen, wer dort sprach.

»Hallo, Ole, schön von dir zu hören. Ist dir noch was eingefallen?«

Lenny wurde im Verlauf des Gesprächs blasser. Lara verstand, dass Ole offenbar wirklich ein besonderes Vertrauen in ihren Kollegen hatte. Als

Lenny auflegte, sah er seine Kollegin an.

»Setz das Blaulicht auf. Ich glaube, ich weiß, wo sich der Junge befindet …«

Volker

Er hatte mit seinem Fünf-Mann-Trupp den westlichen Teil des Waldgebietes die ganze Nacht durchkämmt. Keine Spur von Luca. Frustration und Müdigkeit zehrten an den Nerven der Männer, die alle zu den Eichwalder Jagdfreunden zählten. Wegen der vergangenen Treibjagd waren ohnehin alle übermüdet, doch diese Nacht gab jedermann den Rest. Volker ließ sich auf einem alten Baumstumpf nieder und trank den Rest aus seinem Flachmann. Für einen kurzen Moment durchdrang ihn die brennende Hitze des hochprozentigen Mirabellenschnapses, bevor die Kälte wieder spürbar wurde. Verzweifelt schleuderte er die leere Flasche in den Wald und fing an zu schreien. Tränen liefen ihm übers Gesicht. Er war zu erschöpft, um seine Verzweiflung zu unterdrücken. Der Rest der Truppe wusste nicht, wie sie mit dem emotionalen Wutausbruch ihres Freundes umgehen sollten. Heiner, sein gleichaltriger Freund, klopfte ihm auf die Schulter.

»Alles wird gut, Volker. Wir finden den Jungen, und wenn wir den ganzen gottverdammten Wald auseinandernehmen.«

»Und was, wenn er abgehauen ist? Oder entführt wurde? Oder er schon tot ist? Wenn ihm etwas zugestoßen ist, wie dem Jungen aus Wiltingsweiler damals? Ein tragischer Unfall, doch tot ist tot, egal, wie es passiert», entgegnete Volker frustriert.

»So einen Blödsinn darfst du nicht mal denken.

Der Junge ist hier und er lebt, das spüre ich!«

Volker verbarg sein Gesicht in seinen dreckigen Händen. Das Gespür von Heiner war ein schwacher Trost. Er war normalerweise nicht für gefühlsbetonte, empathische Ansprachen bekannt, aber was sollte er anderes sagen?

Und wie er so dasaß und fror, da musste er an das Märchen vom Sterntaler denken.

> *Und wie es so stand und gar nichts mehr hatte, fielen auf einmal die Sterne vom Himmel, und waren lauter harte, blanke Thaler: und obgleich es sein Hemdlein weggegeben hatte, so hatte es ein neues an und das war vom allerfeinsten Linnen. Da sammelte es sich die Thaler hinein und war reich für sein Lebtag.*

Das alles hier ist eine Prüfung, dachte er. Eine Prüfung von Gott, die ihm auferlegt wurde. Ihm und seiner Frau Sonja. Es war die Heimsuchung für all die dummen Dinge, die er in seinem Leben getan hatte. Er hatte immer nur an sich gedacht, hatte nie wirklich selbstlos jemandem geholfen. Das Märchen vom Sterntaler war für ihn bereits als Kind eine alberne Geschichte gewesen. Aber jetzt in dieser Sekunde, in diesem Moment der vollkommenen inneren Leere, da spürte er, dass alles zurückkam. Er war ein Egoist und nun bekam er die Quittung. Sonja würde nicht verkraften, wenn dem Jungen etwas zustoßen würde. Er hatte sie das Wochenende ignoriert und ihre Sorgen heruntergespielt. Volker war die Jagd wichtiger gewesen als die Angst seiner Frau. Und dafür stellte ihn

Gott auf die Probe.

Bevor er sich weiter in sein Selbstmitleid hineinsteigern konnte, rief der lange Herbert vom nahegelegenen Hochsitz am Waldrand.

»Männer, da vorne liegt was! Was Auffälliges …«

»Wo?«, rief ihm Heiner zu.

Volker sprang vom Baumstumpf auf und war wieder voll anwesend.

»Da drüben, wo das Feld vom Bauer Justen an den Wald grenzt.« Er zeigte in Richtung Süden. Im Hintergrund waren die ersten Häuser von Eichwald zu erkennen. Alle Anwesenden wussten, wo das Feld von Bauer Justen lag.

Die übrigen vier liefen ohne Zeitverzug los. Heiner blieb an einer Astgabel hängen und flog der Länge nach ins Gebüsch. Sofort stand er wieder auf und folgte den Übrigen. Der lange Herbert hatte mit dem Feldstecher etwas entdeckt, aber nicht genauer beschrieben. Sein Tonfall hatte den Übrigen jedoch klargemacht, dass es sich nicht um eine Lappalie handelte. Er stieg von dem alten Hochstand und lief ebenfalls den anderen hinterher.

Als Volker an dem Ort ankam, den Herbert beschrieben hatte, versuchten seine Freunde ihn davon abzuhalten, näher heranzutreten. Volker riss sich jedoch mit aller Gewalt von ihnen los und sah das Bild des Grauens, das sich dort zwischen dem Feld und dem Waldrand bot. Umgehend verlor er die Kontrolle über seinen Körper und übergab sich an Ort und Stelle. Die toxische Mischung aus Magensäure und Mirabellenschnaps brannte in seinem Hals. Es war das letzte Gefühl, das er spürte, bevor er das Bewusstsein verlor.

Emil

Emil war früh auf den Beinen. Obwohl die letzten Tage intensiv und voller verwirrender Begebenheiten waren, wachte er morgens auf und hatte einen Gedanken im Kopf. Sophie war die Verlobte des Mannes, der 2003 in einer Hütte verbrannt war. Die Akte war weiterhin unter Verschluss, da es sich um einen Kronzeugen handelte. Was wäre, wenn sie Informationen von ihrem ehemaligen Verlobten Adam hatte, die einen anderen belasten könnten? Und dieser andere wäre nach jetzigem Stand Josef oder seine Frau Luisa. Aber was sollten diese beiden mit Adam zu tun gehabt haben? Wenn er nur mehr Informationen über diesen Fall damals hätte einholen können ... Emil war sich sicher, dass alles damit zusammenhing und nur Josef oder Luisa die Antwort kannten. Am naheliegendsten wäre demnach auch, dass einer der beiden Sophie getötet hatte. Oder es hatte mit dem Haus zu tun. Er drehte sich im Kreis. Es fehlten entscheidende Informationen und alles lag an Lara, diese jetzt über offizielle Wege herauszufinden. Doch plötzlich kam ihm eine Idee. Es gab nur einen Menschen, der über die Historie mehr wissen konnte als jeder andere im Ort. Vielleicht lag auch dieses Mal die Lösung in der Vergangenheit.

Emil sprang aus dem Bett und zog sich die frisch gewaschenen Sachen vom Tag seiner Ankunft an, die gebügelt gestern Nacht auf seinem Bett gelegen hatten. Da war seine Mutter nicht von abzubringen. Bei dem Gedanken, dass sie am Todestag seines Vaters mehr Zeit mit seiner dreckigen Wäsche als mit ihm selbst verbracht hatte, kam sein schlechtes Gewissen zurück. Eine Woche Urlaub in Eichwald würde er nach dem ganzen Wahnsinn dranhängen, und Zeit mit ihr verbringen, so sein Vorsatz.

Als er die Treppe nach unten lief, roch es bereits nach frisch gebrühtem Kaffee aus der Küche.

»Morgen, Mama. Ich muss dringend los, keine Zeit für Frühstück!«

Als er den gedeckten Tisch erblickte, wurde ihm augenblicklich klar, dass er unmöglich einfach so verschwinden konnte.

»Okay, eine Tasse Kaffee und ein Brötchen dürften drin sein.«

Seine Mutter lächelte.

An seinem Platz lag bereits die Sonntagsausgabe der regionalen Tageszeitung SMZ. Der Titel war reißerisch und dämlich zugleich.

> *›Wann hört das Morden in Eichwald endlich auf?‹*

Er überflog den Artikel, der ihm keine neuen Informationen bot. Scheinbar war ein Reporter auf dem Rebfeuerfest und am Samstagmorgen auf dem Festplatz anwesend gewesen. Die Fotos waren mit einer ordentlichen Kamera aus der Ferne aufgenommen worden. Die Leiche von Sophie war verpixelt. Es wurden mehrere Besucher des Rebfeuerfestes interviewt. Am Ende des Artikels wurde Emil dann auch der Grund für diese flachsinnige Überschrift klar: Es war ein Zitat einer besorgten Bürgerin aus Eichwald, das man als Titel verwendet hatte. Ein netter Trick, wenn auch auf unterstem Niveau. Emil trank seinen Kaffee, aß eine Brötchenhälfte mit Honig und machte sich auf den Weg.

»Sollen wir heute Abend zusammen essen? Ich koche uns was, wenn du willst«, rief seine Mutter ihm hinterher.

»Gerne, Mama. Und morgen koche ich für dich, versprochen!«

»Soll das eine Drohung sein?«

Emil grinste. Humor war selten bei seiner Mutter, aber wenn er da war, war sie glücklich, das wusste er.

Nach weniger als vier Minuten erreichte er mit seinem Fahrrad das Haus seines Onkels, der dabei war, die ersten gefallenen Blätter der Laubbäume am zusammenzurechen.

»Hallo Onkel Karl!«, rief er aus der Einfahrt in Richtung Garten. Keine Reaktion des alten Mannes. Seine Mutter hatte davon berichtet, dass Karl immer mehr Probleme hatte, Gesprächen zu folgen und vermutete, sein schlechter werdendes Gehör sei die Ursache dafür. Emil hatte allerdings den Verdacht, dass er eine anfängliche Form der Altersdemenz haben könnte. Immerhin war er über 90 Jahre alt und wirkte oft schläfrig und abwesend – bisweilen auch traurig.

Als Emil näherkam, drehte Karl sich um. Es erschien ihm wie eine verspätete Reaktion auf seine Rufe.

»Hallo, Emil, schön dich zu sehen. Ich habe schon gehört, dass du hier bist.«

Emil stellte sein Fahrrad am Handlauf der Treppenstufen zum Hauseingang ab. Er erinnerte sich an seine Kindheit, in der er sein Fahrrad unbedacht an die Hauswand gelehnt hatte. Sein Onkel hatte ihn nie ermahnt – er war nicht der Typ für Zurechtweisungen –, wohl aber hatte er den Drahtesel immer wieder an den Handlauf umgestellt. Emil kam irgendwann selbst darauf, dass die Hauswand kein geeigneter Ort war, um ein Fahrrad anzulehnen.

Karl grinste wohl bei dem Gedanken, dass Emil noch immer stillschweigend den Ort wählte, den *er* für geeignet hielt.

»In Eichwald passieren wieder seltsame Dinge, und du bist nicht weit«, stellte Karl nüchtern fest.

»Seltsame Dinge ist eine Untertreibung. Ein Mord und ein vermisster Junge …«

»Eichwald findet einfach keine Ruhe. Gut, dass ich alt bin und mit all dem nichts am Hut habe.«

Eine seltsame Distanz, die sein Onkel da zum Ausdruck brachte. Irgendwie passte das auf viele aus seinem Heimatort. Emil dachte an die drei Affen. Viele aus Eichwald kamen ihm vor wie die Personifikation aller drei Affen. Niemand hatte etwas gehört. Niemand hatte etwas gesehen. Und niemand erzählte die Wahrheit.

»Onkel, ich brauche eine Auskunft und mir fällt niemand ein, der mir da besser helfen könnte, als du.«

Karl sah ihn mit großen Augen an.

»Es geht um ein Haus und dessen Bewohner«,

kam Emil zur Sache, bevor Karl etwas erwidern konnte. »Und zwar das Haus der Müllers in der Scheitergass. Die Pflegeeltern von Anna. Kannst du dich an sie erinnern?«

Karl nickte und setzte sich langsam mit dem Rechen in der Hand in Bewegung.

»Lass uns am Haus auf die Bank setzen.« Emil folgte seinem Onkel. Er spürte sofort, dass Karl etwas dazu sagen wollte. Oder nutzte er die Zeit zu überlegen, was er ihm anvertraute und was nicht? Emils Misstrauen den Eichwaldern gegenüber griff auf seine eigene Familie über. Was war hier in dem Dorf nur los?

Karl setzte sich auf die alte Holzbank, die bereits an ein und derselben Stelle stand, seit Emil denken konnte.

»Die Müllers sind ja noch ein gutes Stück jünger als ich«, fing Karl an, zu erzählen. »Sie haben den alten Gasthof irgendwann in den 70ern gekauft. Woher sie kamen, weiß ich nicht, man hat immer gesagt aus dem Osten, aber wo genau; keine Ahnung.«

»Gasthof?«, unterbrach ihn Emil.

»Ja, das Haus war früher mal ein Gasthof mit Fremdenzimmern gewesen. Also *früher mal* heißt vor dem Krieg. Ich kann mich noch dunkel erinnern. Mein Vater ist immer zum ›Gasthof Königsfeld‹ gegangen, wenn es etwas zu feiern gab. Die Königsfelds hatten den Betrieb, bis sie in den 40er-Jahren ausgewandert sind. Im Krieg wurde es als Quartier für Offiziere der Wehrmacht genutzt. Immerhin waren Fremdenzimmer und eine Küche vorhanden. Nach 1945 wohnten noch kurz die

Besatzer dort. Im Saal wurden die Verhöre geführt. Die Entnazifizierung war damals mittels Befragungen durchgeführt worden. Wenn ich mich richtig erinnere, hat man auch ein oder zwei Fremdenzimmer als Arrest umgebaut. Und als die Besatzer abgezogen sind, war es bis zum Erwerb der Müllers ein Waisenhaus. Für Kinder, deren Eltern im Krieg gefallen waren oder Rückkehrerkinder von deportierten Juden.«

Gutshof, Quartier, Waisenhaus … Dieses Gebäude hatte eine wahrhaft spannende Geschichte hinter sich – und einige Bewohner und Besitzer. Da war nur eine Sache, die Emil merkwürdig vorkam. »Und was ist mit den Königsfelds passiert?«

»Die Königsfelds waren Juden. Sie haben den Hof wohl Anfang der 40er-Jahre verlassen. Das waren drei ältere Jungs und ein Mädchen – sie war in meinem Alter. Gretchen, hieß sie. Aber was aus ihr geworden ist, weiß ich nicht. Es hieß immer, die Königsfelds sind ausgewandert.«

»Dann haben die Königsfelds doch ein Anrecht auf das Haus.«

»Wenn die noch leben … Ja. Es tut weh, das so zu sagen, aber ›ausgewandert‹ hat man beschönigend für ›deportiert‹ gesagt. Man hat es sich einfach schöngeredet. Ich denke nicht, dass Gretchen noch lebt.«

Lara

Schon von Weitem war der Rettungswagen zu sehen, der mit eingeschaltetem Blaulicht auf dem Versorgungsweg am Waldrand hielt. Mehrere Personen standen um den Wagen und Lara wunderte sich.

»Was ist denn da los?«

Lenny nahm sein Smartphone und wählte eine Nummer. »KHK Lennard Stark. Gibt es einen Einsatz in Eichwald? Hier steht ein RTW am Waldrand, etwas östlich vom Ort, Richtung Ockhofen … Mhh … Okay … Verstehe … Danke.« Er legte auf. »Bewusstlose Person, männlich. Der Notruf kam vor 16 Minuten.«

Lara erhöhte nochmals das Tempo auf dem steinigen Feldweg, der üblicherweise nur von Traktoren befahren wurde. Eigentlich wollten sie die Abzweigung zu den Stollen nehmen, doch ihr Gefühl sagte ihr, dass etwas am Waldrand mit ihrem Fall zu tun hatte. Sie wusste von der privat organisierten Suchaktion des Bürgermeisters und befürchtete das Schlimmste. Der Rettungswagen hatte sicher denselben Weg genommen, eine andere Zufahrt zu dem Feld gab es ihres Wissens nach nicht. Die anwesenden Männer wurden auf das zügig ankommende Fahrzeug aufmerksam und postierten sich bereits hinter dem Einsatzfahrzeug.

Lara drosselte das Tempo auf dem staubigen Weg, der von den Regenschauern einige Pfützen mit unvorhersehbarer Tiefe bereithielt. Als sie ausstieg, bemerkte sie, dass ihr Wagen voller

Matsch war.

»Kriminalhauptkommissarin Riedel. Das ist mein Kollege Stark. Darf ich erfahren, was passiert ist?«, ergriff sie das Wort, bevor ein aufgeregter Mann in Jägeruniform ihr zuvorkommen konnte. Er stockte kurz, offenkundig von dem Auftreten der jungen Frau irritiert.

»Lara?«

»Heiner?«

»Dich hab ich ja schon ewig nicht mehr gesehen.«

Und das ist auch gut so, dachte Lara. Heiner war früher ein Freund der Familie gewesen, er war bei ihnen ein- und ausgegangen. Doch irgendein Dissens zwischen ihm und seiner Mutter hatte zu einem Bruch geführt. Lara konnte sich nicht erinnern, ob sie jemals von dem Grund erfahren hatte. Oder ob sie diesen überhaupt erfahren wollte. Es hieß, Heiner habe eine Affäre mit ihrer Mutter gehabt. Das allein war Grund genug, seine Abwesenheit damals hinzunehmen, ohne nachzufragen. Das alles lag aber mehr als zwanzig Jahre zurück. Heiner sah trotz der langen Zeit aus wie früher. Kaum zu glauben, er war praktisch nicht gealtert.

»Wir waren auf der Suche nach dem Jungen. Die ganze Nacht waren wir unterwegs. Und dann, vor einer halben Stunde haben wir das gefunden.« Er deutete auf den Waldrand etwa 15 Meter vor dem Rettungswagen. Lara setzte sich in Bewegung und Heiner folgte ihr. »Bitte nicht erschrecken. Wir haben nichts angefasst. Aber der arme Volker hat sich direkt übergeben und ist ohnmächtig geworden. Er liegt schon im Krankenwagen hinten und wird behandelt.«

Lara zog zwei Einmalhandschuhe aus ihrer Hosentasche und streifte diese über, während sie vorsichtig an der Feldgrenze entlangging. Der Weg endete hier, er wurde scheinbar nur vom Besitzer des Feldes als Zufahrt genutzt. Ihr Herz pochte. Noch eine Leiche, und dann noch die eines Jungen, wäre der Tiefpunkt der Ermittlungen. Sie drehte sich zu Lenny um, der bereits sein Smartphone am Ohr hatte.

Als sie an der besagten Stelle ankam, bot sich ihr ein Bild des Grauens. Im hohen Gras direkt an der Grenze des Waldes fand sie ein Schlachtfeld vor, wie sie es so noch nie gesehen hatte. Sie erkannte einen Schuh, blutige Reste von Klamotten und einzelne Knochenteile. Zweifelsohne lagen hier die Überreste eines Menschen in einem Zustand, der eine Identifizierung nur schwer möglich machen würde.

»Die Population der Wildschweine ist viel zu hoch. Wir haben erst vorgestern die letzte Drückjagd beendet. Schwarzwild steht ganz oben auf der Liste. Die Sauen werden immer aggressiver. Ernteausfälle …«

»Sind das hier eindeutig Wildschweinspuren?«, unterbrach Lara den Vortrag des Jägers. Sie kniete sich vor dem Trümmerfeld nieder, um sich den Boden genauer anzusehen.

»Eindeutig! Solche Spuren hinterlässt nur das Gewaff eines Keilers. Die Verletzungen kenne ich von meinem Benny, der auch von einem Wildschwein gerissen wurde. Gott hab ihn selig.«

Lara sah zu Heiner auf. Ihr Blick war voller Bestürzung.

»Benny war mein Dackel.«

»Ach. Und hier liegt ein Mensch!«, entgegnete sie entsetzt.

Heiner verstummte.

Lara betrachtete den Schuh und die Stofffetzen, die in alle Richtungen verstreut waren. Eine blutige Spur führte in den Wald. Anscheinend lagen nicht alle Teile des Körpers hier. Wenn Wildschweine dafür verantwortlich waren, dann hatten sie einen Teil der Leiche mit in den Wald gezogen. Lenny trat hinter Lara.

»Die KTU und Herr Weidig sind unterwegs.«

Lara nickte. »Das hier ist nicht der Junge. Der Stiefel ist Größe 46. Auch die Farbe der Klamotten passt nicht zu denen, die seine Mutter uns beschrieben hat.«

Sie machte mit ihrem Smartphone Fotos der Details und der Umgebung. Ein Albtraum. Noch eine Leiche.

»Wird sonst noch jemand vermisst?«, fragte sie in die Runde der Jäger.

Ein Raunen und Getuschel ging durch die Runde. Niemand wagte, vorschnell mit einer Antwort vorzupreschen.

»Wird sonst noch jemand vermisst in Eichwald? Männlich, 35 bis 75 Jahre.«

»Nicht, dass ich wüsste«, antwortete Heiner. Die Übrigen blickten sie wortlos an.

»Schöne Scheiße«, murmelte Lara und stampfte zurück zu ihrem Wagen. »Niemand rührt etwas an. Sie halten sich alle fern von der Stelle. Am besten, Sie gehen hinten herum zurück ins Dorf. Die systematische Suche nach Luca Dostert hat bereits begonnen und wird von den Einsatzkräften der Polizei und Feuerwehr koordiniert. Bitte melden Sie sich dort, wenn Sie helfen wollen.«

Die Männer folgten umgehend ihren Anweisungen. Lara hatte das Gefühl, dass jedem Einzelnen eine Runde Schlaf besser täte, als weiter unkoordiniert im Wald nach Luca zu suchen.

Ein paar Minuten später kam die KTU an der Unfallstelle an. Lara berichtete von der Theorie der Wildschweine und überließ das Feld den Spezialisten. Nur einer fehlte. »Wo ist Wolfgang?«, fragte sie einen der Männer in Weiß. Meistens war er einer der Ersten am Ort des Geschehens. Lara dachte oft, Wolfgang hatte Züge von Clark Kent: Kaum war eine Leiche gemeldet, war er vor Ort.

Eine junge Kollegin aus dem Team der KTU antwortete Lara: »Der ist mitten in der Autopsie der Leiche von gestern. Er hat die ganze Nacht ballistische Untersuchungen gemacht, um die Entfernung des Schützen abzuschätzen.«

Lara nickte.

»Ihr kommt klar? Wir müssen weiter. Haltet mich auf dem Laufenden«.

Die Forensikerin quittierte dies mit einem Daumen hoch und machte sich an die Arbeit.

Luca

Apathisch saß Luca völlig am Ende in seinem Versteck. Er hatte sich mehrfach eingenässt und fror am ganzen Körper. Der Junge saß am Ende des Tunnels, eingewickelt in Decken. Das letzte Teelicht brannte vor ihm und würde nur noch wenige Minuten den Platz um ihn erhellen. Der Vorrat, den sich Luca und Ole vor einigen Monaten dort angelegt hatten, war nach der Anleitung eines Survival-YouTubers für den Ernstfall gedacht. 20 Flaschen Mineralwasser. Mehrere Konservendosen und Trockenobst. Nüsse, Rosinen und Schokolade. Kerzen, ein Feuerzeug, Messer, Gabel und Dosenöffner. Eine Axt zum Spalten von Holz.

Luca hatte keinen Plan, er wollte einfach nur raus. Raus aus der Gefangenschaft seiner Schuld, die seit dem Unfall des Mountainbikers in ihm wucherte wie ein Krebsgeschwür. Er hatte zunächst versucht, die ganze Sache zu unterdrücken, hatte gehofft, dass er irgendwann alles vergessen würde. Doch die Albträume wurden schlimmer und seine Gedanken hatten sich schließlich auch tagsüber nur um das eine gedreht: Er war schuld am Tod eines Menschen. Und er war allein. Ole hatte sich von ihm distanziert, war nicht mehr ins Training gekommen. Er schämte sich so sehr, sah keinen Ausweg mehr und hatte dann beschlossen, das zuvor präparierte Versteck aufzusuchen. Mit welchem Ziel wusste er nicht. Sein Vater hatte ihm einmal von einem Freund erzählt, der in einer so verzweifelten Situation war, dass er weder ein noch aus wusste. Dieser Freund hatte für sich eine Lösung gefunden: Er war mit 19 Jahren in ein Kloster eingetreten. Er lebte fortan, ohne mit jemandem zu sprechen, allein auf engstem Raum, trank nur Wasser und aß nichts, außer Brot. *»Nur in der völligen Abgeschiedenheit hatte er wieder zu sich und seinen inneren Frieden gefunden.«*

Luca saß schon am dritten Tag seiner Absonderung mit den Nerven am Ende dort in seinem Versteck und wusste nicht, ob das der richtige Weg für ihn war. Eigentlich wollte er zu seinem Vater in die Hütte, doch der war mit einem Freund wandern. Darauf hatte Luca keine Lust, er wollte lieber allein sein.

Nach zwei Tagen hätte er seinen Versuch auch abgebrochen, wenn er nicht letzte Nacht eine Beobachtung gemacht hätte, die ihm auch den letzten Rest an Hoffnung genommen hatte. Er hatte sich erstmals getraut, seine Höhle zu verlassen, war vorsichtig Richtung Dorfgrenze geschlichen. Die Dunkelheit war furchteinflößend, doch er wusste, dass an diesem Wochenende das Rebfeuerfest stattfinden sollte. Er hoffte, etwas von der Musik mitzubekommen. Je nachdem, wie der Wind stehen würde, hätte man den Musikverein weit über die Dorfgrenzen hinaus gehört. Doch alles, was er wahrnahm, war ein Schuss. Alles, was er sah, war ein Mann, der wenige Meter von ihm entfernt am Waldrand zusammensackte.

Das war der Moment, an dem er nur noch einen Ausweg sah und sich erneut in seine Höhle zurückzog. Er konnte seither keinen klaren Gedanken fassen, würde sich hinterher nicht mehr erinnern, was er in der Zeit seit Samstagnacht gedacht oder getan hatte. Er war innerlich leer und müde. Müde vom Leben und müde von all den grausamen Dingen, die er erleben musste. Luca war außerstande, sich zu bewegen. Er saß einfach nur da und wartete. Wartete darauf, dass etwas passierte, dass jemand zu ihm kam und ihn aufweckte und alles nur ein böser Traum war.

Ein Quietschen ließ ihn plötzlich aufhorchen. Er kannte dieses Geräusch. Es war der Klang des sich öffnenden Tors am Eingang der Höhle.

»Luca?«

Er erkannte die Stimme. Sie war ihm vertraut. Eine Stimme, die ihn sofort mit Wärme erfüllte. Er fing an zu weinen, ohne zu wissen, warum.

Der Kegel einer Taschenlampe leuchtete auf und kam immer näher. Es war wie eine Rettung in letzter Sekunde, denn in dem Moment, als die Taschenlampe sein Gesicht anstrahlte, erlosch die kleine Flamme des Teelichtes vor ihm.

Lenny

Lenny versuchte, die Beschreibung von Ole so gut es ging wiederzugeben. Lara schien den Weg zu den alten Stollen zu kennen, die sich wie die Gänge eines Ameisenhaufens durch den *Ockhofener Bockstein* zogen. Es gab verschiedene Eingänge, die ihres Wissens nach alle verschlossen sein sollten. Doch Ole hatte berichtet, dass Luca und er eines der Tore aufgebrochen hatten. Die beiden Jungs hatten sich dort ein Notfalllager angelegt. Er musste das Versteck des Jungen sein und Lenny hoffe so sehr, ihn dort lebend anzutreffen.

»Da vorne endet der Weg. Da muss der Eingang sein«, wies er Lara an, die den Wagen direkt auf den Eingang zusteuerte. Das Auto musste einiges leisten an diesem Wochenende und sah mittlerweile aus wie nach einer Rally im Gelände.

Die beiden sprangen aus dem Wagen und liefen den kleinen Anstieg nach oben, der zum Eingang der Höhle führte. Die Öffnung war bis auf ein kleines Rechteck, in dem ein eisernes Tor eingelassen war, komplett zugemauert. Das Tor stand offen. Lenny wusste, dass sie hier richtig waren. Er hatte die Taschenlampe aus dem Handschuhfach dabei. Der Lichtkegel flackerte über die nassen Steinwände im Inneren. Erst jetzt bemerkte er, dass seine Hände anfingen zu zittern. Die Dunkelheit, der modrige Geruch. Seine Erinnerungen kamen zurück und lähmten seinen Körper.

»Was ist los, Lenny?«

Er konnte nicht antworten. Die Gedanken waren wieder da und er wusste, dass es schwer war, diese abzuschütteln. Seine Hände zitterten immer mehr. Lara griff sich die Taschenlampe. »Warte du am Eingang, ich geh den Jungen suchen.«

Lara verschwand in der Dunkelheit des Stollens und Lenny sank am Eingang nieder. Die Geister der Vergangenheit waren zurück. Er hatte sie lange unter Kontrolle gehabt, aber etwas triggerte ihn bei diesem Fall. Er musste es unter Kontrolle bringen, das war ihm klar. Doch er konnte nichts dagegen tun. Am meisten stresste ihn, dass er lange Zeit geglaubt hatte, darüber hinweg zu sein. Natürlich wusste er genau, warum ihn hier seine Vergangenheit wieder einholte.

Nach einer knappen Viertelstunde kam Lara wieder aus der Dunkelheit zurück. Lenny hatte sich wieder voll unter Kontrolle. Die Hoffnung sank, als sie allein, ohne Luca aus dem Stollen heraustrat.

»Der Junge war hier. Am Ende des Stollens hat noch vor Kurzem eine Kerze gebrannt. Die Decke, die dort lag, war noch warm.«

Lara informierte die Zentrale, die Suche um das Gebiet der Stollen zu priorisieren.

Lenny war erleichtert und sich sicher, dass es eine begründete Hoffnung gab, den Jungen lebend zu finden. Er ahnte, dass Lara nun endlich die Zusammenhänge zu dem Haus in der Scheitergass klären wollte. Ein weiterer Toter würde ihren vorgeschobenen Grund der ›Gefahr im Verzug‹ noch untermauern.

»Lass uns direkt losfahren, ich muss noch kurz was klären, bevor wir in die Scheitergass fahren.« Lenny nickte und setzte sich auf den Beifahrersitz. Sie hatte wieder eigene Gedankengänge, denen sie nachging. Er fragte nicht nach und nutzte die Zeit, in der Lara ihren Plan ohne zu reden mit sich selbst ausmachte, um sich gedanklich zu sammeln. Das alles musste langsam zu einem Ende kommen, soviel stand fest!

Ole

Die Suche nach seinem Freund Luca und die Fragen des netten Polizeibeamten hatten Ole den zündenden Gedanken gebracht. Warum hatte er daran nicht früher gedacht? Er war zu sehr mit seinen eigenen Sorgen und Ängsten beschäftigt gewesen. Das Versteck mit den Vorräten war der naheliegendste Ort, an dem sich Luca versteckt halten konnte. Nachdem er den Polizisten angerufen hatte, machte er sich umgehend mit dem Fahrrad den Weg zu den nahegelegenen Stollen, um selbst nachzusehen, ob sein Freund sich dort aufhalten würde. Und tatsächlich: Eingekauert wie ein Häufchen Elend, hatte er ihn an der Stelle vorgefunden, an der sie Wochen zuvor ihren Vorrat angelegt hatten.

»Luca, Alter! Was machst du hier?«

Luca schluchzte vor sich hin und brachte kein Wort raus.

»Mann, ich bin fast vor Sorge gestorben. Alle suchen nach dir!«, versuchte er dem Jungen aus der Höhle die Situation zu erklären.

»Ich hab echt gedacht, du ...« Er wagte nicht auszusprechen, welche düsteren Gedanken er hatte; was mit seinem Freund passiert sein könnte. »Ich bin froh, dass du noch lebst!«

Luca blickte auf und Ole glaubte ein leichtes Lächeln in seinem Gesicht zu erkennen. Jedenfalls war hinter dem Dreck und Rotz in seinem Gesicht ein Funke Zuversicht erkennbar. Die beiden Jungs schwiegen sich einige Sekunden an, bis der völlig erschöpft wirkende Höhlenmensch sich zu Wort meldete. Seine Stimme war belegt, aber Ole freute sich selbst über die raue Version dieser.

»Ich war so am Ende. Die Sache mit dem Mountainbiker hat mich einfach nicht mehr losgelassen. Als ich sein Bild in der Zeitung gesehen habe, musste ich an seine Familie denken und hab Tag und Nacht nachgedacht, wie schrecklich das sein muss.«

»Ich doch auch …«, warf Ole ein.

»Ich wollte eigentlich nur hier hinkommen, um nachzudenken. Ich hatte nicht vor, hier für immer zu bleiben. Aber gestern Nacht ist echt was Krasses passiert.« Er stockte erneut.

»Sag schon! Was war los?«

»Du glaubst es nicht, aber ich stand auf dem Felsen am Waldrand – etwa da, wo die Wiese vom Bauer Justen anfängt – und habe einen Mann beobachtet. Eigentlich wollte ich nur die Musik vom Festplatz hören. Den Scheiß Musikverein hat man bis dahin gehört …«

Beide mussten grinsen. Ole war bewusst, dass sein Freund mit dem Musikverein nichts anfangen konnte, aber irgendwie vermittelte er doch ein Gefühl von Heimat.

»Und was ist dann passiert?«, fragte Ole voller Neugier.

»Der Mann stand da – keine Ahnung, fünf Minuten oder so. Und dann gab es einen Knall und der Typ sackte zusammen. Einfach so.«

»Jemand hat ihn erschossen, oder was?«, hakte Ole noch einmal nach. Seine Stimme zitterte. Luca nickte nur.

»Ich weiß auch, woher der Schuss kam. Ich hab

genau gesehen, von wo geschossen wurde!«

Ole starrte seinen Freund fassungslos an. Auch er hatte seinem Freund etwas zu berichten: »Ich muss dir auch was erzählen …«, nutze er die Gelegenheit und sah seinem Freund direkt in die Augen.

»Sag schon.«

»Seitdem du verschwunden bist, kam so ein Polizist zweimal zu mir. Ich habe zuerst nichts gesagt … Aber ich hatte so Angst, dass dir was passiert ist …«

»Sag schon …«, drängte Luca mit einem verständnisvollen Unterton.

»Ich hab ihm von unserer Falle im Sommer erzählt und dem Mountainbiker. Ich habe ihm erzählt, dass wir für seinen Tod verantwortlich sind! Er hat gesagt, er hilft uns und dass wir nichts zu befürchten haben, wir müssen nicht ins Gefängnis. Es war ein Unfall.«

Die befürchtete Reaktion eines Vorwurfs blieb aus. Luca wirkte zu müde, doch seine Erleichterung war ebenfalls zu spüren. Ole fiel ein Stein vom Herzen. Endlich waren sie wieder frei. Frei von der Schuld, die – jeder für sich – mit sich getragen hatte, wie eine Last, die beide zu erdrücken drohte.

Die beiden Jungs hatten eine Idee und schlossen einen Pakt. Sie waren wieder ein eingeschworenes Team. Doch der Polizist und seine Kollegin würden bald nach Oles Beschreibung dieses Versteck finden. Sie mussten also schleunigst verschwinden, um ihren Plan auszuführen – da waren sich beide einig.

Anna

Wieder einmal waren Anna und Emil die ersten, die zum vereinbarten Treffen auf dem Gut der Saarsteins erschienen. Mit einer Viertelstunde Verspätung kam der abgehetzt wirkende Maik Biesdorf mit seiner Karre an und parkte neben Annas BMW X7. Anna musste an eine Situation letzten Sommer denken, die sich auf dem Parkplatz vor ihrem Hotel in München abgespielt hatte. Der Ärztekongress tagte im Hotel – ein Aushängeschild und eine Tradition, die seit Jahren in den Odenthal-Hotels stattfand. Dort hatte zwischen Autos der Upperclass ein alter Volvo mit auffälligen Rostflecken geparkt. Als ihr Mann den Wagen abschleppen lassen wollte, kam in letzter Minute der sympathische Chefarzt der Charité aus Berlin aus dem Hotel geeilt. Er entschuldigte sich für das alte Auto, das ihm seit über 25 Jahre treue Dienste leistete, und war bereit, den Wagen umzuparken. Während ihr Mann Roùl vor Scham im Erdboden zu versinken drohte, hatte Anna eine neue Geschichte, mit der sie ihren Mann gelegentlich aufzog. Es ging so weit, dass sie ihm zum 40. Geburtstag beinahe einen Volvo der gleichen Baureihe geschenkt hätte, doch leider war niemand bereit, diesen Wagen zu einem angemessenen Preis abzugeben. Anna musste auch deshalb an diese Geschichte denken, da ihr Maik – ebenso wie der betagte Chefarzt damals – irgendwie durch seine Bescheidenheit sympathisch vorkamen.

Jetzt fehlte nur noch Lara, die sich ebenfalls zum Treffen angekündigt hatte. Die Stimmung war gedrückt, was angesichts der sich überschlagenden Ereignisse kein Wunder war. Der Ort war voller Polizei und seit Stunden kreiste ein Hubschrauber über Eichwald. Anna hatte alle Termine für den heutigen Tag abgesagt und ihrem Assistenten Erik Vollmann die Generalvollmacht erteilt. Damit hatte sie sich die nötige Zeit verschafft, ohne Nachfragen nach ihrer Abwesenheit erneut nach Eichwald zu fahren. Es war mittlerweile eine tägliche Routine, von der ihr Mann und ihr Sohn nichts mitbekamen. Eine traurige Erkenntnis, dass sich die Welt ihrer Familie auch ohne sie weiterdrehte. Aber für Sentimentalitäten hatte sie im Moment keine Zeit. Sie steckte tiefer in dieser Geschichte, als ihr lieb war.

Emil berichtete von der Historie des Hauses, die er von seinem Onkel erfahren hatte. Anna hörte die meisten Details zum ersten Mal. Sie hatten zwar nicht direkt etwas mit ihren Pflegeeltern zu tun und doch kam ihr der Verdacht, dass etwas nicht stimmte. Josef und Luisa Müller waren aufrichtige Leute, da war sich Anna sicher. Es hatte ihr an nichts gefehlt in der Zeit bei ihnen – außer vielleicht an der bedingungslosen Liebe, die nur Eltern einem Kind geben konnten. Der Bericht über das Haus und seine Besitzer war zwar interessant, brachte aber keine neuen Erkenntnisse darüber, warum Sophie Burg sterben musste und warum ein Foto des Gebäudes dieses Drama allem Anschein nach ausgelöst hatte.

Das Grübeln der Anwesenden wurde von der

Eingangsglocke unterbrochen. Felix öffnete die Tür und begrüßte Lara und ihren jungen Kollegen.

»Hallo zusammen. Das ist mein Kollege, Lenny. Lenny, das sind Felix von Saarstein, Emil Eichwald und Anna Odenthal.« Der junge Kollege nickte freundlich, schien jedoch überfordert mit den Namen. Lara wandte sich ohne Umwege an Anna.

»Ich habe hier ein Foto, das ich dir gerne zeigen würde. Wenn meine Theorie stimmt, dann wären wir einen Schritt weiter.«

Alle schauten gespannt zu, während Lara auf ihrem Smartphone wischte und Anna nach wenigen Sekunden den Bildschirm entgegenhielt.

»Kennst du vielleicht diesen Mann?«

Anna starrte auf das Foto. Ihre Atmung wurde kürzer und schwerfällig. Sie sank auf einen Stuhl und wisperte mit zittriger Stimme: »Wer ist das?«

»Das ist mutmaßlich der Mann, der 2003 in der Waldhütte verbrannt ist und über den es keine Informationen gibt. Er heißt Adam und befand sich zu diesem Zeitpunkt im Zeugenschutzprogramm.«

Annas Atmung wurde flacher und sie rang nach Luft.

»Alles okay bei dir?«, erkundigte sich Felix und schenkte ihr ein Glas Wasser ein. Sie trank einen Schluck und versuchte sich zu beruhigen.

»Ich weiß nicht, warum mich das so berührt. Aber ja, ich kenne den Mann. Er hat bei uns gewohnt.«

Sie machte eine Pause und trank das Glas Wasser komplett leer.

»Etwa zwei Wochen vor dem Brand ist er bei uns als Gast eingezogen. Es gab öfter Gäste, die bei uns gewohnt hatten. Meine Pflegeeltern hatten oft Obdachlosen oder Hilfsbedürftigen ein Zimmer zur Verfügung gestellt. Davon gab es ja genug. Im hinteren Teil des Hauses waren drei Zimmer mit eigenem kleinem Bad. Ich habe den Mann nie wieder gesehen. Aber ich bin ja auch direkt nach dem Brand nach München abgehauen …«

Lara nickte.

»Ich denke, ich weiß jetzt, was passiert sein könnte.« Lara blickte zu Lenny. »Wir müssen los und mit den Müllers sprechen.«

»Wir kommen mit!«, stellte Emil ohne Zweifel klar.

Lara sah ihn ratlos an.

»Ihr fahrt in einem separaten Auto, vielleicht nicht gerade das auffälligste, und wartet!«

»Damit war wohl meine Karre gemeint«, bemerkte Maik grinsend.

»Wohl eher meine …«, erwiderte Anna.

Da Emil mit dem Fahrrad da war, entschied man sich gemeinschaftlich für den SUV von Anna, der einfach mehr Platz für vier Personen bot und hinten getönte Scheiben hatte. Maik schien erleichtert. Er hätte noch einige Minuten in die Entmüllung seines Wagens stecken müssen, wenn er hätte fahren müssen.

Annas rasante Fahrweise sorgte für einvernehmliches Schweigen während der Fahrt. Emil hielt sich am Griff der Seitentür fest, ohne Annas Fahrstil zu kritisieren. Die Anspannung aller Insassen war in der Stille des Wagens zu spüren. Jetzt gab es kein Zurück mehr.

Gudrun

Sie hatte ihren Wagen ein paar Häuser vor der Scheitergass 13 entfernt geparkt. Eine alte Angewohnheit früherer Zeiten beim Verfassungsschutz, in denen sie noch regelmäßig im Außeneinsatz tätig gewesen war. Sie war von der alten Schule der Verfassungsschützer, als sich die Gefahren noch in der anlogen Welt abspielten. Verdeckte Ermittlungen, unauffällige Beschattungen und das Einschleusen von V-Leuten galten damals zum Instrumentarium ihrer Arbeit. Heute spielte sich ein großer Teil online ab. Die meisten Ermittler saßen hauptsächlich vor den Rechnern und hatten einen IT-Hintergrund. Gudrun musste sich in all den Jahren wandeln und anpassen, sich wie ein Chamäleon tarnen und immer wieder neuen Herausforderungen stellen. Der Fall ›Adam‹ begleitete sie jetzt schon seit über zwanzig Jahren und es war Zeit, die Akte zu schließen.

Als sie am Haus Nummer 13 ankam, vergewisserte sie sich, dass keiner sie beobachtete. Schließlich wimmelte es im Ort von der Polizei. Sicherlich, sie war allen hier anwesenden Polizisten weisungsbefugt, aber ihre wahre Identität war sie heute nicht bereit, preiszugeben. Sie wollte inkognito bleiben, das Problem aus dem Off klären und dann wieder verschwinden, wie sie gekommen war: unbemerkt und leise.

Auch Luisa Müller vergewisserte sich, dass niemand ihre Besucherin beobachtete, als sie diese hereinbat.

»Was ist passiert?«, erkundigte sich Gudrun, ohne sich in einem Small Talk nach ihrer Befindlichkeit zu erkundigen.

»Sophie ist hier aufgetaucht. Sie wurde gestern erschossen. Josef ist verschwunden. Und gestern haben mir zwei Amerikaner aufgelauert. Reicht das?« Luisa machte eine kurze Pause. Gudrun überlegte

»Das Ganze fliegt uns um die Ohren, Gudrun.«

»Was weißt du über die Amerikaner?«

»Nichts. Sie heißen Jill und Joe. Und sie interessieren sich für das Haus, sagt einer aus dem Ort, der sie begleitet.«

»Wer hat sie begleitet?«

»Spielt das eine Rolle?«

»Es spielt alles eine Rolle.«

»Er heißt Hans-Dieter Paulus. Keine Gefahr. Eine Zufallsbegegnung, wenn du mich fragst.«

Gudrun hatte nicht nach ihrer Meinung gefragt. Sie war allerdings selten so ratlos wie in diesem Fall. Irgendwie passte nichts zusammen. Die Personenabfrage der Bilddatenbank hatte die Namen bestätigt. Es handelte sich um ein Ehepaar aus Texas, das bisher ein unauffälliges Leben geführt hatte. Keine Vorstrafen, keine Einträge in irgendeiner Datenbank. Der perfekte Lebenslauf von verdeckten Ermittlern. Sie waren über Luxemburg eingereist und wohnten im Hotel Altfelsen. Aber da musste mehr dahinterstecken.

»Wann hast du Josef zuletzt gesehen?«

»Am Rebfeuerfest, Freitagabend. Er stand am Weinstand, als Anna plötzlich auftauchte …«

»Anna?«

»Unser Pflegekind. Anna Schmidt.«

Gudrun starrte Luisa entsetzt an. Sie überlegte, was der Zusammenhang sein konnte. Hatte sie etwas übersehen?

»Anna lebt in München und war in den letzten Jahren unauffällig. Wir hätten mitbekommen, wenn sie angeworben worden wäre. Wir haben ihr Telefon regelmäßig abgehört. Seit Jahren nichts. Aber es muss einen Grund geben, dass sie hier auftaucht.«

»Anna hat nichts mit der Sache zu tun. Das habe ich dir damals schon gesagt.«

»Richtig, und bis eben war ich da auch deiner Meinung. Aber wieso glaubst du, dass dein Mann verschwindet, gleichzeitig Adams Affäre Sophie hier auftaucht und dann auch noch Anna Heimatgefühle entwickelt, wo sie seit 20 Jahren ein Luxusleben führt?«

Gudrun hatte Anna schon lange vor dem Fall Adam zu den Müllers gebracht. Sie war die einzige Überlebende einer Clanfamilie, die auf bestialische Weise ermordet worden war. Anna war, wenn man so wollte, die erste Person im Zeugenschutz, die an die Müllers vermittelt wurde. Nach den ersten Jahren im Kinderheim und bei einer unfähigen Pflegefamilie fand man in Eichwald eine Heimat für das Kind. Ihre Geschichte kannte nur Gudrun und eine Handvoll Kollegen des Verfassungsschutzes, die mittlerweile alle außer Dienst waren. Die Müllers hatten sie wie ihre eigene Tochter liebevoll aufgenommen und integriert.

»Gudrun, ich habe keine Ahnung. Ich …«

Sie wurde von der schrillen Türklingel unterbrochen.

Gudrun ging zum Fenster. »Erwartest du jemanden?« Sie konnte, geschützt von den bodentiefen Gardinen, nicht erkennen, wer an der Haustür geklingelt hatte. Der Winkel war einfach zu spitz.

Das Klingeln drang erneut durch die Stille des Hauses, gefolgt von einer weiblichen, bestimmenden Stimme, die Gudrun bereits kannte.

»Herr Müller. Mein Name ist Lara Riedel vom LKA. Bitte machen Sie die Tür auf.«

Gudrun überlegte. Sie hatte die junge Kommissarin gründlich unterschätzt. Erst im Sommer hatte Frau Riedel Gudruns Telefonnummer herausgefunden und sie zum Fall ›Adam‹ befragen wollen. Und jetzt stand sie hier.

Gudrun deutete Luisa an, still zu sein und sich nicht zu bewegen.

»Herr Müller. Ich habe einen Durchsuchungsbeschluss für Ihr Haus und werde notfalls Kollegen hinzuziehen und mir gewaltsam Zutritt zu Ihrer Wohnung verschaffen. Bitte antworten Sie. Dann können wir in Ruhe reden.«

Gudrun fing an zu schwitzen. Sie flüsterte zu Luisa. »Wo ist der Hinterausgang? Komme ich unbemerkt durch den Garten hier weg?«

»Du willst dich einfach aus dem Staub machen?«

»Lass mich das regeln. Wenn ich weg bin, machst du die Tür auf und lässt sie rein. Du sagst kein Wort, du weißt von nichts und du kennst weder Sophie Burg noch Adam. Du streitest alles ab. Ich besorge dir eine neue Identität. Versprochen. Aber zunächst müssen wir das hier regeln.«

Luisa nickte mit einem Gesichtsausdruck des Zweifels. Sie war sicherlich nicht überzeugt, aber was blieb ihr anderes übrig?

»Die Stufen im Flur runter und über die Veranda in den Garten. Da steht ein großer Nussbaum in der Mitte. Lauf an dem vorbei, hinter den Hecken ist ein Tor. Dann musst du am Bach entlang und kommst hinten im Dorf wieder raus.«

»Könnte ein Beamter im Garten postiert sein? Kommt man ums Haus in den Garten?«

»Nein, rechts ist der Schuppen und links ist ein Zaun und ein Tor, den hatten wir wegen D'Artagnan absichtlich hoch gebaut«.

Gudrun konnte sich dunkel an D'Artagnan erinnern. Ein Deutscher Schäferhund, den Josef unbedingt behalten wollte. Er musste lange tot sein. Gudrun verschwand durch die Hintertür. Solche Manöver gehörten nicht zu ihrem Standardrepertoire, erst recht nicht in den letzten Jahren. Sie vergewisserte sich kurz, ob niemand im Garten auf sie wartete, und rannte los. Der groß gewachsene Walnussbaum thronte mitten auf dem Grundstück, wie ein einsamer alter Mann. Er strahlte eine Würde aus, die Gudrun in diesem Moment bei sich vermisste. Ihre Flucht war wahrhaft armselig, fast schon erbärmlich. In welche Situation hatte sie sich da nur gebracht? In dem Moment, als sie an dem Baum vorbeilaufen wollte, riss sie mit voller Wucht ein Körper aus der Bahn und Gudrun schlug der Länge nach auf den Boden auf.

Lara

Nach einem weiteren Klingeln kam endlich eine Reaktion aus dem Haus, vor dessen Tür Lara stand.

»Einen Moment, ich komme sofort«, rief eine Stimme aus dem Inneren.

Eine weitere Minute verging, bis eine ältere, aber gepflegt und trainiert wirkende Frau die Tür öffnete. Sie sah jünger aus, als sie tatsächlich war. Lediglich ihre faltige Haut verriet ihr wahres Alter.

»Bitte entschuldigen Sie, ich war im Keller und habe Sie nicht gehört.«

»Mein Name ist Lara Riedel, LKA. Ich habe ein paar Fragen an Sie, darf ich reinkommen?«

»Aber sicher, was gibt's denn?«

Lara traute der zuvorkommenden Art der Frau nicht. Ihre Augen sprachen eine andere Sprache. Sie erkannte die Panik in ihrem Blick. Irgendetwas war hier faul.

Lara folgte der Frau in die Küche, die über den großzügigen Eingangskorridor erreichbar auf der rechten Seite lag.

»Frau Müller, Sie haben sicher von dem Mord unweit von Ihrem Haus in der Nacht von Samstag auf Sonntag mitbekommen.«

Luisa nickte.

»Wo haben Sie und Ihr Mann sich zu dieser Zeit befunden?«

Luisa machte eine auffällig lange Pause, bis sie ruhig und nüchtern antwortete: »Ich hatte Standdienst auf dem Rebfeuerfest, bis ca. 23:00 Uhr. Dann bin ich nach Hause. Mein Mann hatte da schon das Fest verlassen und war tief und fest am Schlafen.«

»Kennen Sie Sophie Burg?«

»War sie die Frau, die gestorben ist?«

»Sie wurde getötet. Durch einen gezielten Kopfschuss. Sie ist nicht einfach gestorben. Sie wurde hingerichtet.«

Lara bemerkte, dass Luisa nur schwer ihre Gesichtszüge unter Kontrolle halten konnte. Hinter der Fassade brodelte es gewaltig. Sie wusste etwas, soviel war klar.

»Frau Müller. Wo ist Ihr Mann jetzt?«

Mit dieser Frage traf Lara ins Schwarze. Luisa war nicht mehr in der Lage, ihre Tränen zurückzuhalten. Sie verbarg ihr Gesicht mit den Händen und weinte bitterlich.

»Ich weiß es nicht. Er ist verschwunden. Ich habe ihn seit Freitagnacht nicht mehr gesehen.«

Lara kam ein Gedanke, der zwar naheliegend war, jedoch nicht ohne Überprüfung ausgesprochen werden sollte.

»Was hatte Ihr Mann an? Können Sie sich daran erinnern?«

Luisa blickte zu Lara auf. Es kam ihr so vor, als würde sie jemand anderes ansehen. Die starren und erhabenen Gesichtszüge waren weg. Vor ihr saß eine gebrochene Frau.

»Ich weiß es nicht. Eine braune Cordhose und irgendwas Grünes. Ich glaube, er hatte seine grüne Weste an. Es wird abends ja jetzt schon kühler.«

Luisa blickte Lara an. Sie ahnte, dass die Frage

nach den Klamotten einen Hintergrund haben musste.

»Hören Sie, Frau Riedel. Sie müssen nach Josef suchen. Er ist in Gefahr.«

»Ich kann Ihnen nur helfen, wenn Sie mir vertrauen und die ganze Wahrheit erzählen. Frau Müller. Sagen Sie, was Sie wissen, dann finden wir Ihren Mann.«

Luisa wusste mehr, aber wie konnte sie an ihr Wissen kommen?

Ein seltsames Klopfen aus dem hinteren Bereich des Hauses unterbrach das Gespräch der beiden Frauen.

»Was ist das?«, fragte Lara überrascht.

Luisa stand auf und ging durch den Flur zum Hinterausgang. Ein erneutes Klopfen, dieses Mal lauter und aggressiver, drang durch den Flur. Jemand hämmerte mit der Faust gegen die Tür. Lara zog ihre Waffe und ging an Luisa vorbei. Ihr Herz klopfte. Sie erkannte die verschwommenen Umrisse durch das marmorierte kleine Fenster in der Tür. Lara riss die Tür auf und ihre Angst wich der Überraschung, dass Lenny dort mit einer Frau stand, die mit Handschellen auf dem Rücken fixiert war.

»Lennard?«

»Diese Person ist eben aus dem Haus geflüchtet und wollte sich unbemerkt entfernen. Angeblich Gudrun Hauser, 62 Jahre, Landesbeamtin beim Verfassungsschutz. Kann sich nicht ausweisen.«

Lara blieb die Luft weg. Gudrun Hauser. Sie hatte vor wenigen Wochen mit dieser Beamtin vom Verfassungsschutz telefoniert. Der Hinweis kam damals von Laras ehemaligem Chef Heinz.

»Bring sie rein in die Küche.«

»Sie haben kein Recht, mich festzuhalten. Ich bin Landesbeamtin auf höchster Ebene. Frau Riedel …«

»Und Sie können sich nicht ausweisen. Bis dahin sind Sie eine flüchtende Person, die im dringenden Verdacht steht, in Zusammenhang mit dem Mord an Sophie Burg zu stehen. Ich nehme Sie bis zur Feststellung Ihrer Personalien fest. Sie haben das Recht zu schweigen und einen Anwalt hinzuzuziehen.«

»Sie machen einen riesigen Fehler!«, knurrte Gudrun, die von Lenny in die Küche geführt wurde.

»Sie haben riesige Fehler gemacht, Frau Hauser! Sie kennen Sophie Burg, Sie haben sie jahrelang beschattet und wissen, dass sie nach Antworten gesucht hat.«

»Sie wissen nichts! Ich bin für die Sicherheit der Bundesrepublik zuständig, um Schaden von unserem Land abzuwenden, um jeden Preis!«

»Und was haben wir jetzt? Zwei Tote innerhalb von 48 Stunden.« Lara stockte. Sie sah zu Luisa, deren Gesicht blasser wurde. Sie schien zu begreifen, was los war. Ihr Gesicht war hasserfüllt, als sie sich auf Gudrun Hauser stürzte. Lenny sprang dazwischen und verhinderte Schlimmeres. »Bleiben Sie ruhig, Frau Müller!«

Sie ließ nur mit Gewalt von Gudrun ab. Lara nahm ihre Handschellen und fixierte Luisa am Griff einer Küchenschublade, in sicherer Entfernung zu Frau Hauser.

»Pass auf die beiden auf. Ich muss kurz telefonieren. Ruf du bitte bei der Leitstelle an und fordere einen Streifenwagen zur Sicherung an.«

Lenny nickte und Lara verließ den Raum. Sie ging durch den Flur in die erste Etage. Hier verlief ein Gang quer durch das Haus. Ungewöhnlich viele Türen führten rechts und links zu Zimmern – wie bei einer Pension oder einem Hotel. Sie öffnete eine und stand in einem Raum, von dem aus man über den Garten, die Felder und in den bewaldeten Berg dahinter blicken konnte. Es war das Tal, das nach Ockhofen führte, dem noch kleineren Ort westlich von Eichwald. Während sie einen Kontakt in ihrem Handy suchte, zog sie vorsichtig die Gardine zur Seite und starrte in den Wald. Hatte sich Luca ein neues Versteck gesucht, oder war er bereits zu Hause? Sie drückte auf ›anrufen‹ und wartete auf eine Antwort.

Luca & Ole

Die beiden Jungs hockten hinter einer unkontrolliert wuchernden Hecke an einer Grundstücksgrenze der äußeren Siedlung von Eichwald. Der Weg von den Stollen bis zu ihrem Ziel war nicht leicht: Überall wimmelte es von Polizisten, die nach Luca suchten. Ole hatte sein Rad mit Ästen und Zweigen getarnt am Waldrand zurückgelassen. Luca sah aus wie nach einer dreitägigen Dschungelexpedition: Seine Klamotten waren dreckig und durchnässt. Seine dunklen Locken hingen ihm klebrig bis ins Gesicht. Der Kaugummi, den er von Ole bekommen hatte, war eine Wohltat nach drei Tagen ohne fließendem Wasser und Zahnbürste. Er roch den Duft von Pfefferminz und versprühte eine Frische, die er mit jedem Atemzug inhalierte.

Die beiden Jungs waren wieder vereint – und gemeinsam hatten sie eine Mission, die sie wie früher zusammenschweißte.

»Und du bist dir wirklich sicher?«, flüsterte Ole.

»Hundertpro! Der Schuss kam aus der ersten Etage. Alle Häuser hier waren wie ausgestorben, nur an einem Fenster war ein Schatten zu sehen. Und genau von dort kam der Schuss. Das habe ich gemerkt, weil es auf einmal etwas aufgeblitzt ist. Ansonsten lag die Siedlung im Dunkeln. Und für einen kurzen Moment habe ich den Mann in der oberen Etage gesehen.«

Die beiden saßen zusammengekauert und still im Gebüsch. Sie lagen auf der Lauer; wie eine Katze, die darauf wartete, dass eine Feldmaus ihr sicheres Loch verließ.

»Niemand zu sehen«, flüsterte Luca mit rauer Stimme. Nicht nur sein Äußeres hatte unter seinem Aufenthaltsort gelitten, auch seine Stimme war heiser und belegt.

Plötzlich bewegte sich eine Gardine an einem der Fenster im oberen Stock.

»Da! Jemand ist im Haus«, flüsterte Ole aufgeregt.

Die Entfernung war zu weit und Ole ärgerte sich, dass er seinen Feldstecher nicht dabei hatte, den er von seinem Vater zum Geburtstag bekommen hatte. »Ist der Schuss aus dem Fenster gekommen?«

»Ja genau. Von dort kam der Schuss! Ich bin mir hundertprozentig sicher.«

Die Gardine im ersten Stock des Hauses hatte sich leicht bewegt. Die beiden erkannten nicht, wer dort stand, aber eines war sicher: Eine Person schien sie von dort aus zu beobachten.

»Wir müssen zur Polizei«, schlug Ole vor, dem die Situation nicht geheuer war.

»Nein! Wir haben doch gesagt, wie wir es machen! Wenn wir den Mörder stellen, dann verzeiht man uns den Unfall.«

Ole war sich unsicher, ob der Plan so gut war. Eine Heldentat würde sicher nicht einfach so vergessen machen, wofür die beiden verantwortlich waren. Aber immerhin: Es war ein Versuch.

»Okay. Wir müssen näher ran. Hast du die Axt bereit?«

Luca umfasste das alte Beil am ergonomisch geformten Griff aus Eichenholz. Es war die Axt aus der Werkstatt seines Opas. Zu jeder guten Überlebensausrüstung gehörten auch Waffen. Die Axt war nicht nur gut, um Holz zu spalten und damit ein Feuer zu errichten, sie war auch die einzige Waffe für ihre Mission. Und Luca war bereit, diese als solche einzusetzen.

Wolfgang

Er kam verspätet am neuen Tatort an. Die zweite Leiche innerhalb von 48 Stunden. Das war unfassbar. Wolfgang war sprachlos über das Ausmaß, das offensichtlich Wildschweine mit dem Körper angerichtet hatten. Doch die viel wichtigere Frage war, wie der Mann an diese Stelle gelangt und wodurch er zu Tode gekommen war. Diese Frage würde schwieriger zu klären sein als der Kopfschuss von Sophie Burg. Er hatte die letzten 24 Stunden damit verbracht, den möglichen Standort des Täters zu ermitteln. Einschusswinkel und Größe des Opfers ließen in der Computersimulation nur wenige Punkte zu, die als Abschussort gedient haben konnten. Ohne die Richtung und den genauen Standort des Opfers war dieser jedoch nicht eindeutig zu bestimmen. Neben zwei Bäumen, auf denen der Täter aus einer Höhe von etwa 2,50 Meter hätte geschossen haben können, kamen auch zwei Häuser aus der angrenzenden Siedlung infrage. Alle anderen Punkte waren entweder zu niedrig oder zu weit entfernt.

»Wir haben den Kopf und das fehlende Bein gefunden«, meldete sich ein Kollege aus dem Wald über Funk. Wolfgang ließ sich zu der Stelle bringen, an der der Kollege bereits begonnen hatte, den Auffindeort der Leichenteile zu fotografieren. Anhand des Schädelknochens war eindeutig zu erkennen, dass es sich um den Kopf handelte, auch wenn dieser von den Wildschweinen übel zugerichtet zurückgelassen worden war. Wolfgang kniete sich nieder.

»Kannst du mir mal eine Pinzette reichen?«, wies er den Kollegen an, der umgehend das lange chirurgische Besteck aus dem Koffer entnahm und es Wolfgang reichte. Vorsichtig legte er den Rest an Haut und Gewebe frei.

»Fotografiere das hier mal bitte mit einer Millimeterskala. Das ist ja nicht zu fassen …«

Der Kollege beugte sich zu Wolfgang hinab. »Das ist ein Einschussloch! Das passt doch …«

»Richtig. Das könnte das gleiche Kaliber sein wie bei der Leiche gestern«, ergänzte Wolfgang die Gedanken seines jungen Kollegen. Er hatte einen seltsamen Einfall. Wolfgang wollte seiner Idee unbedingt direkt nachgehen. Er hastete zurück zum Tatort am Waldrand und sah sich um. Der Ort war im Ausnahmezustand und überall waren Gruppen von Polizeibeamten zu sehen, die die Gegend durchkämmten.

»Hat einer von euch ein Fernglas?«, fragte er in die Runde. Ein Kollege, der zur Sicherung des Tatortes abgestellt war, brachte ihm ein seltsames kleines Gerät aus seinem Streifenwagen.

»Gehört mir privat, funktioniert auch bei Nacht, ein top Gerät«, kommentierte er stolz.

Wolfgang stellte sich vor das Trümmerfeld der Leiche an den Rand des Feldes und spähte durch das Fernglas. Er erkannte einige Häuser der alten Siedlung von Eichwald, die allerdings zu weit entfernt lagen. Die nahen Gebäude waren fast alle durch Bäume verdeckt. Nur zu einem Haus in der Nähe hatte er freie Sicht. Er sah die Terrasse, den

Garten und die Fenster des ersten und zweiten Stockwerks. Langsam setzte er das Fernglas ab und überlegte.

Sein junger Kollege stand plötzlich neben ihm. »Denkst du …« Er stockte kurz. Wolfgang sah ihn an. »Kannst du mal die Kartenapp auf dem Tablet öffnen?«

Sein Kollege ahnte, was Wolfgang vorhatte. Zur Dokumentation hatte die KTU einen Haufen Technik dabei, mit der sich der erfahrene Rechtsmediziner schwertat und das Feld den jungen Kollegen überließ.

Die Karte mit dem Standort öffnete sich und wurde Stück für Stück durch ein Luftbild ergänzt. »Hier ist unser Standort mit einem blauen Punkt markiert. Per GPS bis auf zwei Meter genau.«

»Gut. Wo ist der Auffindeort der ersten Leiche?«

Der Kollege markierte die Stelle, an der sie gestern Sophie Burg aufgefunden hatten. Ohne Anweisung des Chefs zog er zwei Linien zu dem Haus, auf das Wolfgang blickte – eine von dem Tatort am Festplatz, eine von ihrem Standpunkt aus.

»Bingo!«, kommentierte er freudig erregt.

»Das müssen wir genau prüfen und ballistisch nachstellen«, wies er den jungen Mitarbeiter der KTU an.

»Wird erledigt!«

Wolfgang zog sein Smartphone aus der Tasche und entfernte sich etwas vom Tatort. Er überlegte, ob er bereit war, die vage Theorie weiterzugeben oder ob nähere Untersuchungen nötig waren. Er entschied sich, erst einmal seine These in der Praxis zu prüfen und marschierte den Feldweg zurück, um nach Eichwald zu gelangen. Der Bach verlief nur wenige Meter hinter der Feldgrenze. Wolfgang stiefelte nicht auf direktem Wege durch das Gewässer, sondern ging über den gefestigten Weg außen herum.

Lara

Während das erste Freizeichen ertönte, wurde ihr Telefonat angenommen.

»Wolfgang?«

»Hallo, Lara.«

»Du musst was für mich überprüfen. Die zweite Leiche, kannst du herausfinden, ob sie eine braune Cordhose anhatte und eine grüne Weste?«

»Die Kollegen sind dabei, die Klamotten zu dokumentieren. Aber das könnte passen … Ich prüfe das und gebe dir Bescheid. Ich habe auch noch Neuigkeiten für dich.«

»Dann schieß los.«

»Gutes Stichwort. Also zuerst zum Kaliber: Sophie Burg wurde mit einem 300er Kaliber, genauer gesagt ›300 Win Mag‹ erschossen; dieses Format wird unter anderem von Jägern genutzt und kann sehr präzise schießen. Und das mit genug Energie, um am Ziel sehr viel Schaden anzurichten.«

»Aber wie kommt es, dass wir bisher keine Zeugen für den Schuss haben? So ein Gewehr ist doch irre laut, oder?«

»Dazu muss ich etwas weiter ausholen: Der Schussknall besteht aus drei Elementen: Mündungsknall, Geschossknall, Aufschlagknall. Der Mündungsknall entsteht, wenn die hochgespannten Gase hinter dem Geschoss den Lauf verlassen. Man kann dieses Geräusch mit einem Schalldämpfer sehr gut dämpfen. Durch den Aufsatz werden die Gase an der Mündung unterdrückt. Das bewirkt zwei Dinge: Das Gehör des Schützen wird geschont. Und zweitens macht es der Schalldämpfer unmöglich, den Ort der Schussabgabe zu definieren. In einer lauten Umgebung – Straßenverkehr, Baustelle, Rummelplatz – kann es sein, dass der Schuss überhaupt nicht als solcher wahrgenommen wird. Der Aufschlagknall ist ebenfalls kaum hörbar, jedenfalls nicht, wenn er auf einen Menschen trifft. Allerdings bleibt noch der Geschossknall, der entsteht, wenn das Projektil mit mehr als 320 Meter pro Sekunde fliegt und damit die Schallmauer durchbricht. Dieser Knall ist nicht zu dämpfen, da moderne Geschosse mit 800-1000 Meter pro Sekunde die Mündung verlassen.«

»Okay. Also wir haben das Kaliber. Das hilft uns aber nicht wirklich weiter, wenn wir nicht die Waffe dazu finden.«

»Moment. Das war ja nur der offizielle Teil. Das, was wir sicher haben«, entgegnete Wolfgang.

Das war jetzt nicht sein Ernst: Detaillierte Ausführungen zum Geschoss, und die wesentlichen Informationen kamen erst? Wolfgang war ein brillanter Rechtsmediziner und Kriminaltechniker. Aber seine Informationen gab er eher wie ein Geschichtenerzähler preis: Spannung vor Wichtigkeit. Das konnte Lara jetzt überhaupt nicht gebrauchen.

»Also, Wolfgang, komm zur Sache!«

»Gut, wir haben verschiedene Punkte ausfindig gemacht, von denen der Schuss abgegeben worden sein könnte. Hier spielen die Größe des Opfers, der Einschusswinkel …«

»Jaja, lass die Details weg.«

»Gut. Der Schuss könnte von einem Haus gekommen sein. Das ist aber mit dem einen Schuss auf das erste Opfer nicht eindeutig zu belegen. Wir haben aber einen zweiten Schuss mit dem gleichen Kaliber. Somit ist eine ›Kreuzpeilung‹ möglich. Ich nehme an, du willst das Verfahren nicht genau ...«

»Nein, mir reicht das Ergebnis. Aber Moment mal. Auf wen wurde der zweite Schuss abgegeben?«

»Auf das Opfer am Waldrand. Wir haben den Kopf des Opfers im Wald gefunden – oder besser gesagt, was davon übriggeblieben ist. Wenn meine Vermutungen stimmen, dann ist der Mann mit dem gleichen Kaliber an fast der gleichen Stelle getroffen worden wie das erste Opfer. Ein präziser Distanzschuss. Das Projektil haben wir noch nicht gefunden, aber das ist nur eine Frage der Zeit ... Und jetzt kommt es: Es gibt einen möglichen Abschussort, der sich mit dem des ersten Mordes deckt! Es ist ein Haus an der Ortsgrenze von Eichwald, mit freiem Schussfeld auf beide Opfer.«

Lara musste sich setzen. Das war allerdings eine Entwicklung, mit der sie so schnell nicht gerechnet hatte. Wenn es sich bei der Leiche am Waldrand um Josef Müller handelte – wovon auszugehen war – und der Schütze auf ihn und Sophie Burg der gleiche war ... Dann musste es eine dritte Person geben.

»Hast du die genaue Adresse des Hauses?«

Anna

Anna, Felix, Emil und Maik saßen bereits seit über einer halben Stunde im Auto in der Scheitergass. Lenny war in einem gekonnten Hechtsprung über das hohe Tor an der Seite des Hauses im Garten verschwunden. Lara war nach einer ungewöhnlich langen Wartezeit von Luisa ins Haus gebeten worden. Gerade fuhren zwei Polizeiwagen an ihnen vorbei und parkten direkt vor dem Haus der Müllers. Die uniformierten Beamten stiegen aus und postierten sich vor dem Gebäude. Die Anspannung der vier wuchs von Minute zu Minute.

»Wir müssen etwas unternehmen!«, schlug Anna vor, die die Belastung kaum aushielt. Irgendetwas stimmte nicht, das spürte sie.

»Wir bleiben hier und beobachten. Alles andere wäre sinnlos«, entgegnete Felix. Hier sprach die Vernunft. Während Anna immer nervöser wurde, wischte Emil auf einem Tablett und schien etwas zu lesen.

»Was machst du da?«, erkundigte sich Anna.

»Ich muss etwas überprüfen. Hier gibt es einen Verein, der sich um die vergessenen Vertriebenen der Opfer des Nationalsozialismus kümmert. Die recherchieren nach deportierten Familien und setzen sogenannte ›Stolpersteine‹ vor deren Haus. Das sind kleine Gedenktafeln aus Messing, die an die Opfer erinnern sollen. In deren Register habe ich diese Familie gefunden, von der mein Onkel gesprochen hat. Königsfeld. Denen hatte das Haus vor 1943 gehört …«

Anna war sprachlos. Sie platzte fast vor Anspannung, das ganze Dorf und eine Hundertschaft der Polizei suchte nach einem verschwundenen Jungen, Sophie wurde ermordet … Und er recherchierte vertriebene Opfer des Nationalsozialismus. Das Gesicht von Maik verriet Anna, dass sie nicht die Einzige war, die sich darüber wunderte.

»Hast du Zigaretten dabei?«, fragte Anna den ebenfalls nervös wirkenden Anwalt.

»O Mann, ja auf jeden Fall.« Er zog ein Päckchen aus der Hosentasche. »Setzen wir uns neben das Auto?«

Anna nickte zustimmend. Während die beiden geduckt zur Tür auf der hausabgewandten Seite das Auto verließen und im Begriff waren, eine beruhigende Dosis Nikotin zu konsumieren, wurde die trügerische Ruhe durchbrochen. Die Tür der Hausnummer 13 ging auf. Lara und Lenny stürmten heraus und wiesen einen der Polizeibeamten an, im Haus aufzupassen. Emil und Felix sprangen aus dem Wagen, als Lara und Lenny an diesem vorbeiliefen. Anna und Maik nahmen ebenfalls die Verfolgung auf. Was war hier nur los? Wo wollten die beiden hin? Als sie aus der Scheitergass in die Bergstraße gelangten, hatte Anna eine Befürchtung, was deren Ziel war.

»Ihr bleibt zurück!«, rief Lara ihren Verfolgern zu, als sie quer durch den Vorgarten vom Anwesen der Stollbergs lief. Sie wartete, bis Lenny neben ihr an der Tür angekommen war, und zog ihre Waffe. Lara nickte ihrem Kollegen zu, der klingelte und sich erneut etwas entfernte.

Keine Reaktion. Anna beobachtete die Situation aus sicherer Entfernung. Als auch ein zweiter Versuch scheiterte, erinnerte sie sich an die Zeit, in der sie bei ihrem Jugendfreund Tom ein und ausgegangen war.

»Rechts ums Haus, das Tor kann man von außen aufdrücken«, rief sie Lara zu, die mit einem Nicken quittierte. Sie liefen geduckt zu dem Tor an der Seite des Hauses.

Heinrich

Heinrich hatte die beiden Jungs, die sich von hinten an sein Grundstück geschlichen hatten, schon früh bemerkt. Er war zwar alt und sein Körper müde vom Leben, aber sein Verstand war wachsam wie der eines jungen Mannes. Heinrich Stollberg war immer noch bereit zu tun, was getan werden musste. Noch ahnte er nicht, dass es sich nicht um einen Dumme-Jungen-Streich handelte. Die verblendete Jugend von heute, die nur noch vor flimmernden Bildschirmen saß und sich berieseln ließ – von so einem nutzlosen Haufen ließ er, der mehrfach für seine Dienste am deutschen Volke ausgezeichnete Heinrich Stollberg, sich nicht einschüchtern.

»Na wartet nur, ihr asozialen Bengel«, knurrte er und nahm seine Brenner, Kaliber 308, aus dem Waffenschrank. Er hatte sicher nicht vor zu schießen; Aufmerksamkeit erregen war in diesen Tagen keine gute Idee. Schließlich war eine Vielzahl an Polizisten im Ort und wenn einer wusste, aus welchem Grund, dann er.

Die Polizei war doch heute auch nur noch ein verweichlichter Haufen von Menschen, die lieber den Ausländer als das Vaterland verteidigten. Er verabscheute die Gesellschaft, oder das, was aus ihr geworden war. Eine Genugtuung war es gewesen, Josef Müller zu erschießen. Endlich, denn er hätte es schon viel früher tun sollen. Wenn diese Sophie nicht dazwischengekommen wäre, hätte Heinrich bis zum Ende seiner Tage Ruhe gehabt.

Warum nur hatte man diese Person nicht wegsperren können? Und woher kannte sie sein Geheimnis? Was wusste sie überhaupt? Egal, er hatte getan, was getan werden musste: Sophie konnte Josef nicht mehr unter Druck setzen, und für Josef war es an der Zeit abzudanken, bevor er wie ein Weichei seine Tarnung aufgab. Es war nicht das erste Mal, dass er jemanden hingerichtet hatte, nur das letzte Mal lag über 80 Jahre zurück. Heinrich mobilisierte alle Kräfte, als er aus der ersten Etage ohne Hilfe nach unten stieg. Seine polnische Pflegekraft hatte Urlaub, üblicherweise die Zeit, in der er ihre Arbeit am meisten zu schätzen wusste. Ohne ihre Hilfe kam er nur schwer im Alltag zurecht. Sein Gewehr anlegen und präzise Schießen war kein Problem, aber alleine aus der Badewanne aussteigen war ohne fremde Hilfe nur schwer möglich.

Nach anstrengenden zehn Minuten schritt er durch die Hintertür auf den kleinen Balkon, von dem aus man über ein paar Stufen in den Garten gelangte. Eine Bauweise, die in dem Teil des Ortes fast bei jedem Haus gleich war. Er bemerkte erst in letzter Sekunde den völlig verdreckten und entkräftet wirkenden Jungen, der mit einer Axt auf ihn zulief.

Lenny

Das Tor an der Seite des Hauses ließ sich tatsächlich mit einem kräftigen Ruck aufdrücken und machte den Weg in den Garten des Anwesens von Heinrich Stollberg frei. Noch bevor sie die Hausecke erreichten und hinter dem Gebäude angekommen waren, hörten sie den lauten Knall. Ein Schuss, da gab es keinen Zweifel.

Lara und Lenny pressten ihren Rücken an die Hauswand. Es gab rechts und links keine Deckung, wo sie hätten Schutz suchen können, wenn jemand in diesem Moment um die Ecke gesprungen käme.

Lennys Hände fingen an zu zittern. Seine Verzweiflung wuchs. Er hoffte, dass er jetzt nicht versagen würde. Nicht jetzt, wo es ernst wurde. Er konzentrierte sich, schüttelte sich. Nicht jetzt. Nicht hier. Konzentration. Er hielt seine Waffe fest in beiden Händen, das Zittern hörte jedoch nicht auf. Im Gegenteil. Es wurde schlimmer. Lara bemerkte den Zustand von Lenny.

»Du bleibst hier, zur Sicherung«, flüsterte sie, was angesichts der Situation lediglich ein Grund war, ihn nicht in Gefahr zu bringen. Lara lief mit vorgehaltener Waffe los und Lenny sank zu Boden.

Er hörte Lara schreien.

»Waffe weg. Polizei. Waffe weg! Legen Sie die Waffe nieder!«

Ein weiterer Knall ließ ihn zusammenzucken; er klang anders als der erste. War es ein Warnschuss von Lara? Oder gezielter Schuss zur Gefahrenabwehr? Lenny nahm seine Waffe vom Boden, schrie aus Verzweiflung und um sich selbst zu befreien. Er kam in dem Moment um die Hausecke, als Heinrich Stollberg sein Gewehr von unten an sein Kinn setzte.

»Ich habe lange genug gedient. Melde mich ab«, sprach er in einem militärisch lauten und ebenso klaren Ton, bevor er sich mit einem lauten Knall selbst richtete und auf seiner Veranda zusammenbrach.

Lenny bemerkte als erstes die beiden Jungs, die wenige Meter von der Leiche des Heinrich Stollberg entfernt auf dem Holzboden der Veranda kauerten. Einer der beiden war Ole, der seinen Freund Luca im Arm hielt.

Lenny lief zu ihnen und stellte erleichtert fest, dass beide unversehrt waren.

»Es ist vorbei, keine Angst«, versuchte er die beiden zu beruhigen. Er sah die Axt zwischen der Leiche und den Kindern liegen. Bevor Lara bei ihnen war, schob er das alte Beil zur Seite und ließ es unauffällig im Gebüsch verschwinden. Ole bemerkte die Handlung von Lenny. »Keine Sorge, ich kümmere mich drum. Ihr habt nie eine Axt gesehen.«

Wenige Minuten später kam Wolfgang hinter mehreren Polizisten mit gezogenen Waffen um die Ecke in den Garten.

»Gesichert«, rief Lara ihren Kollegen zu.

Wolfgang kam ihr kopfschüttelnd entgegen.

»Was für ein Wahnsinn. Noch eine Leiche.«

Lara sah auf ihre Uhr.

»Und du hast einen neuen Rekord aufgestellt: Todeszeitpunkt Heinrich Stollberg: 16:03 Uhr. Ankunft der Gerichtsmedizin: 16:05.«

Sie überließ den Tatort Wolfgang und sah sich um. Sanitäter kamen in den Garten gelaufen und kümmerten sich um Luca und Ole. Lenny saß auf einem Stein etwas abseits des Auflaufs an Polizeibeamten. Erleichtert und müde setzte Lara sich neben ihn.

»Was ist das mit dem Zittern, Lenny? Bekommen wir das in den Griff?«

»Das Zittern war jetzt zwanzig Jahre weg. Ich habe dir nicht die ganze Wahrheit über meine Geschichte in Eichwald erzählt. Es gab da noch einen Vorfall …«

Lara sah ihren Kollegen an. »Einen *Vorfall*?«

»Ich habe meinen Vater getötet. Es war Notwehr. Er hat meine Schwester und mich bedroht, jahrelang. Immer wenn er betrunken war, hat er uns geschlagen.«

Er machte eine Pause. Lara wartete. War er bereit, die ganze Geschichte zu erzählen? Er merkte, wie sie trotz der Wallung um sie herum auf eine Erklärung wartete.

»Das Ganze war auf einem Familienfest 1999 hier in Eichwald passiert. Meine Tante hatte ihren 40. Geburtstag gefeiert. Wir waren schon freitags angereist und die Stimmung war direkt angespannt. Mein Vater war das schwarze Schaf der Familie. Er hatte immer Vorwürfe bekommen, war für alles verantwortlich, was seine Geschwister versäumt haben. Oder er hatte es so aufgefasst. Jedenfalls waren Anspannung und Alkohol eine teuflische Kombination. Er hatte meine Mutter nicht nur einmal grün und blau geschlagen. An dem Abend, an dem die Feier stattfinden sollte, haben wir Kinder im Schuppen gespielt. Meine Mutter hatte ihn angeblich provoziert, er kam mit ihr nach draußen und wir haben alles mitbekommen: Der Streit, die Aggression … Er hat sie geschlagen, sodass alle Angst hatten, er bringt sie um. Da lag das alte Brecheisen im Schuppen. Und ich bin dazwischen. Ich war neun Jahre alt.«

Lenny stockte. Er hatte noch nie jemand Fremdes von dem erzählt, was sein Leben für immer verändert hatte. Erst recht nicht einer Kollegin. Laras Blick war verständnisvoll. Sie ließ seine Ausführungen unkommentiert. Wieviel er preisgab, lag in seinem Ermessen.

»Ich war lange danach in Therapie, und mein Zittern war irgendwann vollständig verschwunden. Aber jetzt … Seit dem Vorfall damals habe ich diesen Ort hier nicht mehr betreten. Ich wurde umgehend in eine Klinik gebracht und nach einem stationären Aufenthalt noch über ein Jahr regelmäßig betreut. Man hat gesagt, ich habe es gut weggesteckt. Der Teil meiner Familie aus Eichwald wurde seitdem ausgeblendet.«

Lara sah ihn mit leerem Blick an. Er wusste, er hätte es ihr sagen müssen, ganz zu Beginn der Ermittlungen, doch er dachte bis heute, er hätte es unter Kontrolle. Die Vergangenheit sollte nicht wieder sein Leben bestimmen, ihn in die Ecke drängen, in der er lange alleine gestanden hatte.

Vielleicht musste er sich hier am Ort der Geschehnisse nochmals seiner dunklen Zeit stellen, um sie diesmal wirklich endgültig überwinden zu können. Manchmal musste man sich einfach öffnen, sich die Last von der Seele reden. Und alles wurde wieder gut.

6. TEIL: DER ANFANG UND DAS ENDE

Luisa

Luisa Müller saß gedankenversunken auf einem Stuhl an der Küchenzeile, mit Handschellen am Schubladengriff festgekettet. Die Eindrücke der letzten Stunden und Tage überfluteten ihre Gedanken wie ein Jahrhunderthochwasser, bei dem man vergessen hatte, ausreichende Vorkehrungen zu treffen. Dabei war diese Situation vorherbestimmt, es musste so kommen. Dass ihnen diese Lügen irgendwann um die Ohren fliegen würden, war klar.
Viel zu lange hatte sie Augen und Ohren verschlossen, ihr Wissen und ihre Vergangenheit unterdrückt und ihr neues Leben als Wahrheit zugelassen. Eine Wahrheit, die auf einer Lüge aufbaute.

AUGUST 1968

Vor dem Hintergrund studentischer Protestaktionen und der zunehmenden Gewalt gegen staatliche und private Herrschaftsformen bildete sich im Untergrund eine Gruppierung um Andreas Baader, die Studentin Gudrun Ensslin sowie die Journalistin Ulrike Meinhof. Ein gewaltbereiter Zusammenschluss, der dieser Tage seinen Hass gegen ein »imperialistisches Herrschaftssystem« der Bundesrepublik richtete und aus dem sich später eine Gruppe namens Rote Armee Fraktion, kurz RAF, bildete.

Der zunächst lose Zusammenschluss von linksradikalen Studenten wollte Staat, Wirtschaft und Gesellschaft durch Terroranschläge erschüttern. Er orientierte sich dabei an Konzepten der südamerikanischen Stadtguerilla. Früh gelang es dem Verfassungsschutz, die Strukturen zu unterlaufen und es boten sich zwei junge Bewerber der Polizeiakademie an, dort als V-Leute eingeschleust zu werden. Sie lieferten drei Jahre lang wichtige Informationen, schleusten weitere V-Leute ein, bis zu einem Sonntagmorgen im August 1968, als ihre Tarnung aufflog. Ihnen wurde lebenslange Rache und Vergeltung angedroht und die führenden Köpfe der RAF nutzten ihre Namen fortan, um Mitgliedern ihrer Vereinigung aufzuzeigen, was man mit Verrätern machen würde: Man würde sie bis an ihr Lebensende jagen. Also wurden die beiden an einen sicheren Ort im Ausland gebracht und polizeilich geschützt; eine Lösung, die nicht von Dauer sein konnte, nur »Solange, bis die Terrorgruppe komplett zerschlagen und aufgelöst wird.«
Im Juni 1972 gelang der Polizei die Verhaftung aller führenden Köpfe der ersten RAF-Generation. Die Terroranschläge gingen jedoch weiter und das Feindbild der Verräter wurde weitergetragen. Ihren Höhepunkt erreicht die Terrorwelle 1977 mit der Ermordung von Generalbundesanwalt Siegfried Buback sowie dem Vorstandsvorsitzenden der Dresdner Bank, Jürgen Ponto. Es folgten die Entführung und spätere Ermordung des Arbeitgeberpräsidenten Hanns Martin Schleyer sowie weitere Anschläge. Eine dauerhafte Lösung musste für die meistgesuchten Verräter der Terrororga-

nisation her.
So kam es, dass man auf höchster Ebene nach einem Haus suchte, das den beiden als sicherer Hafen angeboten wurde. Gleichzeitig konnten hinter der Fassade einer bürgerlichen Familie Kronzeugen oder andere politisch verfolgte Personen zeitweise untergebracht werden. Es war ein Zufall, dass zu dieser Zeit in einem Ort, der unscheinbarer und abgelegener kaum sein konnte, ein Waisenhaus geschlossen und vom Bundesministerium für Immobilien an die dortige Dorfgemeinde übertragen wurde. Man konnte keine lebenden Nachkommen der ehemaligen jüdischen Besitzer ermitteln. Schnell wurde man sich mit dem Bürgermeister, dem stramm konservativen Heinrich Stollberg, einig. Dieser wurde reichlich entlohnt, und das Dorf profitierte ebenfalls von den unverhofften Bundesmitteln.
Luisa und Josef konnten sich unter ihren Decknamen Josef und Luisa Müller ein neues Leben in Sicherheit aufbauen. Ein Leben hinter einer Fassade, begleitet von der Sorge, doch irgendwann aufzufliegen. Die Angst wurde geringer, denn die Zeit zeigte, dass sie immer mehr zu Josef und Luisa wurden, ohne aufzufliegen.
Doch es gab ein Problem, das Heinrich Stollberg damals sehr bewusst verschwiegen hatte, um das Geld und die Förderung kassieren zu können: Das ›Amt für Wiedergutmachung‹ hatte Hinweise gefunden, dass in dem Haus einst eine vertriebene und teilweise nach Auschwitz deportierte jüdische Familie gelebt hatte. Der Besitz stand den Nachkommen zu, obwohl niemand diesen bisher ein-

geklagt hatte. Zu dieser Zeit war Gudrun für die Unterbringung von Zeugen und deren Sicherheit verantwortlich. Das Lügengerüst, das man für Familie Müller errichtete, war größer als ihre eigene Geschichte.
Luisa Müller bekam von den Deals und den Seilschaften im Hintergrund nur wenig mit. Sie war irgendwann einfach in ihrem neuen Leben angekommen und hatte sich damit arrangiert. Ihr Mann, mit dem sie nie eine sexuelle Beziehung hatte, kam immer weniger mit seinem neuen Leben zurecht. Er war ein Familienmensch und wusste, dass eine normale Familie für ihn immer unwahrscheinlicher wurde. Seine glücklichsten Jahre waren die, als die junge Zielperson Anna Schmidt als Pflegekind getarnt zu den Müllers kam. Sie war für Josef wie eine eigene Tochter. Und obwohl Anna zu Beginn nur wenige Monate bleiben sollte, schaffte es Josef, Gudrun davon zu überzeugen, zum Wohle des Kindes selbst die Pflege zu übernehmen. Immerhin täte das auch der Tarnung selbst gut.
Doch Anna verließ die Müllers im Sommer 2003. Josefs Herz war gebrochen.

2023

Luisa war bereit, auszupacken. Als die Kommissare nach über einer Stunde zurückkamen, wollte sie alles offenlegen, was sie wusste, obwohl Gudrun immer wieder versucht hatte, sie davon zu überzeugen, dies nicht zu tun. Luisa war ebenfalls bereit, dem jungen Journalisten Emil ihre Geschichte zu erzählen. Sie hatte den heute in Berlin lebenden Pressemann von klein an aufwachsen sehen und seine Karriere verfolgt. Josef war einmal zufällig anwesend, als Emil den steilen Schotterweg vom Hundsbuckel herunterfuhr, die Kontrolle über sein Fahrrad verlor und stürzte. Er hatte den damals Siebenjährigen bewusstlos bis ins Dorf getragen und eigenhändig ins Krankenhaus gebracht. Sicherlich wusste Emil Eichwald nicht mehr, wer damals sein Retter gewesen war. Bestimmt waren diese Hintergründe ausschlaggebend dafür, dass Luisa bereit war, ihre Geschichte dem Journalisten zu erzählen. Natürlich ohne ihren jetzigen Namen und den, den sie vor über 50 Jahren von ihren Eltern bekommen hatte, zu erwähnen. Sie hatte ohnehin vor, Eichwald zu verlassen und irgendwo neu anzufangen. Es war schließlich nie zu spät, alles hinter sich zu lassen, und ein neues Leben zu beginnen. Nur dieses Mal selbstbestimmt und frei.

»Eine Sache verstehe ich nicht«, hakte Lara nach. »Warum sah Stollberg in Sophie eine Gefahr? Warum hat er sie jetzt umgebracht und nicht schon früher?«

Luisa dachte an die letzten Tage. »Sie muss Josef vor dem Haus abgefangen haben. Ich weiß nicht, wie viel sie wusste, aber wenn sie uns auffliegen gelassen hätte, dann wäre auch Stollberg dran gewesen. Auf uns konnte er sich all die Jahre verlassen. Unsere Sicherheit hing von der Verschwiegenheit über die Vergangenheit ab. Und das war Stollbergs Versicherung, dass sein Deal mit dem Verfassungsschutz nicht öffentlich wurde. Ich denke, er hatte gehofft, dass in seinem Leben niemals das Geheimnis hinter dem Haus und unserer Tarnung auffliegt. In Josef brodelte es die letzten Jahre. Ich denke, Sophies Auftauchen hatte das Fass bei ihm zum Überlaufen gebracht. Ich habe gespürt, dass dieses ganze Versteckspiel bald zu Ende gehen würde. Josef wollte wieder frei sein. Und Stollbergs Versicherung wäre damit hinfällig.«

Was Luisa Müller nicht wusste, war die Tatsache, dass Heinrich Stollberg noch einen weiteren Grund hatte, die Geschichte von Haus Nummer 13 im Verborgenen zu lassen. Und dieser Grund wog schwerer als die Last, die sich all die Jahre bei ihm angehäuft hatte.

Gretchen

Margarethe Josefine Königsfeld – genannt Gretchen – wurde am 3. November 1933 als sechstes Kind von Alfred und Hilde Königsfeld in Eichwald geboren.

Sie war ein unbeschwertes Kind – trotz aller Umstände, und diese hätten das Gegenteil durchaus plausibel erklären lassen. Der Anfang dieser Geschichte lag im Frühjahr des Jahres 1942, als ein Vorfall das Leben eines ganzen Dorfes nachhaltig ändern sollte.

Es herrschte Krieg und die Brutalität und Entschlossenheit der Nazis wurde rigoroser. Die Sorge von Alfred und Hilde war ungleich höher als jene derer, die keine Deportation oder Zwangsarbeit zu befürchten hatten, da sie arisches Blut besaßen. Die Familie Königsfeld allerdings war jüdischen Glaubens und somit auf der Hut vor dem intoleranter werdenden Naziregime.

Mit jedem Jahr nach der Machtergreifung Hitlers wurde das Leben der Familie Königsfeld mehr zu einer Tortur. Eine zunächst latente und dann ab den späten 30er-Jahren präsenter werdende Gefahr, die Gretchens Eltern ihrer Tochter so gut es ging vorzuenthalten versuchten. Sie bauten eine Mauer um die kindliche Unversehrtheit. Doch an diesem kalten Frühjahrstag waren alle Bemühungen hinfällig. Der Schutzwall brach an der Grausamkeit der Vernichtungsmaschinerie und das Leid ergoss sich über das kleine Gretchen.

Der Tag fing voller Verheißung an. Die Mutter

hatte ihr schönstes Kleid angezogen, denn der Vater sollte auf eine lange Reise gehen – so jedenfalls wurde es Gretchen erzählt. Das Kleid war so schön, die Mutter trug es nur zu ganz besonderen Anlässen. Es war hellbeige und übersät mit goldenen Punkten. Um die Taille hatte sie eine Schleife gebunden, die die Form ihres Körpers im Ganzen zum Ausdruck brachte. Die Mutter war so schön. Die Tränen in ihren Augen zeichneten jedoch ein anderes Bild, aber Gretchen war es gewohnt, freudige Erzählungen mit der Mimik aus Angst und Verzweiflung vorgetragen zu bekommen.

»Heute geht dein Vater auf eine lange Reise. Aber wenn er zurückkommt, dann machen wir ein Fest für ihn«, hatte sie Gretchen versprochen. Und dann hatte die Mutter noch eine sonderbare Idee: Nachdem sich der Vater von ihr verabschiedet und auf die Männer gewartet hatte, die ihn für die Reise abholen sollten, wollte die Mutter Verstecken spielen. *Warum um alles in der Welt will sie jetzt Verstecken spielen?*, dachte Gretchen, deren Aufregung analog zu der ihrer Eltern stieg. Sie spürte, dass jetzt nicht der richtige Zeitpunkt dafür war, doch die Mutter bestand darauf. Sie wurde geradezu wütend und flehte, sie solle doch bitte hören und sich in der Truhe auf der Veranda verstecken, sobald das Auto mit den Männern in Uniform vorfahren würde. Das Warten hatte schnell ein Ende, denn das Auto kam bereits um die Mittagszeit. Gretchen hatte Hunger, wusste aber, dass zunächst der Vater verabschiedet werden musste, bevor die Mutter etwas kochen konnte. Sie war ein gehorsames Kind, also folgte sie den Anweisungen der Mutter und versteckte sich in der Truhe auf der Veranda, die sie häufig dafür nutzte und wo sie nie jemand gefunden hatte.

Plötzlich hörte sie fremde Männerstimmen. Sie konnte nicht verstehen, was gesagt wurde, wohl jedoch, wie es ausgesprochen wurde: Es waren keine netten Worte. Vielmehr Ausrufe und Befehle, die Gewalt und Überlegenheit ausdrückten. Kurz darauf hörte sie die Mutter weinen.

Eine raue Männerstimme.

Die Mutter, die weinte.

Eine andere aggressive Männerstimme.

Die Mutter, die schrie.

Der Vater, der verzweifelt rief.

Die Mutter, die schrie und mit einem Schlag verstummte. Gretchens Herz pochte wie verrückt. Sie war weder imstande zu weinen noch zu atmen. Sie verharrte in ihrer Kommode, regungslos und überfordert mit den akustischen Eindrücken. Für wenige Minuten verstummten die Stimmen. Eine bedrückende Stille legte sich über die Szene. Gretchen konnte keinen klaren Gedanken fassen. Sie sollte sich bis an ihr Lebensende nicht mehr daran erinnern, was sie in diesem Moment gedacht oder gefühlt hatte. Sie war einfach nur da.

Wären doch nur meine Brüder da, dachte sie. Ihre einzige Schwester, Selma, war bereits früh als Kind an einer Krankheit gestorben. Gretchen hatte sie nie bewusst kennengelernt, geschweige denn Erinnerungen an sie. Sie wusste nur, dass die Mutter und der Vater immer zu ihr beteten und traurig waren, wenn jemand über sie sprach. Aber auch ihre Brüder waren in den letzten Monaten auf Reisen gegangen. Nachdem Joseph, der Älteste, auch von Männern auf eine lange Reise abgeholt wurde, planten die übrigen drei einen Ausflug. Der Onkel Nathan kam abends vorbei und beratschlagte mit den Brüdern und dem Vater die Expedition. Und Gretchen durfte nicht dabei sein, wenn sie darüber sprachen. Aber natürlich bekam sie mit, dass etwas Großes vor sich ging. Aus heiterem Himmel kam ihr in der Truhe ein Gedanke: *Ist der Vater etwa auf dem Weg zu den Brüdern? Vielleicht zieht er ja los, um alle wieder nach Hause zu holen? Dann gibt es bestimmt ein riesiges Fest und Onkel Nathan grillt im Garten, so wie er es früher öfter für die Familie gemacht hat.* Gretchen war durch die harten Schritte von Stiefeln neben ihrer Truhe plötzlich wieder mit ihren Gedanken vor Ort. Das Spiel ging weiter. Sie musste jetzt ganz still sein, denn niemand durfte sie finden. »Nur so gewinnt man beim Versteckspiel. Niemand darf einen finden. Man muss so lange im Versteck bleiben, bis die Mutter sagt, dass das Spiel zu Ende ist. Wer bis dahin nicht gefunden wurde, der hat gewonnen.«

Sie hatte die Regeln erst heute Morgen noch einmal vorgetragen bekommen. Und sie war gewillt, sich daran zu halten. Schließlich wollte sie gewinnen.

Sie lauschte, was die Männer – sie schätzte, dass es zwei waren – jetzt wohl taten und ob sie nach ihr suchten.

»Mach schon, Heinrich! Du wirst doch kein Mitleid mit dieser Judenhure haben. Immerhin bist du mein Sohn und kein Weichei!«, hörte sie den Älteren der beiden im Befehlston fordern.

Das Maß an Gehorsam und ihre außerordentliche Akzeptanz von Regeln und Anweisungen waren eine ihrer viel beachteten Tugenden, für die Gretchen auch von den Lehrern stets gelobt wurde. Doch an diesem Tag, in dieser Sekunde, siegte die Neugier über die sich abspielende Szene. Und Gretchen konnte nicht widerstehen. Sie wog ab und entschied, dass sie einen Blick durch den Spalt wagen konnte, der am Deckel etwas Licht nach innen ließ. Sie würde wohl kaum gefunden werden, wenn sie aufpasste und ihn nicht anhob. Aus Erfahrung wusste sie, dass sie sich dadurch bisher niemals verraten hatte.

Sie blickte also durch den Spalt der Truhe und war verwundert. Warum lag ihre Mutter da auf dem Boden vor der Veranda? Erst im zweiten Augenblick erkannte sie die etwas abseits stehenden Männer. Beide trugen sie Uniformen. Der eine war etwa so alt wie der Vater, der andere wie ihr Bruder Erwin, der erst kürzlich die Volksschule beendet hatte. *Aber warum nur spielt die Mutter ein anderes Spiel?* Sie kannte es von ihren Brüdern, denen das Versteckspiel oft zu langweilig war. Sie spielten lieber ›Räuber und Gendarm‹. Ein Jungsspiel, das Gretchen nie mitspielen durfte.

Der Junge zielte mit einer Pistole auf Hilde Königsfeld, die regungslos auf dem Boden lag. Sie hatte eine kleine Wunde am Kopf, das konnte Gretchen gerade noch erkennen, als der erste Schuss fiel. Das Letzte, das sie sah, war das sich von der Einschussstelle auf der Brust aus rot färbende Kleid, als sie zeitgleich zu einem zweiten Schuss das Bewusstsein verlor und in der Truhe zusammensackte.

Gretchen erschrak, als ein Wimmern und Schluchzen sie aus ihrem Traum riss. Es war ganz nah und es kam von rechts. Gretchen war kalt und sie hatte Hunger. Doch sie wusste nicht, was sie tun sollte. *Man muss so lange im Versteck bleiben, bis die Mutter sagt, dass das Spiel zu Ende ist.* Gretchen war erwachsen genug, um zu wissen, dass das Spiel zu Ende war. Ihre Angst wich einem diffusen Gefühl aus Hoffnung und Vertrautheit. Sie erkannte das Geräusch neben der Truhe. Sie wusste jetzt genau, wer dort kauerte und es gab wohl niemanden auf der Welt, zu dem sie mehr Vertrauen hatte, als zu ihrem Onkel Nathan. Leise flüsterte sie: »Onkel? Bist du das?«

Das Wimmern verstummte schlagartig. Einige Sekunden der völligen Stille irritierten Gretchen, aber bevor sie erneut nachfragen konnte, öffnete sich der Deckel der Truhe.

»Gretchen!«, rief der Onkel leise. Verweinte Wangen, rote Augen und schwitzige Haare standen im Gegensatz zum freudigen Gesichtsausdruck. Ein erfüllendes und freudiges Strahlen, das Gretchen noch nie zuvor in ihrem Leben bei ihm gesehen hatte. Er warf sich um ihren Hals und drückte das Mädchen so fest er nur konnte.

Gretchen war erleichtert. Hatte sie alles nur geträumt? Wo war ihre Mutter?

Sie sah die Veranda hinab in den Garten. Niemand lag an der Stelle, die Gretchen durch den Spalt beobachten konnte. Wie lange hatte sie geschlafen? Sie wusste es nicht, aber es war bereits am Dämmern. Erst jetzt bemerkte sie die dreckigen Klamotten und Hände ihres Onkels. Er kniete sich vor seine Nichte und sprach in klaren Worten: »Gretchen, hör mir genau zu und tu, was ich dir sage: Du holst deinen Koffer, den ich dir zu Weihnachten geschenkt habe, und packst deine vier liebsten Garderoben ein. Dann nimmst du deinen Mantel und wir machen eine Reise.«

Ohne zu fragen, lief sie nach oben und packte, wie es ihr Onkel gefordert hatte. An der Wand über der Treppe hingen einige Bilder der Kinder und ein Foto, das ihr Onkel im letzten Sommer gemacht hatte: Die Eltern saßen auf der Bank hinter dem Haus. Es war Gretchens Lieblingsbild und der Koffer hatte noch Platz dafür …

Als sie wieder auf die Veranda trat, war ihr Onkel an der Stelle, an der der Vater einen Baum pflanzen wollte und eine Grube ausgehoben hatte. Der kleine Nussbaum war frisch in die Erde gesetzt. Der Onkel weinte schrecklich.

»Das hat Vater nicht mehr geschafft vor seiner Reise«, rief sie ihm – mit dem Koffer in der Hand auf der Veranda stehend – zu.

»Ich weiß, Gretchen. Ich weiß. Jetzt kann der Baum wachsen. Merk dir die Stelle! Du wirst bald wieder zurückkommen.«

Sie vermisste den Vater. Und sie vermisste die Mutter. Für das Mädchen begann eine neue Zeitrechnung. Immer in der Hoffnung auf ein Wiedersehen.

Heute geht dein Vater auf eine lange Reise. Aber wenn er zurückkommt, dann machen wir ein Fest für ihn, hatte sie Gretchen versprochen.

Emil

Als Emil die Geschichte um die Hintergründe des Hauses von Luisa Müller berichtet bekommen und diese dokumentiert hatte, war er sprachlos über das Ausmaß, das sich all die Jahre vor seiner Haustür, in seinem Heimatort, abgespielt hatte. Heinrich Stollberg war am Ende bereit, für seinen Ruf und seine Machenschaften zwei Menschen zu töten und sich selbst zu richten. Eine tragische Figur, gefangen in einem Netz aus Lügen, das er selbst gesponnen hatte.

Nur Gudrun war weiterhin uneinsichtig und stur. Sie hatte kein Wort gesagt, weder zu Lara und Lenny noch zu ihm. Der Verfassungsschutz hatte sie wenige Stunden später abgeholt und festgenommen. Man würde in einem Gerichtsverfahren alle Details zur Sprache bringen und sehen, in welchem Maße sie ihre Kompetenzen überschritten hatte. Emil stand am Fenster, als Gudrun abgeführt wurde. Sie schien distanziert und ruhig, bis zu dem Moment, als sie ein sonderlich wirkendes Paar am Straßenrad erblickte. Gudrun wirkte plötzlich aufgeregt und aggressiv. Emil hatte das auffällig gekleidete Gespann noch nie zuvor gesehen.

Lara hatte Luisa von den Handschellen befreit. Sie würde sich in den kommenden Tagen einem ausführlichen Verhör stellen müssen, in dem alle Details geklärt werden würden. Eine Beteiligung an den Morden der letzten Tage konnte Lara ausschließen. Nachdem Gudrun abgeführt worden war, warteten Anna, Felix und Maik vor dem Haus. Emil spürte, dass Luisa ihrer Pflegetochter endlich alles erklären wollte.

Anna stürmte voran und lief Luisa in die Arme. Es war zu früh für eine Aussprache, aber Emil wusste, dass diese nötig sein würde, damit beide ihren Frieden finden würden.

Es folgten einige Minuten der Stille. Zu viel war passiert. Niemand wusste so recht, welche Dinge man anfangen sollte, anzusprechen. Es gab viel zu klären, zwischen Anna und Luisa. Der Anfang war gemacht und Anna war bereit, sich ihrer Vergangenheit zu stellen. Es war für Luisa und Anna eine traurige Erkenntnis, dass mit dem Fall Adam etwas zerbrochen war, das nach dem Tod von Sophie langsam wieder zusammengesetzt werden musste.

Lenny und Lara baten Luisa, sie in die Rechtsmedizin zu begleiten. Ein schwerer Gang stand ihr bevor, denn sie musste die Leiche ihres Mannes identifizieren.

Emil, Anna, Felix und Maik saßen noch lange im Haus von Luisa und sprach über die letzten beiden Tage. Es waren Tage der Angst und der Hoffnung. Tage der Wut und der Zuversicht. Felix schlug vor, sich doch regelmäßig zu treffen, der alten Zeiten wegen. Es hatte schon etwas Verrücktes an sich: 20 Jahre gingen alle verstreut ihren Weg – doch ein Ereignis hatte die Kraft, alles wieder auf Anfang zu setzen und eine zweite Chance zuzulassen.

Als Emil am Abend das Haus Nummer 13 in der Scheitergass verließ, fiel ihm erneut das ältere Ehepaar auf, das immer noch am Wegrand stand und das Gebäude beobachtete. Sie wirkten nicht wie effekthascherische Gaffer, die sich am Leid anderer erfreuten. Aus ihren Blicken sprach vielmehr ein Interesse, das persönlichen Ursprungs war. Vielleicht waren sie Freunde der Müllers?

Er nickte den beiden freundlich zu, als er sich auf den Nachhauseweg machte. Emil war müde und ausgelaugt. Er würde sich zu Hause bei seiner Mutter ein heißes Bad einlassen. Meine Güte, vermisste er in Berlin eine Badewanne, wie die bei seiner Mutter. Und die herbstlichen Temperaturen steigerten seine Vorfreude auf heißes Wasser mit irgendeinem wohlduftenden Badezusatz.

Er lief durch die Bergstraße in Richtung Dorfmitte. Das Haus von Heinrich Stollberg war polizeilich abgesperrt und zwei Streifenwagen parkten davor. Im gesamten Gebäude brannte Licht. Sicher war die Spurensicherung noch dabei, Beweise zu sichern. In den folgenden Tagen würde Wolfgang zweifelsfrei belegen, dass Heinrich Stollbergs Waffe diejenige war, mit der er zuerst Sophie, dann Josef und schließlich sich selbst erschossen hatte. Emil ging weiter, er musste die Ereignisse des Tages hinter sich lassen. Jetzt war erst einmal Ruhe angesagt. Der Ort wirkte nach dem Auffinden des verschwundenen Jungen und der Klärung der Morde friedlich und ruhig.

Emil erschrak, als es hinter ihm knackte. Er hatte das Gefühl, verfolgt zu werden und drehte sich etwas abseits der hell beleuchteten Wegkreuzung unerwartet um. Einige Meter hinter ihm, im Lichtkegel der Straßenlaterne, erkannte er das sonderbare Paar, das er bereits eben und am Nachmittag in der Scheitergass gesehen hatte. Sie stockten und standen wie zwei Wachsfiguren dort. Emil ging schnellen Schrittes auf die beiden zu.

»Kann ich Ihnen helfen?«

Die Frau antwortete zaghaft; ihr amerikanischer Akzent war kaum überhörbar: »I'm sorry. Do you speak English?«

Emil war sprachlos. Er hatte mit vielem gerechnet, aber nicht mit zwei Amerikanern, die kein Deutsch konnten.

Die Amerikaner

Über Stunden hatten Jill und Joe das Haus in der Scheitergass 13 beobachtet. Die beiden waren so fassungslos über die Ereignisse der letzten Tage, dass sie kurze Zeit dachten, sie selbst hätten all den Wahnsinn ausgelöst. Was war nur hier los? Jill versuchte, die Nerven zu bewahren, während Joe zunehmen unruhig wurde. Er hatte eben den Hang, schneller die Nerven zu verlieren, wobei es auch Joes Vergangenheit war, die ihn in den letzten Wochen so sehr beschäftigte, während Jill ihn immer wieder erdete.

Eine Vielzahl von Polizisten kamen und gingen. Es war für die Amerikaner nicht genau einzuordnen, was genau dort vor sich ging. Als sich die größte Aufregung gelegt hatte, kam ein junger Mann aus dem Haus. Er sah für die beiden irgendwie vertrauenserweckend aus und Jill sagte ihrem Mann, dass sie den Herrn ansprechen wolle. Joe versuchte seine Frau zurückzuhalten, doch Jill sprach ein Machtwort:

»Wir sind jetzt seit drei Tagen unterwegs und unserem Ziel so nahe. Jetzt lass uns endlich mit jemandem offen sprechen. Der Mann ist nicht von der Polizei. Und er gehört auch nicht zur Familie, vertrau mir, Darling, ich spreche ihn an und erzähle ihm von deiner Geschichte.»

Joe wusste, dass Widerstand zwecklos war. Sie hatte sich entschieden und offen gestanden machte der Mann auch auf Joe einen vertrauenserweckenden Eindruck. Sie verfolgten ihn bis zur Straßenkreuzung, denn auch Jill wusste nicht, wie sie ihn ansprechen sollte. Konnte er überhaupt Englisch? War er vielleicht doch der Falsche? Bevor auch bei ihr die Zweifel überhandnahmen, drehte sich der junge Herr um und kam auf sie zu.

»Kann ich Ihnen helfen?«

Der Mann wirkte perplex. Kein Wunder, hatte er sich doch sicher verfolgt gefühlt.

»I'm sorry. Do you speak English?«, fragte Jill höflich. Und der Mann, der sich als Emil Eichwald vorstellte, konnte sehr gut Englisch. *Thank goodness*, dachte Jill.

Sie stellte sich und ihren Gatten vor und entschied sich spontan, die Hintergründe ihres Vorhabens offenzulegen, in der Hoffnung, von dem sympathischen Deutschen erklärt zu bekommen, was hier eigentlich los war.

Margarethe Königsfeld, die Mutter von Joe – so berichtete sie Emil – war in den 40er-Jahren aus Eichwald geflohen. Erst auf ihrem Sterbebett vor wenigen Wochen hatte Margarethe ihrem Sohn von ihrem Geburtsort erzählt. Joe war so ergriffen und hatte den letzten Wunsch seiner Mutter zu seiner neuen Aufgabe gemacht: Sie wollte dort begraben werden, wo sie aufgewachsen war: In Eichwald an der Saar. Den Ort, wo Joes Vorfahren lebten, hatten die beiden mithilfe ihrer neuen Freunde als das Haus in der Scheitergass 13 identifiziert. Hier lag Joes Großmutter, die Mutter von Margarethe, begraben unter einem Baum im Garten. Und genau dort, so ihr letzter Wille, wollte auch Joes Mutter ihre endgültige Ruhestätte finden.

Wie das möglich sein solle, fragte Emil die beiden. Eine Überführung der Leiche aus den USA wäre kaum möglich. Außerdem sei eine Bestattung im Garten in Deutschland verboten. Joe öffnete seine Tragetasche und zog einen Beutel heraus. Er erklärte, dass sie die Asche seiner Mutter über den Zoll schmuggeln hatten können und diese lediglich an entsprechender Stelle ausstreuen wollten. So wären Mutter und Tochter vereint, wie es der letzte Wille gewesen war.

Emil versprach, den beiden bei ihrem Vorhaben behilflich zu sein. Man tauschte Nummern aus und verabredete sich für kommenden Montag.

Gegen 20:00 Uhr kam Emil endlich zu Hause an. Er stiefelte durch den Keller nach oben und wurde von seiner Mutter empfangen.

»Endlich, Emil. Ich mache dir schnell das Essen warm, ich hab doch gesagt, dass ich heute koche …«

Das Essen schmeckte erwartungsgemäß gut. Zum ersten Mal hatte er das Gefühl, wieder in Eichwald zu Hause zu sein. Ein sicherer Hafen. Heimat. Eine Heimat, die Margarete Königsfeld zeit ihres Lebens anscheinend vermisst hatte. Die Geschichte ließ ihn nicht los. Zu gerne hätte er mit Margarete Königsfeld über die Flucht aus Eichwald gesprochen. Emil konnte sich nicht im Entferntesten ausmalen, welch grausames Schicksal hinter Margarete und ihrer Geschichte steckte. Möge sie in Frieden ruhen.

EPILOG

Am Montag nach dem nervenaufreibenden Wochenende war etwas Ruhe in Eichwald eingekehrt. Vereinzelt sah man noch Reporter, die am Festplatz oder mit einer Aussicht von Eichwald im Hintergrund von den schrecklichen Taten berichteten. Kaum einer der Dorfbewohner war mehr bereit, ein Interview zu geben. Alle waren müde von den Ereignissen und hofften, endlich Frieden zu finden.

Mit Spannung wurde die Reportage von Emil Eichwald erwartet, die alle Hintergründe erläutern würde. Emil hatte nicht nur Luisa und Anna dazu bewegen können, ihre Geschichte zu erzählen. Auch die Amerikaner waren bereit, von Gretchen und ihrer Flucht zu berichten. Die Reportage mit dem unspektakulären Titel ›Das Haus in der Scheitergass 13‹ stellte die Reportage über den Künstler Felix von Saarstein etwas in den Schatten. Alles in allem eine ordentliche Ausbeute, die der Journalist in drei Tagen recherchiert hatte.

Luisa Müller hatte bereits die wichtigsten Dinge gepackt, um auszuziehen. Wohin, wusste sie jedoch nicht. Das Haus gehörte den Erben der Königsfelds und die hatten sich gemeinsam mit Emil Eichwald am späten Vormittag auf einen Besuch angekündigt.

Luisa wirkte bei dem Zusammentreffen mit Jill und Joe angespannt, bisweilen aufgeregt. Die Herzlichkeit und freudige Energie, die Jill ausstrahlte, stimmte sie jedoch hoffnungsvoll. Immerhin traf sie keine Schuld, sie hatte nicht einmal gewusst, dass die Mutter von Joe vertrieben worden war. Sie bot umgehend an, noch heute auszuziehen, wenn gewünscht, was die Amerikaner ohne sich zu beraten ablehnten.

»You can stay!«, waren Jills warme Worte.

Luisa war irritiert. Sie durfte bleiben? Was sollte das bedeuten? Heute? Eine Woche? Ein Jahr?

Jill und Joe hatten sich die halbe Nacht beraten und einen Vorschlag: Luisa sollte monatlich einen Betrag von 200 € an die Stiftung ›Vertrieben und Deportiert‹ zahlen, die das Museum und die Begegnungsstätte im benachbarten Saarburg betrieb und dokumentierte. Dafür räumten Joe und Jill ihr ein lebenslanges Wohnrecht ein. Eine weitere Bedingung war, dass die beiden Amerikaner und Interessierte aus der Familie jederzeit Zugang zur letzten Ruhestätte der Vorfahren haben sollten. Luisa war sprachlos und überglücklich, sie zitterte vor Rührung am ganzen Körper. Sie hatte in Eichwald eine Heimat gefunden und wollte tief im Inneren nicht weg.

Am Nachmittag gab es eine kleine Zeremonie am Nussbaum im Garten, bei der Joe die Asche seiner Mutter verstreute und ihren letzten Wunsch erfüllten wollte: Sie war wieder bei ihrer geliebten Mutter, die sie nahezu ihr ganzes Leben vermisst hatte. Klaus, Hans-Dieter, Gerlinde und Werner – alle waren gekommen, um den amerikanischen Freunden beizustehen und der Verstorbenen ihr letztes Geleit zu geben. Sie hatten sogar den Pfarrer überzeugt zu kommen, der das Grab und die Seelen der Verstorbenen segnete. Auch Emil war mit seinem Onkel Karl hier, um Abschied zu nehmen. Karl war der Letzte im Ort, der Gretchen persönlich gekannt hatte. Auch wenn die Erinnerung an das aufgeweckte Mädchen über die Jahrzehnte verblasst war, erinnerte er sich an sie und war bereit, Joe von der dunklen Zeit und der Flucht zu berichten. Was niemand wusste: Es war der Todestag von Hilde Königsfeld, an dem ihre Tochter Gretchen am selben Ort ihre letzte Ruhe fand. Als die Zeremonie beendet war und die traurige Stimmung in eine rege Diskussion über die Ereignisse der letzten Tage überging, landete plötzlich ein bunter Papagei auf dem Nussbaum. Joe wunderte sich über den prächtigen Vogel. Natürlich seien diese Vögel hier nicht heimisch, wurde ihm versichert, doch schien der Paradiesvogel sich seit Monaten in dem Ort wohlzufühlen. Mehrere Eichwalder hatten bereits von seiner Existenz berichtet. Wo er herkam, wusste allerdings niemand …

Nach der Zeremonie am Mittag hetzte Emil in den nahegelegenen Supermarkt. Er hatte ein Versprechen einzulösen und sich zufällig an einen befreundeten Koch aus Berlin erinnert, der auf Instagram und YouTube eine enorme Reichweite mit leckeren und frisch zubereiteten Last-Minute-Gerichten erlangt hatte. Quasi eine moderne Form des Jamie Oliver. Zu jedem Gericht gab es ein Anleitungsvideo und eine Einkaufsliste. Als Hauptgang: Auf der Haut gebratener Zander mit Graupenrisotto in Orangen-Ingwerbutter, und als Dessert: mit Thymian-Honig gratinierter Ziegenkäse auf Birnenchutney. Ob er das alles in unter einer

Stunde zubereitet und so schmackhaft wie im Video auf den Teller bekommen würde?

Es funktionierte einigermaßen. Dem zufriedenen Blick seiner Mutter nach zu urteilen, war der Abend jedenfalls gelungen. Sie hatte sogar nach dem Rezept gefragt. Die ausgelassene Stimmung nach dem Birnenchutney und der zweiten Flasche Wein wurde nur von der skurrilen Geschichte seiner Mutter über einen angeblich vom Himmel gefallenen amerikanischen Soldaten getoppt, die in diesen Tagen im Dorf kursierte.

In einem sentimentalen Moment, in dem er zum ersten Mal seit 20 Jahren wieder so etwas wie Heimat spürte, öffnete er den Messenger und suchte die Gruppe ›Treffpunkt Eichwald‹. Er tippte:

War schön, euch alle zu sehen. Ich reise Ende der Woche ab. Ich hoffe, wir sehen uns bald wieder!

Die Zustimmung aller kam umgehend in Form von mehreren ›Daumen hoch‹.
Lara war im Begriff zu antworten, ob man sich noch die Tage treffen sollte. Doch sie löschte ihre spontan getippten Zeilen wieder. Jetzt war erst einmal ihre Rolle als Mutter und Ehefrau gefragt. Sie freute sich auf die wenigen freien Tage mit ihrem Mann Theo und den beiden Jungs. Vielleicht konnte sie Theo motivieren, ein paar Tage wegzufahren.

Es war Heinz Meiers letzter Arbeitstag. Der frisch pensionierte Polizist stand wehmütig vor seinem Spind und war dabei, seine Sachen in einen großen Umzugskarton zu packen. Dieser war kaum zur Hälfte gefüllt. Die meisten Dinge hatte er bereits in den vergangenen Wochen mit nach Hause genommen oder vernichtet. So war das also: Am Ende passte alles in einen Karton.

Das Foto von dem Haus in der Scheitergass 13 steckte hinter einer Postkarte mit einem abgedroschenen Bullen-Witz, den er von seinen Kollegen zum 50. Geburtstag bekommen hatte. Das Haus, in dem der Kronzeuge Adam im Jahr 2003 untergebracht wurde, hatte ihn all die Jahre an die Schattenseiten seines Berufes erinnert. Wenn es um die nationale Sicherheit ging, hatte er als kleiner Polizist wenig zu sagen. Heinz betrachtete das Foto, wie er es oft in den vergangenen Jahren getan hatte. Eine Kopie des Fotos hatte Sophie zukommen lassen, als er durch die Ereignisse in diesem Sommer eins und eins zusammengezählt hatte: Der Grund, warum sich der Kronzeuge damals in dem alten Chalet abgesetzt hatte, war das Treffen mit seiner Freundin Sophie. Schließlich zerriss er es zusammen mit der Gratulationskarte und warf beides in den Mülleimer an der Garderobe. Auch dieses Kapitel war für ihn Geschichte, ein Ballast, den er endlich loslassen konnte. Als er das Gebäude verließ und sich ein letztes Mal umdrehte, sah er auf ein erfülltes Berufsleben zurück, voller Höhen und Tiefen. Doch nun war er reif für den Ruhestand.

Eine Sache blieb in Eichwald für die Öffentlichkeit unbeantwortet. Wer hatte die Spuren des Unfalls im Sommer beseitigt? Luca und Ole waren vom Ort des Geschehens geflüchtet, doch die KTU hatte das Drahtseil nie gefunden, das zu dem Unfall geführt hatte.

Angesichts der neuen Ruhe, die im Ort herrschte, wollte zu diesem Zeitpunkt niemand diese Details wissen. Auch Lara und Emil ließen die Nachforschungen danach ruhen – vorerst, denn sie waren unerheblich gegenüber der großen Erleichterung, die seither in Eichwald vorherrschte.

Luca und Ole wurden einige Zeit vom Unterricht freigesprochen und hatten eine intensive Gesprächstherapie mit einem Traumapsychologen. Der Fall war einzigartig und die Schuld, die auf den beiden gelastet hatte, war enorm gewesen. Den Selbstmord von Heinrich Stollberg mit anzusehen, war dabei nur die Spitze des Eisberges. Der Psychologe war zuversichtlich und begründete den schnellen Genesungszustand der Jungs mit der intensiven Freundschaft, die beide zusammenschweißte und die traumatischen Erlebnisse besser verarbeiten ließ.

»Den Rest wird die Zeit zeigen. Wir sollten auf jeden Fall regelmäßige Gespräche führen und uns vergewissern, dass beide keine posttraumatischen Belastungsstörungen entwickeln«, waren die vorsichtig optimistischen Abschiedsworte des erfahrenen Arztes, als Henning und Sonja die beiden aus der Jugendklinik abholten. Sonja hatte sich von Volker getrennt und wohnte seither im Ferienhaus von Henning. Vorübergehend – wer wusste, wie sich die Dinge in Zukunft entwickelten …

Natürlich hatte das halbe Dorf über die Frau spekulierte, die Hennings heimliche Affäre war.

Dass es sich um Sonja selbst handelte, die sich bereits mehrfach in den vergangenen Wochen mit ihm getroffen hatte, ahnte niemand. Henning liebte seine Freiheit. Spontan wandern, ohne jemandem Rechenschaft abzulegen. Das Leben in Wien. Die Hütte auf dem Saargau … Sein Leben war geprägt von Ambivalenzen. Vielleicht war er auf der Suche, getrieben von Sehnsüchten und Träumen. Doch tief im Inneren wusste er nun, wohin er gehörte: Sonja und Luca waren seine Familie, und die wollte er wieder in den Vordergrund rücken.

Die Beerdigung von Heinrich Stollberg fand in kleinen Kreis statt. Außer einigen wenigen Jägern traute sich kaum jemand, den alten Bürgermeister zu Grabe zu tragen. Nicht mal seine Kinder, die quer über den Globus verstreut lebten, sahen den Tod des Vaters als Anlass, ihren Geburtsort aufzusuchen. Zu tief saß der Schock über die Hintergründe seiner Taten. Am Ende seines Lebens war Heinrich allein, eine Randnotiz in der Geschichte Eichwalds. Seine Asche wurde auf dem ›Platz des Friedens‹ verstreut, wie man die anonyme Wiese in der letzten Ecke des Eichwalder Friedhofs nannte. Niemand würde sein Grab pflegen, niemand einen aufwendigen Stein mit seinen Initialen aufstellen.

Anna Odenthal hatte sich schon früh abseits der wenigen Trauergäste am Grab von Josef eingefunden und die trostlose Zeremonie beobachtet. Sie hatte inzwischen Akteneinsicht in die unter Verschluss gehaltenen Dateien über den Tod ihrer Eltern und deren Hintergründe eingefordert. Nur noch wenige Wochen, und sie würde mehr über die Geister ihrer Vergangenheit erfahren. War sie bereit dafür? Sie musste an ihren Sohn Jesse denken. Allein der Gedanke an ihn ließ sie vor Freude erstrahlen. Sicherlich hatte er das Wochenende bei seinem Freund genossen und keine Sekunde mit einem Gedanken an seine Mutter verschwendet. Oder vermisste er sie sogar mehr als sie ihn?

Die Asche von Heinrich war bereits verstreut, die wenigen Trauergäste gingen zum spontan einberufenen Totenschoppen in die letzte Gaststätte Eichwalds, als *er* plötzlich am Friedhofstor auftauchte. Annas Herz schlug schneller.

Einige Wochen später erhielt Maik den Brief vom Gericht:

> *›Die Verhandlung ist wegen des Ablebens der Hauptangeklagten abgesagt.‹*

Maik stand auf dem steinernen Balkon und zündete sich eine Kippe an. Der Blick über Eichwald war atemberaubend. Die ganze Sache hatte auch etwas Gutes: Manchmal musste man alle Brücken abreißen, um neue zu bauen. Oft war ein Neuanfang die einzige Möglichkeit, all den Ballast hinter sich zu lassen. Und er hatte wahrhaft genug Ballast, den er getrost abladen wollte. Sophie war seine erste Mandantin, die nichts von seinem peinlichen Fehltritt mitbekommen hatte, zumindest hatte sie ihn nie darauf angesprochen.

Man hatte ihn vor drei Jahren in eine Falle gelockt. Er hatte einen der größten Bordellbesitzer Deutschlands vertreten. Vor Gericht lief es gut, seine Beweisführung war geschickt. Bis zu dem

Zeitpunkt, als der Staatsanwalt das Video zeigte, auf dem Maik unbekleidet in sichtbar erregtem Zustand von vier ebenfalls textilfreien Edelnutten in eben dem Bordell verwöhnt wurde, in dem seinem Mandanten Menschenhandel und Prostitution vorgeworfen wurde. Das Video hatte brisante Stellen, die alle als Screenshots in den lokalen Zeitungen abgedruckt wurden. Und so kam es, dass keine Verhandlung ohne eine Anspielung auf seine ›Hobbys‹ ablief. Jeder kannte das Video. Dabei wurden ihm K.-o.-Tropfen verabreicht und er hatte von der Orgie nichts mitbekommen.

Er drückte die Zigarette in dem Einmachglas mit der Aufschrift ›Eichwalder Glashütte‹ aus und ging nach drinnen in sein neues Büro.

Ohne mit dem Therapeuten oder ihren Eltern vorher darüber gesprochen zu haben, standen Luca und Ole am ersten Advent vor einer roten Haustür im Nachbarort Rieslingsheim. Es hatte keiner großen Recherche bedurft, um die Adresse herauszufinden. Am Morgen hatte es angefangen zu schneien, ungewöhnlich früh, nachdem der Sommer so lange angehalten hatte. Die Straßen waren mit einer weißen Schicht bedeckt und hinterließen unzählige Spuren darauf.

Lange hatten die beiden Jungs darüber gesprochen, was sie tun könnten, sollten oder müssten. Wenn sie eines in den letzten Wochen gelernt hatten, dann war es die offene Kommunikation, die am Ende alles zum Guten wandte.

Ole atmete tief durch, als er vier Monate nach dem tragischen Unglück die Klingel mit der Aufschrift ›Jasmine & Jakob Wild‹ betätigte.

Printed in Poland
by Amazon Fulfillment
Poland Sp. z o.o., Wrocław

19815582R00217